カレル・チャペック
童話全集

田才益夫 訳

Karel Čapek
DEVATERO
POHÁDEK
a ještě jedna
od Josefa Capka
jako přívažek
OBRÁZKY JOSEFA ČAPKA

とってもながーい猫ちゃんの童話

とってもながーい猫ちゃんの童話

お犬さんの童話

お犬さんの童話

小鳥ちゃんの童話

小鳥ちゃんの童話

とってもながーいお医者さんの童話

とってもながーいお医者さんの童話

カレル・チャペック童話全集　目次

第1部
九編の童話《デヴァテロ・ポハーデク》とヨゼフ・チャペックのおまけのもう一編

第一話

第2部　チャペック童話の追加

カレル・チャペック童話全集

挿し絵　ヨゼフ・チャペック

第1部

九編の童話《デヴァテロ・ポハーデク》とヨゼフ・チャペックのおまけのもう一編

カレル・チャペックのまえがき

ねえ、子供たち、もし、だれかが童話なんて、みんなつくり話で、ほんとうのことは一つもないんだよ、なんて言う人がいたとしても、そんな人の言うことを信じちゃだめだよ。童話はね、ほんとうにほんとの話なんだ。そのうえ、ほんとうの話がね、たくさんあるんだよ。

ほんとうだよ、だって、ぼくのお婆《ばあ》さんはね、蛇《へび》の女王さまをじぶんの目でたしかに見たって言っていた。ぼくの生まれ故郷のウーパ川にもメトゥエ川にも、ほんとうに水男《かっぱ》がいるんだよ。ぼくのこの本のあとのほうでお話しようと思うんだけど、犬のルサルカ（水の精）だっているんだ。そのことについては、イラーセクさんがきみたちに証言《しょうげん》してくれる。イラーセクさんはたくさんの本を書いているし、出版した本のどこかにそんなことを書いていたよ。

ぼくだって星の目をしたルサルカを一人知っている。だからね、童話がほんとうの話だってことは、君たちにだってわかるよね。でも、どうしても信じないって言う人は、これから先を読んじゃだめ。

それじゃ、お話に入ろうか。

第一話

とってもながーい猫ちゃんの童話

その一　王さまがどうして猫を買われたか

いたずらっこ王国の領地《りょうち》をある王さまが治《おさ》めておられました。そして、王さまはしあわせに治めておられたということができます。どうしてかと言いますと、なにかがおこなわれなければならないときは、廷臣《ていしん》のみんなが王さまのおっしゃることに、よろこんで、心からしたがったからです。ただ、ときどき王さまの言うことにしたがわない人がいました。ところが、なんと、それは王さまのお嬢さまのかわいい王女さまだったのです。

王さまが、お城の石段《いしだん》のうえで、てまりで遊《あそ》んではいけないぞと、王女さまにやさしくご注意なさいます。でもね、王女さまったら、そんな言いつけをお守りなもんですか！　乳母《うば》がほんのちょっと、うとうとっとでもしようものなら、王女さまはもう石段のうえでてまりで遊んでおいでなのです。そして、もしかして、このとき神さまが王女さまに罰《ばち》をあてようとおもわれたか、悪魔《あくま》が王女さまの足をつかんだかしたんでしょうねえ。王女さまは石段でころんで、足をけがしてしまわれたのです。王女さまは石段のうえに腰《こし》をついて、泣いておられました——これが王女さまでなかったら、私たちは、どこかの女の子がうるさい声で泣いているとおもったかもしれません。それはあたりまえですよね、すぐにクリスタルの洗面器と絹《きぬ》の包帯《ほうたい》をもった宮廷《きゅうてい》の貴婦人《きふじん》たち、十人の宮廷医、それに三人の助司祭《じょしさい》がかけよってきました。でも、だれも王女さまの痛みをとりのぞくことはできませんでした。

そこへ一人のお婆《ばあ》さんがのろのろと道を歩いてきたのです。そして石段のうえで泣いている王女さまを見ると、腰をかがめてやさしく話しかけました。

「ほれほれ、泣くのはおやめなさい、王女さま！ どうかね、もし、わたしがね、こんな獣《けもの》をもってきてあげたら、どうかな、もう泣きやみますか？ その獣というのはね、エメラルドの目をもっているけど、だれも盗《ぬす》まない。こーんな長いひげをはやしているけど、男じゃない。毛はちかちか火花のように光るけど、けっして焼きはしない。足のうらは絹のようだけど、歩いてもけっしてすりきれない。ちっちゃなポケットには十六本の剣《けん》をもっているけど肉を切らない」

王女さまはお婆さんを見ていました。かたほうの青い目からはまだ涙《なみだ》が出ていたけど、もういっぽうの目はもううれしそうに笑っていました。

「ほんとうなの、お婆さん」王女さまは言いました。「そんな動物が地球上にいるはずないわよ」

「ところがねえ、いるんだよ」おばあさんは言いました。「もし王さまが、わたしがほしいとおねがいするものをくださるなら、すぐ、あんたにその動物をもってきてあげるよ」そう言うと、お婆さんはおもい足を引きずりながら、ゆっくりと行ってしまいました。

王女さまは石段のうえにすわったままでした。でも、もう泣いていませんでした。ただそれがどんな獣なのか考えていました。すると、そのとき王女さまは、自分がその獣をもっていないのと、お婆さんが王女さまにその獣をもってきてくれないのが、すごく残念でたまらなくなりました。それでまたしずかに泣きはじめました。

王さまはちょうどそのとき窓から外をごらんになっていました。だって、王女さまがどうしてこんなに大声で泣いておられるのかお知りになりたかったからです。そんなわけで、すべてのことをごらんになり、お聞きになりました。お婆さんが王女さまをこんなにじょうずになぐさめているようすをごらんになると、大臣や顧問官《こもんかん》をともなわれて、また玉座《ぎょくざ》におつきになりました。でも、その獣のことが、どうしても頭から離れませんでした。

「エメラルドの目をもっているのか」王さまはなんども、なんどもくりかえしてつぶやかれました。「それでも、そのエメラルドを、だれも盗まない。とってもながーいひげをはやしているが、オスではない。火花をちらすような毛皮をきているが、けっしてもえない。足には絹のようなものをはいているが、けっしてすりきれない。それにちっちゃなポケットには十六本の剣をもっているが、肉を切らない。これはいったいいなんだろう?」

大臣たちも、王さまがいつまでもぶつぶつと口のなかで言っておられるのを見て、頭をふって、自分の鼻の下に濃《こ》くはえたひげに手をやってみましたが、王さまがどうされたのか誰《だれ》にもわかりませんでした。そこで、とうとう総理大臣《そうりだいじん》が王さまに直接おたずねになりました。

「わしは考えているところなのだが」王さまはおっしゃいました。「これはなんという獣なのだろうな。エメラルドの目をもっているが、だれも盗まない。とってもながーいひげをはやしているが、オスではない。毛はちかちか火花のように光っているが、けっして焼けはしない。足は絹のようだけど、歩いてもけっしてすりきれない。ちっちゃなポケットには十六本の剣をもっているが、肉も切れない。これはいったいなんだ？」

こんどは、大臣や顧問官たちがすわって、頭をふり、自分の大きなひげを指でひねってみましたが、それがどんな獣か誰にも考えつくことができませんでした。さいごに老人の総理大臣がみんなを代表して、王女さまがお婆さんに言われたのと同じようにもうしあげました。

「王さまにもうしあげます。そのような獣は、この世界にはぜったいにおりません」

でも、王さまはそんな答えでは満足なさいませんでした。そこでいちばん早い使者をお婆さんのところへお遣《つか》わしになりました。使者は馬に乗って飛ぶように、ひづめの下で火花がとびちるほど飛ぶような速さででかけていきました。そうすると、ほら、そこにお婆さんが自分の家のまえにすわっていました。

「お婆さん」馬のたずなをおさえて、使者が言いました。「王さまは、どうしてもその獣がほしいとおおせになっておられる」

「じゃあ、おもちになれますよ」お婆さんが言いました。「でも、王さまのお母さまのボンネットのに入るだけ、最良の銀貨《ぎんか》を、わたしにくださるなら、ほしいものはおもちになれます」

使者は、砂ぼこりがもうもうと天までとどくほど、飛ぶようにして、また宮殿にもどってきました。

「王さま」使者は報告をしました。「お婆さんは、王さまのお母さまのボンネットに入るだけ、最良の銀貨《ぎんか》を、わたしに下さるなら、その獣《けもの》をおもちするともうしております」

「それなら、たいしたことはあるまい」と王さまはお考えになりました。そして「お婆さんがもうすとおりの銀貨をあたえよう」と大きな太鼓判《たいこばん》をおしてお約束をなさいました。それで、王さまはすぐにお母さまのところに行かれました。

「お母さん」王さまはおっしゃいました。「お客があるんです。お母さんのいちばんきれいなボンネットをかぶってください。お母さんの髪《かみ》の髷《まげ》がかくれるだけのいちばん小さなのでけっこうです」

そこで、お年をめされたお母さまは、王さまがおっしゃったとおりにいたしました。

やがて、お婆さんが宮廷にやってきました。背にはスカーフできれいにむすんだ籠《かご》をせおっていました。大きな広間ではもう王さまやお母さま、それにかわいい王女さまがお待《ま》ちになっておられました。それればかりか、すべての大臣、秘書官たち、将軍《しょうぐん》、それに各役所の長官たちも、息もできないくらい好奇心をたぎらせながら、待っていました。

お婆さんは、ゆっくり、ゆっくり、スカーフのむすび目をほどきました。王さままでがその獣を近くから見ようとして玉座からおりておいでになりました。さいごに、お婆さんがスカーフをしたにおろしますと、黒い猫《ねこ》が飛び出してきました。そしてひと飛びで玉座の上にすわりました。

「こりゃあ、なんだ、お婆さん」王さまはがっかりして、大きな声でおっしゃいました。「おまえは、わたしらを、だましたな。これは、ただの猫じゃないか！」

お婆さんは両手を腰にあてていいました。

「このあたしが、あんたがたをだましたとおっしゃるのかね？　ほれ、よくごらんなさい」お婆さんはそう言いながら、猫をさしました。猫が王さまの玉座にすわっていると、猫のみどり色の目は、まるで最高にうつくしいエメラルドのようにかがやいていました。そこでお婆さんは言いました。「ほら、この子がエメラルドの目をもっていないかどうか、よくごらんになってください。それに、王さま、このエメラルドはだれも盗みませんよ。それにひげだってこんなにながいけど、オスじゃありませんよ」

「しかし」王さまは言いかえしました。「お婆さん、この猫はたしかに黒い毛皮をもっているがね、火花をちらしてはいないぞ」

「じゃあ、ちょっとおまちください」

お婆さんも言いかえしました。そして猫の毛なみを逆《ぎゃく》になでました。すると、ほんとうに、ちいさな電気の火花がぱちぱちというのがきこえました。

「それから、ちいさな足」お婆さんはさらに話しつづけました。「絹の足をしています。このかわいい王女さまでさえ、はだしで、つまさき立ちでお駆《か》けになっても、こんなにしずかに駆けることはできませんでしょう」

「よろしい、いいだろう」と王さまはなっとくしました。「だがな、そのかわりちっちゃなポケットをひとつももっていないじゃないか。それに十六本の剣もだ」

「ちっちゃなポケットは」お婆さんは言いました。「足についているんですよ。そしてそのひとつひとつのポケットにするどい剣がは言っているのです——爪《つめ》です。十六本ないかどうか数えてください」

王さまは老総理大臣に猫の爪を数えるように命じました。総理大臣は猫のほうに身をかがめて、足をつかまえて数えようとしました。しかし、猫が前足をさっとうごかしただけで、もう総理大臣の目のそばに傷をつけていました。

総理大臣は体をおこして、目をおさえて、言いました。

「わたしは、王さま、もう目がよわっておりますが、爪はたくさんあったようにおもいます。四本はたしかにわかりました」

そこで王さまは侍従長《じじゅうちょう》に猫の爪を数えるように指示しました。侍従長は爪を数えるために猫をつかまえましたが、すぐに真っ赤なかおをして立ちあがり、はなのあたりをなでました。

「王さま、爪はみんなで十二本でございました。わたくしは片がわにそれぞれ六本を数えました。それぞれの足のよこに四本でございます」

そこで王さまは首相《しゅしょう》に猫の爪を数えるように命じました。しかし、この誠実《せいじつ》な人物は猫のほうにかがみこんだだけで、もうまた背をのばして、言いました。

「爪の数はほんとうに、ちょうど十六本でございます、王さま」

「いいだろう、承知《しょうち》した」王さまは大きな息をつきました。「こうなったら、もう、その猫を買わなければならない。しかし、婆さん、おまえさんも、ずいぶんと悪党《あくとう》だな」

そんなわけで王さまは銀貨をテーブルの上につみあげさせるしかなくなりました。それからお母さんの頭から、すべてのなかでいちばん小さな帽子をとって、それを銀貨の上におきました。そのボンネットはすごく小さかったので、その下にはちょうど五枚の銀貨しかありませんでした。

「さあ、これをとりなさい、お婆さん、これがおまえの五トラルだ。それじゃ、さようなら」

王さまは言って、こんなにやすく猫が買えたとよろこびました。

でもお婆さんは首をふって、言いました。

「王さま、わたしはそんな話はしていませんよ。あなたさまは、あたしに、あなたのお母さまのボンネットの下のいちばん高価な銀が入る分だけ銀貨をくださらなくてはなりません」

「だが、いいかね」王さまは言いかえしました。「そのボンネットの下に入ったのはいちばん高価な銀貨五トラルだったじゃないか」

お婆さんはボンネットを手にとってなで、手のひらの上でまわしました。そしてゆっくりと言いました。「わたくしが思いますには、王さま、世界でいちばん高価な銀は、あなたのお母さまの銀色の髪ではありませんか」

王さまはお婆さんを見て、お母さんを見ました。そしてしずかに言いました。

「そのとおりだ、お婆さん」

するとお婆さんはそのボンネットを王さまのお母さまの頭の上にきちんと被《かぶ》せて、お母さまの白い髪をなでながら、言いました。

「じゃあ、こんどは、王さま、あなたのお母さまのボンネットの下に銀色の髪の数だけ銀貨を下さらなければなりません」

王さまはおどろかれて、そして、王さまは顔をくもらせられました。王さまは最後には笑いだされて、おっしゃいました。

「婆さん、おまえも大変な詐欺師《さぎし》だな」

なるほどね、でも、子供たち、約束《やくそく》は約束だよね。だから王さまはお婆さんに、お婆さんが要求するだけの銀貨を払《はら》わなければならなかったんだ。それで王さまはお母さまに、お母さまのボンネットの下に入る銀色の髪の数をかぞえさせて下さいとおたのみになりました。

経理担当の廷臣《ていしん》は数えに数えました。そして王さまのお母さまはおとなしく我慢《がまん》していらっしゃいました。みじろぎもなさいません。そして、そのとき、きみたちも知っているように、年をとった人はいねむりが好きだし、すぐにうたたねをするよね——ようするに、大王妃《だいおうひ》さまもいねむりをしておられたのです。

こんなふうに眠《ねむ》っているあいだに、経理官は髪を一本一本数えつづけました。そしてちょうど一千本を数え終えたところで、たぶん大王妃の銀色の髪を一本つよくひっぱったのでしょう、王さまのお母さまは目をさまされました。

「あうっ」大王妃は叫《さけ》ばれました。「どうして、わたしをおこすのよ? いま、ちょうど正夢《まさゆめ》を見てたとこなのよ。ちょうどいま、つぎの王がわが国の国境をこえたのよ」

お婆さんは体をぴくっとふるわせました。

「それは変ですよ」お婆さんは言いました。「ちょうど、今日、野をこえた向こうの国からわたしの孫《まご》がひっこしてくることになっているんですけどね」

でも、王さまはそんな話には耳もかさずに、叫ばれました。

「どこからです、お母さん、いったいどこからこの国の次の王が来るというんです? どの王家の館《やかた》からの者なのです？」

「そんなこと、わたくしにもわかりませんよ」王さまのお母さまはおっしゃいました。「だって、ちょうどそのとき、あなたがわたくしをおこしたんですよ」

そのあいだも、いちばん位のたかい経理官は数えつづけていました。そして王さまのお母さまはまたお眠りになりました。経理官は数えに数え、とうとう二千本にまでたっしました。そのときまたもや経理官の手がひきつり、銀色の髪の毛をつよくひっぱりました。

「まあ、なんて気がきかない人なの」王さまのお母さまは大声を上げました。「どうしてあたしをおこすの？　いまちょうど、次の王さまを連《つ》れてくるのは、この黒い猫以外にはないという夢を見ていたところなのよ」

「なんですって、お母さま」王さまはおどろきました。「猫が誰かを家に連れてくるって、そんな話をこれまで聞いたこともないよ」

「でも、もうじきにそうなるよ」王さまのお母さまはおっしゃいました。「でも、いまはあたしを眠らせて」

また、王さまのお母さまはお眠りになりました。そしてまたもや経理官は数を数えていました。三千本まで、そして最後まで数え終えたとき、手がふるえて、思わず、またもや強くひっぱってしまいました。

「ああ、あんたはほんとにしようがない人ね」王さまのお母さまは叫ばれました。「あたしみたいなお婆さんを、ちょっとのあいだも眠らせてくれないんだから。次の王さまが、家ごと運んでやってきます」

「そう、でも、お母さま、もうそんな話をぼくにしないでくださいよ」と王さまが言われました。「たぶん、そんな話はうそにきまっている。いったい誰が、王家の家をぜんぶはこんでくることができるんです？」

「むすこや、おだまり、言ってもむだよ」お母さまは王さまをしかりました。「どんなことがおこるか、誰にもわかりはしないのよ」

「そうですよ」お婆さんはうなずきました。「お母さまはいいことおっしゃいましたよ、王さま。わたしのなくなりました主人に——おお天なる神さま——あるジプシー女が予言いたしました。いつか、おんどりが、おまえの農園をみんなつつき荒らしてしまうぞと。そしたら、うちの父《とう》さんは、かわいそうに、そんな予言を笑い飛ばして、『いいかい、ジプシー女、たぶん、そんな話はうそにきまっている』と言ったんです。ちょうど、あなたさまがおっしゃったようにです、王さま」

「それで、どうした」王さまはその話にひきこまれて、おたずねになりました。「つまり、ほんとうだったのか？」

お婆さんはなみだをぬぐいはじめました。「そうなんです。それからしばらくして、あるとき赤いおんどりが飛んできて〈チェコで火事のたとえ〉火事になったんです。そして家のものをぜんぶ食いつくしてしまいました。父さんは、やがて、ふぬけのようになって歩きまわり、『ジプシー女の言ったとおりだった！　ジプシー女の言ったとおりだった！』といつまでも言っていました。かわいそうに、神に召《め》されて、もう十二年になります」

そこでお婆さんは泣きだしました。しかし、王さまのお母さまはお婆さんの首のまわりに手をかけて、お婆さんの顔をなでてあげながら、話しかけました。

「お婆さん、もう、泣くのはおやめなさい。そうでないと、わたくしまで泣けてくるではありませんか」

王さまもこれにはおどろきました。それですぐに銀貨をちゃりんと鳴らしはじめました。テーブルのうえに、銀貨を一枚一枚、王さまのお母さまのボンネットの下に入った銀色の髪の数とちょうど同じの三千枚になるまでつみ上げていきました。

「さあ、おばあさん」王さまはおっしゃいました。「ここにありますよ、そして神さまがあなたを祝福《しゅくふく》なさいますように。それにしても、おまえのようなものの手にかかったら、人はみんな丸裸《まるはだか》にされかねんな」

お婆さんは笑いました。みんなもお婆さんといっしょになって笑いました――そして、お婆さんは胴巻《どうまき》のなかに銀貨をつめこみはじめました。ところが、どうしてどうして胴巻だけでたりるはずがない！　お婆さんは籠《かご》にも銀貨をつめなければなりませんでした。そして籠も、お婆さんがひとりで持ち上げられないくらいいっぱいになりました。二人の隊長《たいちょう》に王さまも手をかして、おばあさんの背中に籠をせおわせるのを手伝いました。そこでお婆さんはお行儀よくみんなにおじぎをして、王さまのお母さまにも別れをつげました。そしてじぶんの黒猫ユーラをさいごにひと目見ようとして、もういちど体をめぐらせました。しかしユーラはいませんでした。

お婆さんはぐるぐるまわって、呼びました「これ、ちっちっちー、これ、ちっちっちー」――猫はなんにもこたえません。しかし玉座のかげからちっちゃな足がのぞいていました。お婆さんはつま先立ってそっちへ行って、見ました——王女さまが玉座のかげのすみっこに眠っておられ、王女さまのひざのうえで、のどをごろごろ鳴らせながら高価なユーラが眠っていました。

そこでお婆さんはポケットのなかをさぐって、王女さまの手のなかに銀貨を一枚にぎらせました。もしお婆さんが記念に王女さまに銀貨をあげたかったのだとしたら、あとで王女さまはすごくびっくりしてしまうでしょうね。だって王女さまが目をさまされたとき、ひざの上に猫がいて、手には銀貨をにぎっているなんて思いもしないでしょうからね。でも、王女さまは猫を腕にだいて、そして猫といっしょに、この銀貨で馳走《ごちそう》をたべにいって、すぐに使いはたすでしょうね。たぶん、お婆さんはそのことも、もう、まえからお見通しだったのかもね。

王女さまがまだ眠っておられるころ、お婆さんはもうとっくに家についていました。お婆さんはこんなにたくさんお金をもってかえることができたこと、それにユーラをいい人の手にわたすことができて、とってもうれしかったのです。そしていちばんうれしかったことは、野原のむこうの王国からお婆さんの孫のヴァシェクが馬車に乗ってかえってきたことでした。

その二　猫ちゃんにできること

そこで、いいですか、その猫ちゃんはユーラと名づけられました。でも、王女さまはユーラのことを、いろんな名前でお呼びになりました。たとえば、マツェックにマツオウレク、チチャ、チチンカにチチャーネク、リージンカ、ミツァにマツィンカ、モウレク、コチチャークにコチェンカなどなど。だからね、みなさんにも、王女さまがこの猫ちゃんをどんなにお好きだったかがわかりますよね。

朝、王女さまが目を開かれると、もう、羽ぶとんの上に猫ちゃんがいます。なまけ者のユーラは羽ぶとんの上にくつろぎながら、それでも、なにかをしているんだというふうに見せるために、糸つむぎ車を回してでもいうように「ごろごろ」と喉《のど》を鳴《な》らしています。やがて王女さまと猫ちゃんは同時に顔を洗《あら》います。

もちろん猫ちゃんは手と舌だけしか使いませんが、それでも王女さまよりはずっとねん入りに洗います。でも、王女さまは子供たちにできるくらいに、あっちもこっちも手でこすってちゃんと洗いますが、それでも洗いおわったときには、猫ちゃんは王女さまよりももっと早く、もっときれいになっています。

それでも、ユーラはほかの猫たちと同じように猫であることにかわりはありません。王さまの玉座の上にすわって、いねむりするのが大好きですが、この点だけがふつうの猫とちがうところです。玉座にすわっているとき、猫ちゃんは、とおい親戚《しんせき》のおじさんのライオンがあらゆる動物の王さまだったことを、きっと思い出しているのかもしれませんね。それとも、思い出しているように見えるだけかなあ。

ねずみが壁《かべ》の穴から首でも出そうものならもうお終《しま》い――ユーラはひとっ跳《と》びでつかまえます。そして、いばってそのねずみを玉座の脚のそばにおくのです。それが、おおぜいのお客さまをお招《まね》きした、はなやかな大宴会《だいえんかい》のときであろうがなかろうが、おかまいなしなのです。

あるとき、王さまは二人の貴族のあらそいの審判《しんぱん》を下されることになりました。二人は一段高くなった玉座のまえに立って、二人のうちのどちらが正しいか、はげしく言いあらそいました。二人の議論《ぎろん》がもっとも熱をおびていたとき、ユーラが来て、とらえたねすみを床の上におきました。そして誇らしげに、おほめの言葉をまっていました。一人の貴族はユーラには目もくれませんでした。それにたいして、もう一人の貴族はすぐに身をかがめてユーラをなでてあげました。

「おお」とすぐに王さまはおっしゃいました。「こちらの人のほうが公正だ。なぜかと言えば、どんな奉仕《ほうし》にたいしてもそれなりにねぎらうことをわすれないからだ」

ほうらね、そんなわけで、その人が正しいことがわかったのです。

それからね、きみたち、王さまは宮廷のなかに二匹の犬を飼っておられました。一匹のほうの名前はブッフォといい、もう一匹はブッフィーノと言いました。

犬たちがはじめて宮殿《きゅうでん》の玄関のわきでお昼寝をしているユーラを見たとき、二匹とも「おい、同僚《どうりょう》、こいつはおれたちの同類ではなさそうだな」とでも言いたげに顔を見合わせました。そして申し合わせたかのように、かわいそうなユーラにむかって駆《か》けていきました。

猫ちゃんはただ壁のほうにあとずさりするしかありませんでした。そして小さなほうきくらいの大きさの太いしっぽをぴんと立てました。もしブッフォとブッフィーノがかしこい犬だったら、猫がこんなにしっぽを立てたときは、なにを言おうとしているかわかったんでしょうけどね、二匹ともまぬけな犬だったので、まず、ブッフォがユーラのほうに鼻をつきだして、においをかごうとしたのです。

鼻をつき出して「くん」としたとたん、「きゃん」と言って飛び下がるほど鼻の頭をつよくひっかかれていました。そのあとは、ものすごい勢《いきお》いで逃げだし、たっぷり一時間は止まることさえできないくらいでした。そのあと二日間はこわくてふるえていました。

ブッフィーノはそれを見て、少しおどろきましたが、勇敢《ゆうかん》なところを見せなければならないと心のなかで思いました。

「おい、こら、できそこないの変なやつ」ブッフィーノはユーラに言いました。「おれとけんかするのは、よしたほうがいいぜ。おれは天のお月さまでさえこわがるほど、大きな声で吠《ほ》えることができるんだぞうっ！」

そう言うと、その証拠《しょうこ》に、一マイル向こうの家の窓という窓のガラスにひびが入りそうなくらい大きな声で吠えました。

でも、ユーラはまばたき一つしませんでした。そしてブッフィーノが吠えおわると言いました。

「ほう、すこしは吠えることができるんだね。でもね、あたしがシーッという声でうなると、ヘビでさえこわくて、ぶるぶる震えるくらいなんだよ」そう言いながらユーラはブッフィーノの体じゅうの毛が逆立つほどおそろしい声で「しーっ」とうなりました。

ブッフィーノはすこし勇気をとりもどしたところで、また言いました。

「なるほどね、でもしーしーって言うだけじゃ、まだ勇気があるとは言えないな。だけど、いいかい、ぼくがどんなに早く駆《か》けられるか、見ていてくれ！」

そして猫ちゃんが言葉をかえすひまもないくらい、きゅうに、宮殿のほうが目をまわしてしまいそうなくらいな早さで、宮殿のまわりを駆けまわりはじめました。

ユーラもこれにはすごくびっくりしましたが、でも、なんでもないような顔をしていました。

「ふん」ユーラは言いました。「まあ、あんたが、あたしからどんなに早く逃げられるかはわかったわ。でも、あたしにあんたの一万倍くらい強いだれかがおそってきたら、あたしだってあれくらいの早さで逃《に》げるかもね」

そして三回はねると、もう高い木のてっぺんに登《のぼ》っていました——それはブッフィーノにはこわくて目がまわりそうなほどの高さでした。

ブッフィーノはやっとわれにかえって言いました。

「いいかい、ちゃんとした犬は木になんか登りはしないよ。だけど、知らなきゃ、ぼくになにができるか教えてあげるけど、よーく気をつけているんだよ。くん、くん、となりの国の女王さまはお昼のご飯《はん》に若どりの料理をなさっているぞ。そしてぼくたちは、あしたのお昼はガチョウの料理だな」

猫ちゃんもそっとにおいをかいでみました。でも、なんにもにおいませんでした。そこで猫ちゃんは、犬はなんてすごい鼻をしているんだろうと、すごくおどろきました。でも、じぶんもすごいんだぞということを知らせないわけにはいきませんでした。

「そうなの」猫ちゃんは言いました。「そんなこと、あたしの耳にくらべたらなんでもないわよ。たとえば、あたしはね、ちょうどいま、うちの女王さまが床に針を落とされた音が聞こえたわよ。そしてとなりの王国では、あと十五分したらお昼の時計が打つわ」

それにはまたブッフィーノがおどろきました。でも、かんたんには負けたくはないので、言いました。

「ふうん、じゃあ、いいかい。ぼくたち、もう、おたがいにいがみあうのはやめにしようよ。ぼくをこわがらなくていいから、下におりておいでよ」

「あたしは、もちろん、こわがっていないわよ。だから、いい、あんたもあたしをこわがらなくていいから、木に登って、あたしのところまでいらっしゃい」

ユーラは言いました。

「ぼくも、すぐに登っていきたいところだけどね」とブッフィーノが言いました。「でも、そのまえに、なかよしのしるしに、ぼくたち犬がするように、こんなふうにしっぽを振《ふ》らなきゃだめだよ」

そう言いながらブッフィーノは、びゅーびゅーと風を切る音がするくらいしっぽを早く振りました。

ユーラは自分もしっぽを振ろうとしてみました。そして、もう一度やってみました、でも、なんとなくうまくいきません。そうか、なるほど、それは神さまが犬にだけできるように教えられたんだ！　しかし、それでも、なんとなくおくびょう者と言われないように、木からおりて、ブッフィーノのほうへ行きました。

「あたしたち、猫たちはね」と言いました。「なんにも悪いことを思っていないときはね、こうやって喉をごろごろ鳴らすのよ。あたしとなかよしになるという証拠に、あんたもちょっとやってごらん」

そこで、ブッフィーノは喉を鳴らそうとやってみました。ところが、できるもんですか！　ブッフィーノの口からは自分でもはずかしくなるような「ヴルルルウィッ」というような変なうなり声しか出てきませんでした。

「おいでよ」それですぐに言いました。「ぼくたち門のまえにいって、人に吠えたほうがおもしろいよ。こいつはね、きみにだって、きっとおもしろい犬ごっこだよ！」

「でも、あたしは」ユーラはちょっと抵抗《ていこう》しました。「そんなに、野蛮《やばん》なことできないわ。でも、あなたがそれでよければ、いっしょに行って、屋根の端《はし》にすわって、なにもかも上から見物しましょうよ」

「かんべんしてくれよ」ブッフィーノはおどろいて言いました。「だって、ぼくは高いところにいると、すごく目がまわりそうなんだよ。それじゃあ、いっしょに野うさぎを追っかけにいくのが、いちばんよさそうだな」

「野うさぎかい」猫ちゃんは言いました。「あたし、追いかけられないわ。あたしはね、あんたみたいな、そんな足、もってないんだもの。でも、あんたがあたしと来るんなら、いっしょに小鳥をつかまえられる木を教《おし》えてあげるわよ」

ブッフィーノはがっかりしたように考えこんでいました。そしてやっと言いました。

「ねえ、ユーラちゃん、これじゃ、いっしょに楽しいことなんかできないね。どうしてだか、わかるかい？　ぼくは森でも通りでも犬のままだけど、きみは木の上でも屋根の上でも、猫のままだからね。でも、ここの宮殿のなかだとか、中庭や庭園のなかでなら、ぼくたち、犬でも猫でもなしに、なかよしの仲間同士になれるんじゃないかい？」

そんなわけで、二匹はなかよしになりました。それからは二匹は相手のすることを自分でもやってみるようになりました。だからユーラは犬のように王女さまのあとを追いかけて走るようになり、ブッフィーノは猫が王さまの足もとにとらえたねずみを運んでくるのを見ると、自分もごみすてばから掘りだしてきたり、町の通りで拾《ひろ》ってきた骨を、得意《とくい》そうな顔で玉座のところに運んできました。でも、こんなものをもってきても、猫ちゃんのねずみほどはほめられませんでした——あたりまえだよね。

あるとき、真夜中のことです。ブッフィーノはじぶんのお家で眠っていました——いいかい、子供たち、王さまの犬はね、ヒマラヤ杉《すぎ》とマホガニーの木で作ったお家をもっているんだよ。ブッフィーノはちょうどそのとき野うさぎを追いかけている夢を見ていました。だから夢のなかでも足をはげしく動かしていました。そのとき鼻の頭をとんとんとたたかれるのを感じました。

「わん」と夢のなかから飛んでかえりました。「わん、どうしたんだい？」

「しっ」聞きおぼえのある声がささやきました。「ちょっと、しずかにして」

ブッフィーノはユーラを目にしました。それは夜よりもまっ黒でした。ただ、猫ちゃんのみどり色の目だけが、賢そうに、緊張《きんちょう》して光っていました。

「あたしはね、屋根の上にすわっていたの」ユーラはささやき声で話しました。「いつもの習慣で、いろんなことを思っていたのよ。あんたもあたしの耳がいいことを知ってるわよね。で、そのとき王さまの庭園の遠くの遠くのほうで、誰かの足音が聞えたの」

「そうかい、ワウ」ブッフィーノは思わず声をたてました。

「しずかにしなさいって」ユーラはしっという声でたしなめました。「ブッフィーノくん、あたしね、きっと泥棒《どろぼう》だと思うの。どうお？　つかまえにいかない？」

「わん」犬はいきおいこんで吠えました。「わん、さあ、行こう」

二匹は勇気をだして、いっしょに庭園のほうに行きました。

それはもうまっ暗な夜でした。ブッフィーノは先に駆けていこうとしましたが、あんまり暗いので、一足駆《か》けるたびにつまずきました。

「ユーラちゃん」犬はこまり果ててささやきました。「ユーラちゃん、どうしたらいい、ぼく、一歩先も見えないんだよ！」

「あたしはね」ユーラは言いました。「お昼と同じに夜でも見えるのよ。あたしが先に行くから、あんたあたしのあとから、においをたよりについていらっしゃい」

そこで二匹は、猫ちゃんの言うとおりにしました。

「おほっ」ブッフィーノが突然立ち止まりました。「誰かの足あとのにおいがするぞ」

鼻を地面にくっつけて、こんどはそのにおいのあとを追いかけていきました。まるではっきり見えるみたいです。ユーラはそのあとにつづきました。

「しっ」しばらくしてユーラはささやきました。「もう、見つけたわ。あんたのまんまえよ」

「そうかい」ブッフィーノは大きな声で叫びました。「ウルルルル、ウルルルル、わん、そいつに飛びかかれ！　わん、わん、こら、わん、この悪党、わん、この恥さらし、この野郎をこらしめよう、こいつに一発くらわそう、わん、ひっかけ、ぶちのめせ、うでまくりをして、やつにとびかかれ、やつをふりまわせ！　わん、わん、わん！」

盗賊《とうぞく》はそれを聞くと、すごくこわくなり、いちはやく逃げ出しました。ブッフィーノは追いかけます。そして盗賊のふくらはぎにかみつき、ズボンをひきさき、盗賊をひっぱりたおすと、こんどは耳までかみました。

泥棒はかろうじて木に飛びつき、こわくなって木の上によじ登りました。でも、こんどはユーラの番です。ユーラは泥棒のあとから木に登ると、泥棒の首筋に飛びかかって、爪をたて、かみつき、ひっかき、切りつけました、でも、ユーラにできるくらいにね。

そして、ユーラは「ウーーー」とうなり声を上げながら、シーッという声でおどしました。「もっとひどい目に会わせてあげようか、ひっかいて、八つ裂きにして、切りきざんであげようか」「わん」下ではブッフィーノが吠えていました。「そいつの首をしめてやれ、ぶんなぐれ、やっちまえ、突きおとせ、おれのところへほうり投げろ、どやしつけろ、しばり上げろ、かみついて、はなすな！」

「降参《こうさん》だ」泥棒はちぢみ上がって叫び、麻袋《あさぶくろ》のように木から落っこちて、ひざまずき、手を上にあげて、たのみました。

「殺さないでくれ、おねがいだ、おれはもうあきらめた、どこへでも好きなところへ連れていってくれ！」

こうして、みんなは帰り道につきました。いちばん先にサーベルのようにしっぽをぴんと立てたユーラ、それから両手をあげた泥棒、そしていちばん最後にブッフィーノとつづきました。

道のとちゅうでランタンをもった番兵たちに出あいました。だって、このさわぎに番兵たちも目をさましたからです。そしてこの行列に加わりました。こうして泥棒を連れて館に凱旋《がいせん》してきました。

王さまも王妃さまも目をさまされ、そのようすを窓からごらんになっていましたが、王女さまだけがおやすみになっていて、すべてのことをごぞんじになりませんでした。

もし、ユーラがいつものように、朝、昨晩はなんにもなかったかのような、かわいらしい顔で王女さまの羽ぶとんのなかに眠りに来なかったら、きっと、ねぼうして朝御飯にも間にあわなかった

でしょう。

ユーラはそのほかにもいろんなことができます。でも、そのことをひとつひとつお話ししていたら、このお話が終わりません。ですから、大急ぎで、ちょっとだけお話ししましょう。

ときどき、手で小川のなかの魚を取ります。キュウリのサラダをよろこんで食べます。小鳥もつかまえます——ほんとは、これ、禁じられているんですけどね。そんな悪いことをしていても、まるで天使みたいな、いたずらなんかしていないわよというような顔をすることもできます。それにまた、誰もが一日じゅう見ていてもあきないくらい、かわいらしくじゃれて遊ぶこともできます。

もしユーラのことについて、もっとなにか知りたいと思う人がいたら、どんな猫でもいいから、やさしく見ていてごらん。どんな猫でもユーラみたいなところを少しはもっているし、どんな猫にもたくさんの、かわいらしくって、たのしい芸ができるんですよ。

それに、いじめたりしない子供には、そんなたのしい芸を見せるのを猫はけっしておしんだりしませんよ。

その三　探偵たちはどのようにして魔法使いを追いかけたか

猫ちゃんができるすべてのことについてお話しするとしたら、さらに、もうすこしお話ししなければなりません。王女さまはいろんなことをお聞きになりました。

猫は高いところから落ちたとき、なんにもしなくてもいつも足を地面につけて立つ。それがほんとうかどうか確《たし》かめるために、ある日、王女さまはユーラをつれて屋根裏部屋へお上がりになり、すごく高いところにある窓からかわいいユーラを落とされました。そしてすぐ、ユーラがほんとうに足を地面につけて立つかどうか見ようとなさいました。でも、ユーラの足は地面につきませんでした。

どうしてかと言うと、ちょうどその真下の道を一人の男の人が歩いていて、その人の頭の上に落っこちたからです。たぶん、そのときにその人の頭を爪ですこしひっかくかどうかしたのか、それとも、頭の上に猫ちゃんがおっこちてきたことに腹を立てたかしたのでしょうね——ようするに、その人は、王女さまが思っておられたように猫ちゃんを頭の上にすわらせたままにはしていませんでした。その人は猫ちゃんをつかんで、コートの下にかかえこむと、足を早めてどこかへ行ってしまったのです。

王女さまは泣き声をあげながら、屋根裏部屋からかけおりて、まっすぐ王さまのところへいらっしゃいました。

「わーん、わーわーわー」王女さまはお泣きになりながら、おっしゃいました。

「お城の下の道を歩いた男の人が、ユー、ユ——ラをぬすんで行っちゃったの！」

そのことをお聞きになると、王さまはびっくりなさいました。王さまは心のなかで思われました。ただの猫ならそこにもここにもいるが、あの猫はわしらのところに、次の王をつれてくることになっているからなあ。そうだ、あの猫はぜったいになくしてはならないと、王さまはかたく心に誓《ちか》われました。

ただちに警視総監《けいしそうかん》をお呼び出しになりました。

「かくかく、しかじかなわけで、誰かがわしらから黒猫のユーラを盗んでいったのだ。その男はコートの下に猫をかくして、どこかへ行ってしまったそうだ」と王さまは長官にお話しになりました。

警視総監はひたいにしわをよせて、半時間ほどのあいだ考えていましたが、やがて言いました。

「王さま、その猫は、神さまと、正規《せいき》の警察、秘密警察、軍隊《ぐんたい》、砲兵部隊《ほうへいぶたい》、海軍、消防隊《しょうぼうたい》、潜水艦隊《かんたい》、飛行船団《ひこうせんだん》、予言者、トランプ占い師、そのほか、王国のあらゆる国民の協力をえて、わたしがお捜《さが》しいたしましょう」

総監はすぐに部下のなかでも、もっとも辣腕《らつわん》の探偵たちを集合させました。——探偵《たんてい》というのはだね、子供たち、警察の秘密の任務を果たしている人でね、普通の人のような服装をしている。そして、誰にも気づかれないように、いつも別の何かに変装《へんそう》している、そんな人のことなんだよ。探偵はどんなむずかしい事件でも解決するし、なくなったどんなものでも捜し出すし、どんな犯人でもつかまえる。それに、なんでもできるし、なんにも怖《こわ》がらない。だからね、探偵になるのはそんなにやさしいことではないんだよ。

そこで警視総監はすぐに、いちばんすぐれた探偵たちを呼びあつめました。

その探偵たちとは、フシェテチュカ〈何にでも首をつっこむ〉、フシュディビル〈どこにでも現われる〉、フシェヴィエッド〈何でも知っている〉の三兄弟、それに、イタリア人の知恵者シニョール・マッザーニ、陽気で太っちょのオランダ人ミンヘール・ファレイセ、スラブ人の大男ヤコレフ小父さん、陰気《いんき》で無口なスコットランド人ミスター・ネヴルリー〈この人はチェコ人ではないのにチェコ語の名前がついている。「ヘソ曲がり」〉といった人たちでした。

すごくかんたんな説明を聞いただけで、なにが問題なのかをすぐ理解しました。そしてその猫泥棒をつかまえた者には、すごいごほうびがもらえるということも伝えられました。

「はい」マッザーニは大きな声でこたえました。

「なーるほど」ファレイセは陽気に言いました。

「ふーむ」ヤコレフはひくい声でうなりました。

「さーて」ネヴルリーは短《みじか》くつけくわえました。

フシェテチュカとフシュディビルとフシェヴィエッドは三人、たがいに顔を見合わせてウインクしました。

十五分後には、黒猫をオーバーのなかにかくした男がスパーレナー通りを通《とお》ったことをフシェテチュカが聞き出してきました。

三十分後には、黒猫をオーバーのなかにかくした男がヴィノフラディ通りのほうへ曲《ま》がったという報告をフシュデビルがもってきました。

一時間後には、黒猫をオーバーのなかにかくした男がストラシュニツェの酒場でビールのジョッキを前にしてすわっているという情報《じょうほう》をもってフシェヴィエッドが駆け込んできました。

マッザーニ、ファレイセ、ヤコレフ、ネヴルリーは用意していた自動車にとび乗って、大急ぎでストラシュニツェへかけつけました。

「おい、みんな」マッザーニはその酒場につくと言いました。「あの抜け目のない犯人のことだ、きっといろんな逃げ口上を用意しているにちがいない。あいつとの交渉《こうしょう》はわたしにまかせてくれ」

そういって知恵者マッザーニは、約束のご褒美《ほうび》をひとりじめにしようと思っていました。

マッザーニ探偵は大急ぎで、ひも売りの行商人《ぎょうしょうにん》に変装して、酒場のなかに入っていきました。

そこには黒い服をきた、黒い髪に黒いひげの、青い顔をした、悲しそうだけど、とても美しい目をした外国人がすわっていました。

「あいつだ」と探偵にはすぐにわかりました。

「パネ・シニョーレ・カヴァリエーレ」（やあ、騎士《きし》の旦那《だんな》さま）探偵はぎこちないチェコ語で話しかけました。「あたしゃあ、ひもを売っております。美しくて、じょうぶなひもでございます。ぜったいに切れませんし、ほどけません。まるで鉄で作ったひもみたいでございますよ」

そう言いながら、探偵はいく種類ものひもをひろげて見せながら、ひっぱったり、ほどいて長くのばしたり、ひもの玉をもってお手玉したり、いろんなことをやってみせましたが、そのあいだにも、マッザーニ探偵の目は、ひたすら、その外国人の手にひもの輪をひっかけて、急いで手繰《たぐ》って、その男をしばりあげるチャンスをうかがっていました。

「わたしは要《い》らない」と外国人は言い、テーブルの上に指で何かを書いていました。

「そう言わずに、ちょっとでもごらんなさいよ、旦那《だんな》」

マッザーニ探偵はいっそう熱心に早口で言い、ひもの玉でお手玉したり、ひっぱったり、のばしたりのスピードをだんだん早くしていきました。

「どうぞ、どうぞ、ほんのちょっとでもごらんなさいよ、このひもがどんなに長いか、どんなにじょうぶか、どんなにほそいか、どんなに強いか、どんなに白いか、どんなにいい品か、どんなに――ええっと、どんなに――ねえ、ディアボロ（悪魔）さん」

マッザーニ探偵はきゅうに不安になって叫びました。

「なんだ、こりゃ？」

探偵さんがそのひもの玉でお手玉をしたり、ほどいたり、のばしたり、ひねったりしているうちに、探偵さんの手がなんとなく、みょうな具合にひもともつれ合いはじめました。

ひもはひとりでにまわりだし、輪をつくったり、もつれたり、結び目をつくったり、巻きついたり、ぎゅっとひっぱったりして、ふと気がつくと（探偵さんは、ただ、ぽかんとして見ていただけでしたが）探偵の両手はひとりでに完全に、かたくしばられていました。

マッザーニ探偵は不安で汗《あせ》びっしょりになりました。しかし心のなかでは、まだ、こんなもの、ほどくなんて簡単《かんたん》さと思っていました。探偵さんはなんとかこのひもをほどこうとして、からだをよじったり、ぐるぐる回ったり、飛び上がったり、体をゆすったり、ぴょんぴょん跳ねたり、かがんだり、きりきり舞《ま》いをしたりしました。それと同時に、口もだんだん早口で、ぺちゃくちゃぺちゃくちゃ、しゃべりはじめました。

「見てください、見てください、この品物がどんなにみごとな仕上がりか、どんなに強いか、どんなにじょうぶか、どんなにかたいか、どんなに長いか、どんなにやわらかいか、どんなに美しいか、どんなに、ええい、こんちきしょう、すごーいひもか！」

こんなふうにぐるぐる回ったり、飛んだり跳ねたりしているうちに、ひもはだんだん強く、だんだん早く探偵さんのまわりを回り出し、まきつき、しばり上げたので、シニョール・マッザーニ探偵はひもで両手両足をがんじがらめにされてしまって、床の上にころがってしまいました。

外国の人は眉毛《まゆげ》一本ぴくりともさせずにすわっていました。悲しそうな目を上げようともせず、ただテーブルの上に指でなにかを描《えが》いているように見えるだけでした。

そのあいだに外にいる探偵たちも、マッザーニさんが戻《もど》ってこないのを変に思いはじめていました。

「うーむ」大男のヤコレフはうなり、そして自分で酒場のなかに入っていきました。

大男が見たものは――マッザーニがしばられて床の上にころがっており、テーブルの前には外国人がすわっていて、うつむいて、テーブルクロスの上に指でなにかを描いているということでした。

「うーむ」大男のヤコレフは、また、うなりました。

「これを見て、なにか言いたいことはありますか？」外国人はたずねました。

「おまえを逮捕《たいほ》する」

ヤコレフはがらがら声で言いました。

外国人はその魅惑的《みわくてき》で美しい目をほんのすこし上げただけでした。

ヤコレフはすでに大きなこぶしをつきだしていましたが、でも、目の前がなんとなくくらくらするような気分になりました。そこで両手をポケットのなかにつっこんで、言いました。

「このおれさまが言っておこう、おまえさんはおとなしく、ここから消えちまったほうが身のためだぞ。おれさまにつかまれたら、体じゅうの骨がぐしゃぐしゃになってしまうからな」

「ほう」外人は言いました。

「だから、いいか」ヤコレフ探偵はつづけました。「おれが誰かの肩をかるくたたく。するとそいつは生涯《しょうがい》、からだが不自由になる。みんなはおれのことを強力《ごうりき》のヤコレフと呼んでいる」

「親愛なる探偵くん」外国人は言いました。「そいつは結構なことではありますがね、力がすべてではありませんよ。それに、わたしと話をするときは、すみませんがそのげんこつとやらを、ポケットから出していただけませんかね」

ヤコレフはちょっとばかり恥ずかしくなりました。それですぐにポケットから手を出そうとしました。ところが、どうしたんでしょう？　どうもこうも、げんこつがポケットから出てこないのです。

真剣《しんけん》になって手を出そうとしました——げんこつはポケットのなかに根を張ったかのように、どうしても出てきません。ほんとは、ポケットのなかのものの重さが、たとえ百キロあったって、彼の力をもってすれば、かるがるとひっぱり出せるはずなのです。

でも、強力のヤコレフともあろうものが自分のげんこつを自分のポケットからひっぱり出せないのです。どんなに力をこめて引いても、引きちぎろうとしても、せいいっぱいの力でもぎ取ろうとしても、どうしても、こうしても、ポケットから手を出すことはできません。

「こいつは悪いじょうだんだな」ヤコレフはとほうにくれて、つぶやきました。

「いや、あなたが思っておられるほど、悪いじょうだんではありませんよ」

外国人はしずかに言って、テーブルの上に指で絵を描きつづけました。

ヤコレフはポケットから手を出そうと苦労をし、汗をながし、身をよじっているとき、外にのこった探偵たちは、ヤコレフまでが戻ってこないので、これは変だと思いはじめていました。

「ぼくも行ってみよう」

ファレイセがぼそりと言って、肩幅《かたはば》のひろい大きな図体《ずうたい》で、のっしのっしと酒場のほうへ歩いていきました。見ると、マッザーニは手足をしばられて床の上にころがっており、ヤコレフはポケットのなかに手を入れたまま、酒場のなかを熊《くま》みたいなかっこうで踊《おど》っていました。そしてテーブルでは外国人がうつむいて指でなにかを描いています。

「わたしを逮捕《たいほ》しにおいでになったのですか？」

ファレイセがなにか言いだすよりも先に、外国人が声をかけました。

「さようでございます」とファレイセはあいそよく答えて、ポケットから手錠《てじょう》をひっぱり出しました。

「おそれいりますが、高貴なお方、手をお出しいただけますでしょうか？　失礼ながら、手錠《てじょう》をかけさせていただきたいのでございます。もうしあげておきますが、この手錠は美しく、つるつるで、まったくの新品でございます。とてもすべすべの鋼《はがね》で出来ておりまして、美しい、じょうぶな鎖《くさり》もついております。すべての部分が最高級品で組み立てられているのです」

そう言いながら冗談好きのファレイセは手錠をかちゃかちゃいわせてその品物を見せようとでもするように、右手と左手とのあいだを放りながら往復させていました。「さあ、どうぞご自分ではめてください」ファレイセは陽気《ようき》にしゃべりつづけました。

「わたしどもは、どなたにもご無理じいはいたしません。ただ、ご自分でそうなさることをお望みにならない方にだけ、たしょう不本意《ふほんい》なことをいたすかもしれません。こいつはすごくはめ心地のいい腕輪でございまして、特許ものの鍵もついています。腕にぴったり、どこも強くあたるところはありませんし、どこもひっかかったりもいたしません」――そのときファレイセは熱くなり、汗をかき、手と手とのあいだを行き来する手錠の早さが、だんだん、だんだん早くなってくるのに気がつきました。――「とってもきれいな、て、手錠、まさしく、こ高貴のお方のために、さい、さい、最高こっこっ、こりゃあ、どうした！　さい、こっ高に……あっつ、あっつ、あっつ、やはー熱い、ようよう、うよよよっうこうろ〈溶鉱炉〉のなかの、ひっひっひっ、ひやゃっ！　ひっ、火っひで焼いてきたえた、た、大砲とおなじ、はが、へが、ふが、はが、へがね〈鋼〉でつくられておりますよ。それに……ええい、こんちきしょう！」

ファレイセはとつぜんわめき、手錠を床の上にたたきつけました。ところが、なんとしたことでしょう、手錠は床の上にたたきつけられませんでした。それに手と手のあいだを飛びはねもしていないのです！　たしかに手錠は熱く焼け、赤をとおりこして青白い光をはなつほどでしたから、床におちてたら床を焼いて穴をあけていたにちがいありません。

いっぽう、外では、誰も戻ってこないので、はやくも、ネヴルリー探偵は不審《ふしん》に思いはじめていました。

「さあてっと」

心をきめて、そうつぶやくと、リボルバー〈ピストル〉をひっぱりだして、酒場のなかに入っていきました。すると、見えました――酒場のなかにはいたるところ煙《けむり》がたちこめていて、ファレイセは痛さに部屋じゅうを飛び跳ねながら、手のひらに息を吹きかけています。ヤコレフはポケットのなかに手をつっこんだまま、きりきり舞いをしています。マッザーニは手足をしばられて床の上にころがっています。

テーブルの前には外国人がすわっていて、うつむいたまま、テーブルクロスの上になにかを指で描いています。

「さあて」とネヴルリーは言って、リボルバーを手にして、まっすぐ外国人のほうへ進みました。外国人は思いにしずんだ、もの憂《う》げな視線《しせん》をネヴルリーに向けました。ネヴルリーはその目で見られると手がふるえるように感じました。しかし勇気をふるいおこして、間近から外国人の眉間《みけん》をめがけてリボルバーにつめられていた六発の弾《たま》全部を発射しました。

「もう、お終《しま》いですか？」外国人はたずねました。

「いえ、まだです」ネヴルリーは答えて、もう一丁のリボルバーを取り出して、外国人のひたいめがけて、次の六発を発射しました。

「終わりましたか？」外国人が聞きました。

「はい」

ネヴルリーは答えて、かかとの上で回れ右をすると、腕組みをして、部屋のすみのベンチにすわりました。

「それじゃ、勘定《かんじょう》をしてくれ」

外国人は大きな声で呼び、六クレイツァル銅貨でグラスをちんちんとたたきました。店の人は誰も出てきません。銃声《じゅうせい》を聞いたとき、みんなこわくて屋根裏部屋にかくれてしまったのです。それで外国人は六クレイツァル銅貨をテーブルの上において、探偵たちにあいさつし、おちついて出ていってしまいました。

それと同じとき、窓の一つからフシェテチュカが、もう一つの窓からフシュディビルが、三つ目の窓からフシェヴィエットが顔をのぞかせました。さいしょにフシェテチュカが窓から店のなかに飛びこんできました。

「諸君」彼は言いました。「あの男はどこにいるのです？」そして笑いはじめました。

第二の窓からフシュディビルが飛びこみました。

「わたしにはマッザーニ君が床の上にころがっているように見えるのですがね」と言って笑いました。

第三の窓からはフシェヴィエットが飛びこんできました。

「わたしには、ファレイセさんは、いま、なんとなくごきげんがよろしくないように見えますがね」と言いました。

「ぼくは思うのですが」フシェテチュカがさらに批評をくわえました。「ネヴルリーさんは、いまは、ライオンのように強そうには見えませんね」

「それに、ぼくにも」フシュディビルが断言《だんげん》しました。「ヤコレフさんは、いまでは、まるで知恵《ちえ》のある人には見えませんね」

マッザーニは床の上にすわっていました。

「諸君」彼は言い返しました。「そんなに簡単なことじゃないんだよ。あの悪党は指一本、ぼくにふれずに、ぼくをしばり上げたんだよ」

「おれだっておんなじさ」ヤコレフはうなるように言いました。「手をこんなふうにポケットのなかに凍《こお》りつかせてしまいやがった」

「ぼくだって、ひどいもんさ」ファレイセは泣き声で言いました。「ぼくがもっていた手錠を真っ赤になるまで熱く焼いたんだ」

「なーるほど」ネヴルリー探偵が言葉をつぎました。「そんなことはみんなたいしたことじゃないよ。でもね、わたしなんぞは、あいつの額に十二発も弾をぶちこんだんだよ。ところが、そのあとにはかすり傷さえついていないんだからね」

フシェテチュカ、フシュディビル、それにフシェヴィエッドの三人兄弟はおたがいに顔を見あわせました。

「ぼくはどうも……」フシェテチュカが口火を切りました。

「……あの悪党は……」フシュディビルが引きつぎました。

「……ほんとうは魔法使いじゃないかなと思うんだ」フシェヴィエッドが言葉をしめくくりました。

「ところが、諸君」ふたたびフシェテチュカが言いました。「あいつを罠《わな》にかけたんだよ。ぼくらは千人の兵隊を引きつれてきたんだ……」

「……ぼくたちはこの酒場を完全に包囲した」とフシュディビルがつづけました。「……だから、ねずみ一匹、ここから逃げ出せはしないよ」

「もう、あいつもおしまいだ」と探偵たち全員が声をそろえて言いました。

そのとき、外で、雷《かみなり》が落ちたような、何千という鉄砲《てっぽう》の音が響きました。

ドアが勢いよく開いて、酒場のなかに軍の指揮官が飛びこんできました。

「つつしんで、ご報告いたします」指揮官は言いました。「酒場は包囲いたしました。わたしは、酒場からねずみ一匹逃がしてはならんと、命令いたしました。ところが、みなさん、ドアのなかから一羽のかわいらしい目をした白い小鳩《こばと》が飛び出して、わたしの頭の上をぐるぐると回っていました」

「ああ」全員が叫びました。

ただネヴルリーさんだけが「なーるほど」と言いました。

「わたしはサーベルでその小鳩を一刀両断にしました」指揮官はつづけました。「そして同時に、千人の兵隊が小鳩めがけて銃を発射しました。小鳩はこなごなになって飛び散りましたが、その一つ一つのちぎれた破片《はへん》はそれぞれ白い蝶々《ちょうちょう》になって飛んでいきました。これから、何をしたらいいのか、つつしんでおうかがいいたします」

フシェテチュカ探偵は目をぎらりと光らせました。

「よし」そう言って命令しました。「全軍と、特殊部隊および予備役兵を召集し、世界各地に派遣《はけん》して、その蝶々をつかまえさせたまえ」

もし、それが実行されていたら、とってもすばらしい蝶々のコレクションができたでしょうにね。きっと、いまでも国立博物館に展示されていたことでしょう。そうしたら、プラハにきた人は、みんな、かならず見にいかなければならない名所《めいしょ》になっていたでしょうにね。

でも、そのいっぽうで、フシュディビルはほかの探偵たちに言いました。

「諸君、きみたちは、いまのところここにいてもしようがない。ぼくたちは、きみたちがいなくても、なんとか相談してやっていける」

探偵たち（マッザーニ、ファレイセ、ネヴルリー、ヤコレフ）はむっつりとして、なんの獲物《えもの》もなく帰っていきました。

フシェテチュカとフシュディビル、フシェヴィエッドの三兄弟は魔法使いのことをどうしようかと、永いこと相談しました。そのあいだに彼らはたくさんのたばこを吸い、ストラシュニツェで手に入るあらゆるものを食べて飲みましたが、なんにもいい知恵は浮かんできませんでした。最後にフシェヴィエッドが言いました。

「みんな、こんなことではどうにもならん。ちょっと外に出て気分転換《てんかん》をしよう」

それでみんなは外に出ました。そして酒場から一歩外に出るやいなや、まさしく目の前に魔法使いその人を目にしたのです。魔法使いは、探偵兄弟がなにをするかすごく興味しんしんと見ていました。

「ここにいるぞ！」

フシェテチュカが大喜びで叫びました。そして、ひとっ飛びにすっ飛んで魔法使いの肩をつかみました。でも、そのとたん、魔法使いは銀色に光る蛇《へび》に変身したものですから、フシェテチュカはびっくりして地面の上にぶったおれてしまいました。

そこで、すぐ、フシュディビルが出てきて、自分のコートをその蛇に投げかけました。しかし魔法使いは蛇から金色の蠅《はえ》に変身してボタンの穴からはい出し、空中に飛び出しました。

フシェヴィエッドは飛び上がって帽子で金の蠅をとらえました。しかし今度は蠅から銀色の小川に変わり、帽子ごと流れていってしまいました。

全員はコップを取りに酒場のなかに飛んでいき、小川の水をくもうとしました。しかし、そのときすでに小川の銀色の水はすばやく流れて、ヴルタヴァ川へ流れこんでいました。

だからなんだね、ヴルタヴァ川は、いまでも、ごきげんのいいときにはあんなに美しい銀色にかがやいているんだよ。きっと魔法使いのことを思い出しているんだね。そして考え深げにせせらぎの音をたて、見る人が目を回すくらいきらきらと輝いているのだろう。

しかし、フシュディビル、フシェヴィエッド、フシェテチュカのほうはどうかというと、ヴルタヴァ川の岸辺に立って、これからどうしようかと考えていました。そのとき、水面から銀色の魚が頭を出しました。そしてきらきら光る黒い目で、ほんとうに魔法使いの目で、三人のほうを見ました。

三人の探偵兄弟は全員、釣り竿《つざお》を買い、ヴルタヴァ川で魚釣りをはじめました。

いまでも、ヴルタヴァ川で、釣り竿をもって一日じゅう小舟にすわって、口もきかず、銀色をした黒い目の魚が釣れるまでは気がすまないという人たちを見ることができるよ。

ほかの大勢の探偵たちも、まだ魔法使いをつかまえようとしていましたが、むだでした。魔法使いをとらえるために自動車を飛ばしているときも、森の茂みのなかから鹿《しか》がふいに頭をつき出して、黒くて、やさしそうな、好奇心にみちた目で探偵たちを見ていることが何度もありました。

そして飛行機で飛んでいるときは、そのあとから鷲《わし》が飛んできて、その誇りたかい、燃えるような目を彼らからそらそうとはしませんでした。船で航海《こうかい》しているときは、海のなかからイルカがさっと姿をあらわして、思いやりのある、おだやかな目で探偵たちをじっと見ています。

そして、仕事場の机のまえにすわって考えごとをしているときでも、机の上の花が輝きはじめ、興味ぶかげに、かわいらしく見つめていることがあります。それとも探偵たちの警察犬がきゅうに頭をあげて、これまでとはちがった、すごく人間のような美しい目で探偵たちを見つめることもあります。

探偵たちには魔法使いが、いたるところから見ているような気がします。見て、そしてまた姿を消《け》してしまうのです。

いったい、どうしたら魔法使いをつかまえることができるのでしょうね？

その四　名探偵シドニー・ホールはどのようにして魔法使いをつかまえたか

アメリカの有名な探偵シドニー・ホールは新聞ですべてのことを読んで、じっくりと考えてから、魔法使いがつかまえられるかどうか自分でやってみようと決心しました。そこで百万長者に変装し、ポケットのなかにはリボルバー（ピストル）をつっこんで、ヨーロッパに渡りました。

こちらにつくと、すぐに警視総監《けいしそうかん》のまえに出て自己紹介をしました。そこで総監はこれまで、どのようにして魔法使いを追いかけたかを、みんな説明しました。そして「これらすべての状況から見て、その悪い魔法使いをとらえて、法廷《ほうてい》に立たせるのは、もはや、とても無理だ」という言葉で終わりました。

シドニー・ホールはほほえみながら「四十日以内にその男を逮捕《たいほ》して、あなたのまえにつれてまいりましょう」と言いました。

「できるはずがない」と総監は大声で叫びました。

「では、山盛りの西洋ナシ一皿を賭《か》けましょう」とシドニー・ホールは言いました。つまりシドニー・ホールは西洋ナシが大好物で、それとおなじくらい賭けも大好きだったのです。

「ようし、承知《しょうち》した」総監は大声で言いました。「それじゃ、おたずねしますが、どういうふうになさるおつもりで?」

「まずは、こういうことですかね」シドニー・ホールは話しました。「世界じゅうを周《まわ》る旅行をしなければならないでしょう。しかし、それには大金が必要です」

それで総監は大金をシドニー・ホールにわたしました。そして自分もばかではないことを証明するために言いました。

「ははあ、あなたの計画はもうわかりましたよ。でも魔法使いに、わたしたちが追っていることを勘《かん》づかれないように、このことは内緒《ないしょ》にしておかなければなりませんね」

「その反対ですよ」ホール探偵は言いました。「世界じゅうの新聞社に名探偵シドニー・ホールが四十日以内に魔法使いを逮捕するという約束をしたと、すぐに情報をながしてください。とりあえず、総監にお目どおりできて光栄です」

それからシドニー・ホールは、すぐに、五十日間で世界一周をしたことのある有名な旅行家のところに行って「わたしが四十日間で世界一周できるかどうか賭けようじゃないか」と言いました。

「できるはずがない」と旅行家は言いました。「フォックス氏は八十日間で世界一周をしたが、わたしは五十日かかった。それ以上早くはもはや絶対にできない」

それにたいしてシドニー・ホールは言いました。

「それじゃ、賭けようじゃありませんか。わたしが四十日間で世界一周に成功したら千ドルです」

こうして賭けは成立しました。

その晩のうちに、シドニー・ホールはもう出発しました。一週間もたたないうちにエジプトのアレクサンドリアから電報《でんぽう》が来ました。「すでに、手がかりをつかんだ。シドニー・ホール」

七日後にはまた電報がインドのボンベイから飛んできました。「的《まと》はしぼられてきた。すべては順調。詳細《しょうさい》は文。シドニー・ホール」

数日おくれてボンベイから手紙がきました。しかしだれにもよめない秘密の文字で書かれていました。

さらに八日たって日本の長崎から首に手紙をくくりつけた郵便鳩《ゆうびんばと》が飛んできました。その手紙には「目的に近づいている。期待してまて。シドニー・ホール」

やがてアメリカのサンフランシスコから電報がきました。

「かぜを引いた。そのほかはすべて順調。西洋ナシの準備をよろしく。シドニー・ホール」

出発してから三十九日目にオランダのアムステルダムから最後の電報がとどきました。「明日の夜、七時十五分に到着する。西洋ナシの用意をわすれないこと。とくにバター・ナシ（西洋ナシの種類）が大好きです。シドニー・ホール」

四十日目の夜七時十五分、列車はがたんごとんと駅に到着しました。列車からシドニー・ホールさんが飛びおりますと、そのあとから、おごそかな、青い顔をした魔法使いが、目をうつむきかげんにしておりてきました。探偵たちも駅で待っていました。そして魔法使いがしばられていないのに、すごく驚きました。でも、シドニー・ホールは手をちょっとふっただけで言いました。

SIDNEY
HALL
BOMBAY
JANOV
KAHÝRA
ALEXANDRIA

「みなさんは、今晩、〝青い馬〟酒場《さかば》で待っていてください。わたしはこの人をちょっと監獄《かんごく》まで連《つ》れていかなければなりませんので」ホール探偵は一頭立ての馬車に乗りこみますと、魔法使いもつづいて一緒に乗りました。しかし、もうひとつ用件を思い出しましたので、馬車のなかから叫びました。

「それから、わたしの西洋ナシも忘れないように、酒場のほうへたのみますよ！」

そこで、夜、みごとな西洋ナシを盛った大皿が、探偵全員にとりかこまれてシドニー・ホール氏を待っていました。ずいぶん待ったあと酒場のドアが開き、すごく年をとった、よぼよぼのお爺《じい》さんが入ってきて、酒場のなかを回って小魚とキュウリを売り歩きましたが、そのころには、探偵たちはみんな、シドニー・ホール氏はもう来ないのではないかと思いはじめていました。

「お爺さん」探偵たちは言いました。「ぼくたちは、たぶんなんにも買わないと思うよ」

「それはざんねんなんです」

お爺さんは言いました。すると、とつぜん、お爺さんは全身をふるわせ、手足をばたばたさせ、ごほんごほん咳《せき》をしはじめ、苦しそうに息をつまらせて、椅子《いす》の上に膝《ひざ》をつきました。

「これは大変だ」探偵の一人が叫びました。「まさか、おれたちのまえで死ぬんじゃあるまいな？」

「死にはせんよ」お爺さんは咳きこんで、体をよじりました。「わたしはもうとても我慢《がまん》できませんよ！」

そのとき全員は、お爺さんが、じつは苦しんでいるのではなく、身をよじって大笑いをしていて、息もできないでいるのだということがわかりました。お爺さんの目からは涙《なみだ》が流れ、声は切れ切れに高くなったり低くなったり、顔は青ざめ、ただ、もう、うんうんうなるだけでした。

「息子たち、息子たち、わたしは死にはせんよ！」

「お爺さん」探偵たちは言いました。「じゃあ、いったい、これはどういうことです？」

そこでお爺さんはおき上がると、よろよろとテーブルのほうに近づいて、皿に盛られた西洋ナシのなかからいちばんみごとなのを一つとって、皮をむくと、一口に食べてしまいました。

そのあとで、やっと、変装用《へんそうよう》のつけひげ、つけ鼻、ごましお髪のかつら、青い色めがねを取りました。すると、にやにや笑っているシドニー・ホールのひげをきれいにそったつるつるの顔が出てきました。

「みなさん」シドニー・ホールはもうしわけなさそうに言いました。「どうか怒らないでください。でも、わたしはこの四十日間というもの、笑いをこらえるのに必死でしたよ」

「いつ、魔法使いをつかまえられたのです？」探偵たちは声をそろえてたずねました。

「昨晩です」シドニー・ホールは答えました。「でも、はじめから、もう、あの魔法使いをだますのがおかしくて仕方がありませんでしたよ」

「どうやって、あの魔法使いをつかまえたのか、話していただけませんか？」

「もちろん」シドニー・ホールは言いました。「それはね、みなさん、お話しするとなると、とってもながーいお話になりますよ。まあ、とりあえず、せっかくの西洋ナシを食べさせてください。このナシを食べたら、お話をいたしましょう」

西洋ナシを一個食べ終わったとき、およそ、次のように話をはじめました。

「いいですか、みなさん、まず最初に、とくに大事なことを言っておきますが、ちゃんとした探偵は愚《おろ》かではだめです」

そう言いながら、シドニー・ホール探偵は同席者たちのなかに、もしかしたら、愚かな人がいるのではないかというふうに、みんなの顔をじゅんに見てまわりました。

「それで、その次は？」探偵たちはたずねました。

「その次ですか？」シドニー・ホールは言いました。「第二に、ずる賢《がしこ》くなければなりません。第三に」あたらしいナシをとって話をつづけました。「すこしばかり、知恵をはたらかせなければなりません。たぶん、ねずみはどうすればつかまえられるか、ご存知《ぞんじ》ですよね？」

「ベーコンを餌《えさ》にして」探偵たちは言いました。

「じゃあ、魚はなんで釣りますか？」

「虫かミミズで」

「じゃあ、魔法使いはどうやってつかまえますか？」

「わかりません」

「魔法使いだって」シドニー・ホールは授業《じゅぎょう》でもするように言いました。「ほかの人と同じようにしてつかまえられますよ。ようするに、その人の弱みをつかむのです。まず、さいしょに、その人がどんな弱点をもっているかを見つけなければなりません。それでは、みなさん、魔法使いがどんな弱点をもっているかおわかりですか？」

「わかりません」

「好奇心《こうきしん》です」シドニー・ホール氏は言い切りました。「魔法使いはどんなこともできるかもしれませんが、好奇心がつよいのです。それも、ものすごく好奇心がつよい。しかし、いまはこのナシを食べなくてはなりません」

その一個を食べおると、話をつづけました。「あなたがたは、自分では魔法使いを追いかけていると思っておられたでしょうね。ところが、そのあいだ、魔法使いがあなたがたを追いかけていたのです。あなたがたの後をつけて、あなたがたから目をそらしませんでした。魔法使いはおそろしく好奇心がつよい。ですから、あなたがたが魔法使いにたいして、どんな罠《わな》をしかけようとしているのか、みんな知りたがっていたのです。あなたがたが魔法使いを追いかけているときは、いつも、あなたがたの後をつきまとっていました。そこで、わたしは魔法使いの好奇心をうまく利用してある計画をたてたのです」

「どんな計画です?」

探偵たちは早く知りたくてたまらなくなり、大きな声でたずねました。

「そう、それはこんな計画です。世界一周旅行というのは、みなさん、言ってみれば、まあ、気晴らしの旅行にすぎません。わたしはもうずっとまえから世界一周旅行がしたいと思っていました。ただ、適当な機会がなかったのです。わたしがこの国にやってきたとき、魔法使いは、あたらしく外国から来た探偵が、どうやって自分をつかまえようとするのかを知りたくて、いつも、わたしの後をつけてくるだろうということが、すぐにわかりました。この魔法使いの好奇心というのは、簡単《かんたん》に言えば、そういうものだったのです。そういうことならと、魔法使いを世界一周旅行にひっぱっていこうじゃないかと、わたしは心のなかで言いました。わたしは自分でなにかを見ようとしているときも、魔法使いを目からはなさないようにしていました。つまり、魔法使いもわたしから目をはなさないようにしていたということです。そこで魔法使いの好奇心がもっとつよくなるように、この世界一周を四十日間でなしとげるという賭けをしたのです。しかし、いまはこのすばらしい西洋ナシを食べなければなりません」

その西洋ナシを食べおわると、ホール探偵は言いました。

「いやあ、なんたって西洋ナシが最高ですね。そんなわけで、わたしはリボルバーとお金をポケットにつっこむと、スウェーデン人の商人に変装して出発したのです。まず最初にジェノヴァへ。いいですか、みなさん、それはイタリアの都市です。そこへ行くと、アルプスの全景を展望《てんぼう》することができます。すごい高さです、そのアルプスの山々がですよ。アルプスのてっぺんの岩が割れて落ちてくるのですが、下につくまでに石のまわりに苔《こけ》が生えるくらい長い時間がかかります。そしてジェノヴァから船でエジプトのアレクサンドリアに行こうと思いました。

ジェノヴァは、どんな船でも港に近づくと、もう遠くからひとりでに駆け出しはじめるくらい美しい港でした。ジェノヴァから百マイルも手前で蒸気船《じょうきせん》は釜《かま》をたくのをやめ、機関も回転をやめ、帆《ほ》もおろされますが、船はもうほうっておいてもひとりでにジェノヴァ港へ向かって進んでいくほど、ジェノヴァに行くのを楽しみにしているのです。

わたしの船は午後四時ちょうどに出帆することになっていました。わたしは三時五十分に港へ急いでいました。しかし、とちゅうで、ちっちゃな女の子が泣いているのを見たのです。

『かわい子ちゃん』わたしは話しかけました。『どうして泣いてるの?』

『わーん』女の子は泣きました。『まいごになっちゃったの!』

『まいごになったんなら探せばいいだろう』わたしは言いました。

『でも、ママがいなくなったんだもん』女の子は泣きつづけます。『どこにいるのか、あたし、わかんないの』

『こいつはやっかいなことにつかまったな』と、わたしは思いましたが、それでも、その娘の手を引いて母親が見つかるまで、一時間ばかりジェノヴァの街を探しまわりましたよ。でも、これからどうしよう? もう時間は四時五十分になっていました。船はもうとっくに港を出ているはずです。あの女の子のために一日むだにしてしまったと、わたしは心のなかでつぶやき、重い心で港に行きました。すると、そこに、見たのですよ、その船がとまっているのを。わたしは急いで船に乗りこみました。

『ようこそ、これはシュヴェイダさん』船長がわたしに言いました。『ずいぶん時間がかかりましたね。錨《いかり》が海の底で妙《みょう》なふうにもつれて、巻きあげるのにたっぷり一時間かかってしまったんです。もし、そうでなければ、わたしら、あんたを置き去りにして、もうとっくに出帆していたところでした』

もちろん、わたしはその偶然《ぐうぜん》をよろこびました。しかし、今度は、ちょっとばかり、またナシをごちそうになりたいですな」

また、ナシを一個食べおわると、話をつづけました。

「このナシは、とってもおいしいですよ。こうして、わたしたちの船は地中海に出ました。それはもうすごく美しい海でした。ちょっと見ただけでは、どこが空だか、どこが海やら見分けもつかないくらいです。ですから船の上にも、海岸にもいたるところに標識《ひょうしき》が立っていましてね、その板に、どっちが上で、どっちが下だとか書いてあるんです。そうでないと、上と下がこんがらがってしまうんです。

船長さんが話してくれたんですが、ある船が上と下とをまちがえましてね、海の上をいくはずが、空の上のほうに航海《こうかい》して行ってしまったんです。でも、空には果てがありませんからね、その船はいまもまだ戻ってこないし、どこを航海しているのやら、さっぱり誰にもわからないんだそうです。それで、その海の上をとおってアレクサンドリアにつきました。アレクサンドリアは大きな町です。どうしてかと言うと、アレクサンダー大王が作られた町だからです。

わたしはアレクサンドリアから電報を打ちましたが、それはわたしが魔法使いのことを心配しているなと思わせるためです。でも、わたしは魔法使いのことなど、まったく心配していませんでした。ただ、いたるところで魔法使いがいるのをなんとなく感じてはいました。カモメか海鵜《うみう》が船の上を飛びまわっているときとか、アホウドリが遠くのほうで、早いはばたきで、まーるく回りながらスピードをゆるめているとき、もしかしたらそのなかに魔法使いがいて、わたしについていっしょに旅行をしているのだということをはっきり感じました。魚が深い海から出てきて目をむいてわたしを見ているときは、たぶん魔法使いがその目でわたしを見つめているのだろうと思いました。また、ツバメが海をわたって飛んできて、私たちの船の帆柱《ほばしら》の上を飛び回っているときは、そのなかの白い、いちばん美しいツバメが魔法使いにちがいないと、ほとんどはっきり信じました。

でも、すでにアレクサンドリアにつくと、わたしは回り道をして、聖なるナイル河をくだってカイロに行きました。ここもまた大きな町で、イスラム教のモスクや祈祷《きとう》の時間を告げる光塔《ミナレット》がなかったら、町そのものが自分でもどこがどこやら見当もつかなくなるだろうと思われるくらいでした。それらのモスクや塔はどんな遠くの家からも見えるので、それでいま自分がどこにいるかわかるのです。

カイロはすごく暑かったので、ナイル河に泳ぎにいきました。わたしは海水着とリボルバーだけを身につけて、ほかの衣類は河岸《かがん》においていました。すると、どうです、岸辺に巨大なワニがはい出してきて、わたしの服はもちろん、時計やお金にいたるまで、なにからなにまで、みんないっしょに飲みこんでしまったのです。それで、わたしはそのワニのところに行って、リボルバーを六発うちました。ところが弾はみんな鋼《はがね》のように固いワニ皮に当たってはね返されてしまいました。しかも、ワニはわたしに向かって、声を上げて笑ったのです。しかし、ここで、ちょっとナシを食べさせてください」

ナシを食べ終わると、シドニー・ホールさんは物語をつづけました。

「ご存知ですか、みなさん。ワニというのは、じつは、どんなワニでも、ちっちゃな子供のように泣いたり、叫んだりすることができるんですよ。そうやって人を水のなかにさそいこむのです。だって、水のなかからそんな声が聞こえてきたら、誰だって、あそこで子供がおぼれている、急いで行って助けなければと思いますよね。すると、ワニがその人をつかまえて食ってしまうんです。でも、そのワニは年をとっていて賢かったんでしょうね。ですから子供のように泣いたり、水夫たちのようにひどい悪口を言ったり、オペラ歌手のように歌ったり、人間のように話すことさえできたのです。ある人の話では、ワニのなかにはイスラム教を信仰しているのもいるそうです。

しかし、わたしにはそれどころではありませんでしたよ。服もお金もなしにこれからどうすればいいのです？　ところが、どうしたことか、ふいにわたしのそばに黒い顔のアラブ人が立っていたのです。そして、その怪物《かいぶつ》のワニに話しかけました。

『おい、このワニめ、きさまは服ばかりか、時計まで食ってしまったそうだな？』

『はい、食べました』とワニは答えました。

『ばかもの』アラブ人は言いました。『その時計はねじが巻いてなかったんだぞ。動きもしない時計がきさまの腹《はら》のなかにあったところで、いったい、なんの役に立つのだ？』

ワニはしばらく考えてから、わたしに言いました。

『あんた、わたしがすこしばかり口を開きますから、わたしの胃のなかに手をつっこんで、その時計をひっぱり出して、ねじを巻いたら、また、もとのところに戻してくださいませんか』

『なんだと！』と、わたしは言いましたよ。『わたしがそんなことをしようものなら、おまえさん、わたしの腕を食いちぎるだろう。こうしたらどうだい？　おまえさんがその食いしん坊な口を閉《と》じないように、おまえさんのあごの間に、この杖《つえ》でつっかい棒をしよう』

『わたしはそんなに食いしん坊じゃありませんよ』ワニは言いました。『でも、ほかにしようがないんなら、その杖をあたしの正直なあごの間につっこみなさい、でも、急いでねがいますよ』

わたしは、もちろん、そうしました。わたしはワニの胃《い》のなかから時計ばかりでなく、服も靴《くつ》も帽子もひっぱり出しました。そして言いました。

『この杖は記念に、おまえさんの口のなかにおいていくよ、おいぼれのワニくん』

ワニは悪口を言おうとしましたが、言えませんでした。だって、口はせいいっぱい大きく開いて、そのなかにつっかい棒がはさまったままなんですからね。わたしにかみつこうとしましたが、それもできません。助けてくれと叫ぼうとしましたが、それもできません。わたしはおちついて服を着ると、ワニに言ってやりました。

『これで、おまえさんが残忍《ざんにん》で、むなくそのわるい、ばかな口をもっていることがわかったろう』そして口のなかにつばをはいてやりました。するとワニはあまりの怒りに、目から涙をふき出させていました。

わたしがアラブ人のほうをふり向くと、あれほどうまい具合《ぐあい》にわたしを助けていてくれたのに、どこへ行ったのか、姿は見えなくなっていました。そしてそのワニはいまでも大きな口を開けたままナイル河を泳いでいますよ。

アレクサンドリアからふたたび船に乗って、こんどはインドの貴族または領主《りょうしゅ》に変装して、ボンベイに行きました。みなさん、その変装はまさにわたしにぴったりでしたよ！　最初に、まず、紅海《こうかい》に出ました。この海にどうしてそんな名前がついたかと言いますと、自分があまり大きくないので、いつも恥《は》ずかしがっていたからです。むかし、海はみんな若くて小さかったのですが、やがて成長する時がきてほかの海は大きく成長しました。でも、紅海だけは、神さまがあたりの美しい砂の海岸を海の底にしようと、準備《じゅんび》をなさっていたのに、アラブ人の子供たちと海岸で遊んでいるうちに、成長するのを忘れるくらい早く時間がたってしまったのです。もう、これ以上は待てないというぎりぎりのときになって、やっと大きくならなければならないことを思い出しましたが、もはや、長くのびることしかできませんでした。その上、とうぜんつながるはずだった地中海《ちちゅうかい》とのあいだにも、ほそい陸地がのこってしまったのです。紅海はそのことをすごく気にしていました。そこで人間がそれに同情して、二つの海を運河《うんが》でつないだのです。それ以来、紅海はもうそんなに紅い顔をして恥ずかしがることもなくなりました。

すでに紅海もすぎたとき、わたしは自分の船室《キャビン》でねむっていました。するととつぜん、誰かがドアをノックするのです。開けにいきますと——廊下《ろうか》には誰もいません。しばらく待っていますと、わたしのキャビンのほうへ二人の水夫が近づいてくる音が聞こえました。

『あのインド人の貴族をバラそうじゃないか』と一人がささやきました。『そしてあいつの服についている真珠《しんじゅ》やダイヤモンドをぬすんでやろう』

——おいおい、きみたち、誓っていうが、このわたしの真珠やダイヤモンドはみんなガラス製のにせものなんだぞ——

『ここで、待ってろ』もう一人の水夫がささやきました。『おれは上にナイフを忘れてきた』

一人がナイフを取りにいっているあいだに、わたしは残っているもう一人の水夫の首をつかんで、さるぐつわをかませ、貴族の衣装をその水夫に着せて、ベッドにしばりつけました。それから、わたしはその水夫の服を着て、その水夫にかわってドアのまえに立っていました。最初の水夫がナイフをもって戻ってくると、わたしはその水夫に言いました。「もう、インドの貴族を殺すのはやめろ、おれがやつをだまらせたから。だけど、おまえは行って真珠とダイヤモンドをかき集めろ。そのあいだ、おれがここで見張っている」その水夫がわたしのキャビンに入ると、すぐに鍵をかけて閉じこめました。そして船長のところに行きました。

「船長、わたしは奇妙《きみょう》な連中の訪問をうけましたよ」

船長がなにがおこったかを知ったとき、船長は二人の水夫を罰しました。しかし、わたしはそのほかの全員を集めてわたしの真珠とダイヤモンドがにせものであることを示して、「子供たちにも、悪党どもにもごらんにいれましょう。賢い人間は真珠にもダイヤモンドにもなんの興味もないんだということをね！」そう言ってわたしはガラスの宝石をみんな海のなかにほうり投げました。するとと全員が、わたしに向かって身をかがめて、叫びました。「おお、かしこい領主さま、高貴なるお方！」――でも、あのとき、わたしのキャビンのドアをノックして、命を救ってくれたのが誰なのか、いまでもわかりません。ところで、いまはこのすばらしい、大きなナシをまた食べさせてください」

シドニー・ホール探偵はまだ食べ終わらないうちに、口のなかにナシをいっぱいにしたまま、もう話しはじめました。「わたしたちの船は幸いなことにインドのボンベイにたどりつきました。インドというのはね、みなさん、大きな不思議な国ですよ。そこへ行かれるとわかりますがね、そこでは水はまったく乾上《ひ》がっていましてね、沸騰《ふっとう》しないためには、たえず水をそそいでいなければなりません。そこの森は木が生えるすきまもないくらい密生《みっせい》しています。だから原始林と言うんでしょうね。いちど雨がふると、なにもかもがすごく成長します。おまけに寺院までが、わが国で茸《きのこ》が生えているみたいに、あちらにもこちらにも地面から生えているのです。ですからね、たとえばベナレスなどという町などでは、それはもう、ものすごい寺院の数ですよ。それに、あっちじゃ、わが国の雀《すずめ》みたいにたくさん猿《さる》がいましてね、すっかり人間になついていて、家のなかにまで入ってくるんです。

ときには、朝、目をさますと、自分のベッドのなかに自分はいなくて、かわりに猿たちがいることがしばしばあります。それくらい、この動物は人間になれっこになっているんですね。それに、あっちには蛇もすごく長くて、そんな蛇が自分のしっぽを見ても、自分のしっぽか、ほかの蛇のしっぽかもわからないくらいです。それで自分よりももっと大きな蛇が追いかけてきたとでも思うんでしょうね。そんなときは、自分のしっぽから逃れようとして、あわてまわるものですから、最後には、かわいそうに疲《つか》れはてて死んでしまうんだそうです。

それからっと、わたしはまだ象《ぞう》についてはなんにもお話ししていませんね。象はあの国では、まったく、わがもの顔です。インドは、みなさん、全体ではすごく大きな国です。ボンベイからわたしはまた電報を打ちました。そのあとで、わたしが、何か知らんが、秘密の計画をたてているのではないかと魔法使いに思わせるように、秘密文字の手紙を送ったのです」

「その手紙にはなにが書いてあったのです?」探偵たちはたずねました。

「わたしは」一人の探偵が自慢《じまん》そうに言いました。「あなたと手紙のはんぶん解読《かいどく》しましたよ」

「ほう、すると、あなたはわたしよりも頭がいいということになりますね」名探偵シドニー・ホールが言いました。「だって、わたし自身があの手紙を解読できないんですからね。あれはさも秘密の文字に見せかけた、ただのでたらめな文字だったんですよ。でも、そのあと、わたしはボンベイからカルカッタへ汽車で行きました。インドではね、列車のなかに客席のかわりに、人があまり暑くならないように水浴び用のバスタブがおいてあるんです。わたしたちは荒野と原始林のなかを通っていきましたよ。砂漠《さばく》のなかではおそろしい虎《とら》の目が光るのが見えました。川の浅瀬《あさせ》では上品で、かしこそうな目をした白い象と会いました。岩山を根城《ねじろ》とする鷲《わし》がわたしたちの列車を追いこしていき、虹色をした蝶《ちょう》が列車の窓を羽でぱたぱたとたたくこともありました。これらのいろんなことのなかに、みなさん、わたしは魔法使いが近くにいるんだなということを感じていました。

カルカッタの近くで、わたしたちは聖なるガンジス河に近づきました。その川幅の広さといったら、そりゃもうたいへんなもので、こちらの岸から石を投げたら、向こうの岸につくまでに一時間半はかかろうというくらいです。ちょうどわたしたちの汽車が川岸にそって走っているとき、女の人が川で洗濯《せんたく》をしていました。そのときその女の人は、あまりにも前にかがみすぎたかどうかしたんでしょうね。ようするに、水のなかに落ちて、おぼれそうになっているのです。わたしはすぐに走っている列車から飛びおりて、その不器用《ぶきよう》なインドの女の人を岸の上までひっぱり上げましたよ。たぶん、あなたがたのなかの誰もが同じことをしたでしょうね」

探偵たちは同意をするように、ぶつぶつとささやきあっていました。

「まあ、そうは言うものの」シドニー・ホールさんはつづけました。「ほんとうのこと言うと、この行為はそれほど安くついたわけではありません。わたしがその女性を水のなかからひき上げたとき、わたしのほうに、悪党のワニ（アリゲーター）がおそいかかってきましてね、いまいましくも、わたしの腕にくらいついたのです。わたしはその女を岸にひき上げはしましたがね、わたし自身も地面の上にぶったおれてしまいましたよ。その後四日間、インド人の婆《ばあ》さんたちが看病《かんびょう》してくれました。そして――まあ簡単に言えば――この金の指輪を記念にもらったのです。

ようするに、みなさん、人間は世界じゅうどこでも感謝の気持ちを表明することはできるのですね。たとえ、それが黒い肌をした異教徒《いきょうと》であったとしてもです。それにインドの人のようにこんな裸の人でも、わたしたちのなかの誰かより、ちっとも悪くはないのです、と、まあ、そういうことです。

でも、わたしが五日間をむだにしたことは、いまさら言っても仕様のないことです。それにわたしはそれといっしょに、賭けにまで負けてしまいました。わたしは川の岸にすわって考えていました。いまとなっては、四十日間でこの旅行を終わらせることもできなくなってしまったのです。千ドルの賭けはすてたようなものだし、おまけに山盛りの西洋ナシまでパーになってしまった。そんなことを考えていると、どうでしょう。そこに、アジアのほうではジャンクと呼ばれている、なんというか、木の皮を織って作ったような帆《ほ》をはった、かなりぶかっこうな舟が近づいてきたのです。舟には三人の茶色の顔をしたマレー人の道化師が、さも、わたしが食うのにはもってこいだと言わんばかりに、歯をむいてわたしのほうを見ているのです。

『ニヤー・ナニヤ・プヘー・ヘム・ナガサキ』その三人のなかの一人が、なにやらわたしに言いました。

『ああ、カシュパル君〈チェコの道化的人物の代表〉』わたしは言い返しました。『君の言うことが、ぼくに理解できるとでも思ってんのかい？』

『ニャー・ナニャ・プヘー・ヘム・ナガサキ』またもや、そう言って、たぶん自分ではあいそがいいと思っているにちがいない身ぶりで、わたしに笑いかけるのです。わたしにも『ナガサギ』という言葉はわかりました。それは日本の港で、まさに、わたしが船で行こうと思っていた次の目的地だったのです。

『長崎へ』わたしは言いました。『こんな小さなお椀《わん》の舟で行くのかい？　じょうだんだろう？』

『ナイ』わたしの言葉にたいして、その男はそう言って、さらに、なにかわけのわからないことを言い、自分のジャンクと、天と、自分の心臓をさしました。ようするに、わたしにいっしょに来るようにと言うんでしょう。

『皿に盛った西洋ナシにかけてもいやだ』と、わたしは言いました。するとその三人の茶色の悪魔どもは、わたしに飛びかかって、地面に押したおし、木の皮で織《お》った筵《むしろ》にわたしをくるんで、荷物かなんかのようにジャンクのなかに放りこみました。そのときわたしが思ったのは、あんまりいい感じではないなということでしたが、けっきょく、この筵のなかで眠ってしまいました。

目がさめると、わたしはジャンクのなかではなく、海岸にいました。頭の上のほうには太陽ではなくて、大きな菊の花があり、まわりの木々は美しい色でそめてあり、海岸の砂のひとつぶひとつぶがきれいに洗って、みがいてありました。その清潔《せいけつ》さからわたしは、自分が日本にいることを知りました。そしてさいしょに黄色の顔をした土地の人に会ったとき、『ここはいったい、どこなんでしょう?』とたずねました。するとその男の人はほほえみながら、『ここは長崎です』と言いました」

「みなさん」シドニー・ホール氏は考えこみながら話をつづけました。「わたしはそれほど愚かではないつもりです。でも、あのみすぼらしいジャンクに乗って一晩のうちに、どうやってカルカッタから長崎まで来てしまったのか、どうしてもわからないのです。やっぱり、それをわかるほど利口ではないのでしょうね——だって、世界一速い船でも十日はかかるんですからね。でも、こんどはこのナシを食べることにしましょう」

ホール探偵がていねいに皮をむいて、食べ終わると、また話をつづけました。

「日本は大きくて、ふしぎな国です。それにこの国の人々は明るくて、とても器用《きよう》です。ですから、粘土《ねんど》などほんのすこししかいらないくらい、すごくうすい茶碗《ちゃわん》を作ることができます。それを親指だけでささえて、空中で回します。すると、やがて表面がきれいにぬられて、出来上がりです。日本人がどんなにたくみに絵を描くことができるかお話ししても、みなさん方はとてもお信じにならないでしょうね。わたしはいちどある画家を見たことがあります。その画家は白い紙の上に筆をおとしたのです。するとその筆は紙の上をころがりながら、家や木のある風景、通りを歩く人たち、そして空には鴨《かも》の飛んでいるようすを描くのです。わたしがそれを見ておどろくと、その画家は『わたしのなくなった先生がおできになることにくらべれば、わたしなんかなんでもありませんよ。いつだったか、にわか雨にあわれたときです。そのだいじな草履《ぞうり》が泥《どろ》でよごれてしまいました。泥がすこしかわいたとき、それをわたしたちにお見せになりましたが、草履の片方には猟犬《りょうけん》と狩人《かりうど》が兎《うさぎ》を追っているところ、もう一方には、学校で子供たちと先生が遊んでいるようすが描かれていました』と話してくれましたよ。

そのあと長崎から蒸気船《じょうきせん》でアメリカのサンフランシスコに行きました。この航海《こうかい》では、わたしたちの蒸気船が嵐《あらし》で座礁《ざしょう》して沈没《ちんぼつ》したことくらいで、とくに変わったことはありませんでしたよ。全員が大急ぎで救命《きゅうめい》ボートに乗りうつりました。でも、ボートがすでに完全にいっぱいになったとき、沈んでいる船のうえから二人の船員が叫んでいました。『わかい奥さんがまだ一人のこっているぞ。そっちのボートに彼女のための余裕《よゆう》はないか?』『そんなすきまはない』と、誰かが叫びました。でも、わたしは叫びました。『あるぞ、とにかく彼女をこっちによこしてくれ!』すると、ボートのなかに彼女のための場所をあけるために、わたしは海のなかに放り出されました。だって、みなさん、そうでしょう。わたしはどうしてもそう叫ばざるをえなかったのです。心のなかで思いました、つねにレディ・ファーストだとね。船が沈んでしまうと、ボートは去っていき、わたしはひとりぼっちになり、ひとりぼっちでひろい海のなかにとり残されました。わたしはなにかの板の上にすわって、波にゆられていました。それはまたべつの意味ですごくすてきでした。ただ、全身ずぶぬれだということをのぞけばね。こうしてわたしは昼も夜も海の上をただよいました。そして、なんとなくすべては悪い結末になりそうな気がしはじめたときでした。でも、そのとき、わたしのほうへブリキの箱が流れてきたのです。なかには打ち上げ花火が入っていました。

花火なんか流れてきたってどう仕様もないじゃないか? と、まっさきに思いました。わたしにはナシのほうが、よっぽどいいのに。でも、やがてわたしはもっといいことに気がつきました。まっくらな夜がきたとき、わたしは最初の花火に火をつけました。それはものすごい高さまで飛んでいき、まるで流れ星のようにかがやきました。二つ目の花火は星のようでした。第三の花火は太陽のようでした。四つ目のは歌をうたう花火でした。そして五発目は、それはそれは高く高く飛んでいき、星の仲間入りをしていまでも夜空にかがやいています。わたしがこんなふうにして遊んでいるうちに、大きな船がやってきて、わたしを船の上に引き上げてくれました。『ねえ、君』船長がわたしに言いました。『もし、その打ち上げ花火がなかったら、あんたは海のなかでおぼれていただろうね。だけどね、わたしらは五十海里《カイリ》もむこうから花火が上がるのを見たんだ。それで、これは誰かが助けを呼んでいると思ったのさ』というわけで、その親切な船長へのお礼のしるしに、ここでまたナシをちょうだいすることにいたしましょう」

ナシを食べおわると、陽気に話をつづけました。「そんなわけでサンフランシスコでアメリカの土の上におりたわけです。アメリカはです、みなさん、わたしの祖国《そこく》です。そして――早い話が――アメリカはアメリカです。もしあなたがたにアメリカについてなにかを語ったにしても、どっちみち、わたしの話をお信じにはならないでしょう。それほど大きくて、特別の国なのです。わたしはただ、パン・パシフィック鉄道に乗って、ニューヨークまで行ったということだけお話ししましょう。ニューヨークにはあんまり高くてもはや完成することさえできないビルディングもあります。レンガ積み職人や屋根職人がはしごを伝って登っていきますと、上についたときは、もうお昼になっています。上でもっていった弁当を食べますと、夜、ベッドで寝るのにまにあうためには、もうおりなければなりません。こういうことが毎日つづくのです。まったくのところ、アメリカ以上の国はありません。それに、わたしがアメリカを愛するように、自分の祖国を愛さない人は、そんな人は老いぼれのロバです。

そしてアメリカからオランダのアムステルダムに船で行きました。そのとちゅう――船旅のとちゅう――そうです、そのとちゅう、わたしにとってもすばらしい、とって楽しい事件がおこりました。ええ、ほんとですよ、みなさん、わたしの旅行じゅうで最重要な事件です」

「いったい、なんです?」探偵たちは知りたくて、うずうずしながらたずねました。

「それはですね」シドニー・ホール氏はそう言って、顔をあからめました。「婚約《こんやく》したのです。その船にある娘さんが乗っていたのです。そう、とってもかわいらしい。ようするに、アリスという名前の娘です。そしてこの世界で、あなたの国の人々のなかでも、彼女よりかわいい娘さんは一人もいませんよ。――そうですとも、絶対に、いません」

シドニー・ホール氏はふかく考えたあとでつけくわえました。「でも、彼女がどんなにわたしの気に入ったか、わたしが彼女に告白したというふうには思わないでください。それはもう、わたしたちの航海の最後の日でした。そしてわたしは、彼女にはなんにも言っていないのです。さて、ここでこのナシを食べることにしますかな」

そのナシをじゅうぶん味わってから、シドニー・ホール氏はつづけました。その話とは次のようなものでした。

「そこで、最後の晩、わたしは甲板《かんぱん》の上を歩いていました。そしてとつぜんそのアリス嬢《じょう》が自分からわたしのほうに近づいてきたのです。

『シドニー・ホールさん』彼女は言いました。『あなたはいつだかジェノヴァにいらっしゃいませんでした？』

『いましたよ、お嬢さん』わたしは答えました。

『そのとき、お母さんとはぐれた、どこかの女の子をごらんになりませんでした？』アリスはわたしにたずねました。

『もちろん、見ましたよ。あそこで、どこかのおかしなおじさんがその娘さんをつれていましたよ』

アリスはしばらく口をつぐんだあとで、言いました。『それじゃ、シドニー・ホールさん、あなたはインドにもいらっしゃいましたね』

『いましたよ、お嬢さん』わたしは、それにこたえます。

『じゃあ、ごらんになりませんでしたかしら』彼女は言いました。『おぼれかけた洗濯女を救うために、走っている列車からガンジス河に飛びこんだ勇敢な男の人を？』

『見ましたよ』わたしは、なんとなくとまどいながら言いました。『それは年をとった、ばかな男でしたよ、お嬢さん。ふつうの常識《じょうしき》のある人ならたぶんそんなことはしなかったでしょうからね』

アリスはしばらく黙っていました。それからなんとなく不思議そうに、なんとなく愛情のこもった目でわたしを見ました。

『じゃあ、シドニー・ホールさん』彼女はふたたび口をひらきました。『大きな海のまんなかで、おぼれようとしているわかい奥さんをボートに乗せてあげるために、一人の高貴な心をもった方が自分を犠牲《ぎせい》にされたというのは、ほんとうなのですね？』

この言葉を聞くと、みなさん、わたしの体は熱くなりましたよ。

『もちろんです、お嬢さん』わたしは言いました。『たしかに、あのときあわてものの老人が一人、海のなかに飛びこんだようですね』

アリスはわたしに両手をさしだして、顔を赤くして言いました。

『ねえ、シドニー・ホールさん、あなたってすごく親切な方なんですね？ あのジェノヴァの女の子になさったこと、インドの洗濯女や見も知らない奥さんになさったことにたいして、あなたを好きにならない人ってあるかしら？』

そのときです、みなさん、神さまがご自分の手でわたしの背中をおされたものですから、わたしはアリスを自分の腕のなかに抱いてしまったのです。そして、わたしたちがこんなふうにして結婚の約束をしたとき、わたしはたずねました。

『ねえ、アリスちゃん、ぼくのこんなばかばかしいことについて、君はいったい誰に聞いたの？ ぼくはそんな自慢話、人になんかしたことないのに、ほんとだよ』

『それはね』アリスはわたしに言いました。『今日の夕方、広い海を見ていたの、そして、すこしばかりあなたのことを考えていたわ。そのとき、あたしのほうに、こんな小柄な黒い服の奥さんが来て、あなたのことについて、みんな話してくれたわ』

それで、わたしたちはその黒い服の奥さんにお礼を言おうと思って、さがしました。でも彼女は見つかりませんでした。まあ、こんなふうにして、みなさん、わたしは船の上で婚約したというわけです」

シドニー・ホール氏は話を終わり、自分のかがやく目をこすりました。

「それで、魔法使いはどうなりました？」

「魔法使いがどうなったかですか？」名探偵シドニー・ホール氏は聞き返しました。「彼はわたしが予言したとおり、自分の好奇心のいけにえになりましたよ。アムステルダムで、夜、泊《と》まっていると、ふいに誰かがわたしの部屋をノックして入ってきました。それは青い顔をして、落ち着きのない魔法使いその人でした。

『シドニー・ホールさん』彼は言いました。『わたしは、もう、これ以上は我慢できません。あなたはどうやってわたしをとらえようとしているのか、どうか教えてください』

『魔法使いさん』わたしはまじめな顔をして言いました。『それをお教えするわけにはいきません。もし、それをあなたにお話しして、わたしの計画をうちあけたら、あなたはわたしから逃げていってしまうでしょう』

『ああ』魔法使いは悲しそうな声で言いました。『どうか、もう、わたしをかわいそうだと思ってくださいよ！　わたしはあなたの計画がいったいどんなものか、知りたくて知りたくて、もう夜も眠れないのですよ』

『それじゃあ、いいですか』わたしは魔法使いに言いました。『それじゃ、その計画をあなたにお話しいたしましょう。でも、そのまえに、あなたはわたしに誓っていただかなければなりません。たったいまから、あなたはわたしの虜《とりこ》になる。そして、わたしから逃れようとはしないということです』

『誓います』魔法使いは叫びました。

『魔法使い君』わたしは立ち上がりながら、言いました。『いま、この瞬間《しゅんかん》にわたしの計画は実現したのだよ、おいぼれの、知りたがり屋の間抜け野郎。わたしは、おまえさんの好奇心を計算に入れていた。わたしは、おまえさんが海でも陸でも、わたしがどんな罠を仕掛けるのかさぐろうとして、わたしの後をつけていることを知っていた。それに、最後には、いまおまえさんがここに来ているように、わたしのところにやってきて、自分の好奇心をみたすために、むしろ自由であることを自分のほうからあきらめるだろうということもわかっていたんだ。そして、いま、そのとおりになった！』

魔法使いは青くなり、ひどくがっかりして『シドニー・ホールさん、あんたは大変なペテン師ですね。魔法使いまで、だますなんて』と、言いました。

これで、わたしの物語はすべておわりです」

シドニー・ホールさんがこのように言って、話をおわると、探偵たち全員はものすごく大きな声で大笑いをして、それから、この幸運なアメリカ人の成功を祝いました。シドニー・ホール氏は満足そうに微笑《びしょう》しながら、どれにしようかと皿の上のきれいな西洋ナシを選んでいました。そして、なにげなく紙にくるんだ一つのナシを手にとりました。そして紙を開きました。そこには「ホールさんの思い出のために、ジェノヴァの娘より」と書いてありました。

シドニー・ホール氏は皿に手をのばして紙にくるんだ二つ目のナシをとって紙を開けました。すると、そこには「おいしいナシを味わってください、ガンジス河の洗濯女より」と書いてありました。

シドニー・ホール氏が、さらに三つ目を開けて読みました。

「わたしの高貴なる救済者に感謝します、海の夫人より」

シドニー・ホール氏が四度目に手を皿のほうにのばして、四個目のナシの包みを開いて、読みました。

「あなたの思い出のために、アリス」

皿の上には五つ目のいちばん美しいナシが残っていました。シドニー・ホール氏はそのナシを半分に切りますと、なかから折りたたんだ手紙が出てきました。その封筒《ふうとう》には「シドニー・ホール氏へ」と書いてありました。ホール氏はすぐに手紙を開けて、読みました。

「心に秘密をもつものは、高熱を警戒《けいかい》しなければならない。ガンジス河の岸で傷ついた探偵は熱にうかされて自分の秘密の計画をしゃべってしまった。それは老いぼれの知りたがり屋の計画だった。君の友人は君の頭のなかから君の秘密を盗みとって知ったことから、君がせっかくの報酬《ほうしゅう》をふいにすることになるのは、わたしとしても忍《しの》びがたかった。だから自分から君に逮捕《たいほ》されたのである。君が受けとる報酬は、君の友人であるわたしから君への結婚の贈り物である」

シドニー・ホール氏はひどくびっくりしました。そして、言いました。

「みなさん、わたしはいまやっとわかりました。わたしは老いぼれのロバです。ジェノヴァでわたしが迷子《まいご》の女の子といっしょに駆けまわっていたとき、海の底で錨《いかり》をひっぱっていたのは、魔法使いその人だったのです。アラブ人の姿をしてあのワニからわたしを救ってくれたのも魔法使いでした。二人の水夫がわたしを殺そうとしたとき、事前にわたしの目を覚まさせてくれたのも魔法使いでした。ガンジス河の岸でひどいけがをして熱にうかされていたとき、魔法使いはわたしの計画を聞き出しました。魔法使いは、わたしが予定どおり長崎につけるように、魔法のジャンクをよこしました。魔法使いは海のなかでわたしの命を救った打ち上げ花火の箱をわたしのほうに押しながしてくれました。魔法使いは黒い服の小柄な夫人の姿で、アリスの心をわたしのほうにかたむけてくれました。そして最後に、魔法使いは、わたしの頭から直接知った賞金をわたしに受け取らせようとして、わざと愚かな好奇心の持ち主として、わたしのまえにあらわれた。わたしは魔法使いよりも賢くなろうとしましたが、魔法使いのほうがわたしよりずっと賢かったのです。おまけに高貴な心の持ち主です。魔法使いに勝てるものはいません！　みなさん、わたしといっしょに斉唱《せいしょう》してください。魔法使い万歳《ばんざい》！　と」

「魔法使い、万歳！」

探偵たちは、町じゅうの窓ガラスがふるえるほど大きな声で唱《とな》えました。

その五　魔法使いは監獄のなかでなにをしたか

　すでにご存知のように、名探偵シドニー・ホールがとらえた魔法使いが法廷にひきだされると、猫ちゃん盗難事件の裁判がはじまりました。

　高い机のむこうにその厳格《げんかく》さと同じくらいに太った裁判長コルプス・ユリウス博士がすわっていました。被告席《ひこくせき》には手をしばられた魔法使いがすわっています。

「被告は立ちなさい」コルプス博士が魔法使いに雷のような声で言いました。「おまえは、当国の生まれ、当年一歳の王女さまの猫ちゃんユーラを盗んだ猫さらいの罪によって訴えられておる。真実をここにのべるか、この悪党《あくとう》？」

「はい」魔法使いはしずかに答えました。

「うそをつけ、このペテン師め」裁判官は大声をはり上げました。「わたしはおまえの言葉など一言も信用しないぞ。その事実は証明されなければならない。さて、わたしらのたいへんお利口な王女さまを証人として、ご案内いたせ」

かわいい王女さまが証言するために証言台に立たれました。

「王女さま」コルプス裁判長は声をやわらげてやさしくたずねました。「それではこの悪党が王女さまのだいじなユーラという名の猫ちゃんを盗んだのですね？」

「そうよ」王女さまはお答えになりました。

「ほうらみろ、このろくでなし」裁判官は魔法使いに大きな声で言いました。「おまえの罪は証明されたぞ！　次は、どうやってユーラという猫ちゃんを盗んだのかを自白しなさい！」

「では、もうしあげます」魔法使いは言いました。「わたくしの頭の上に、その猫が自分で落ちてきたのです」

「なんてやつだ、おまえはうそをついている」裁判官は魔法使いをどなりつけ、こんどは王女さまのほうを向いて、最高にやさしい猫なで声でたずねました。「王女さま、この悪党はどんなふうに、あなたのかわいい猫ちゃんを盗んだのでございますか？」

「まったくそのとおりよ」王女さまはおっしゃいました。「そこの魔法使いさんがお話ししたとおりよ」

「ほうら見ろ、この盗賊《とうぞく》め」裁判官は魔法使いに向かって叫びました。「これで、おまえが王女さまの猫ちゃんを盗んだことがはっきりした！　だが、どうしておまえはその猫ちゃんを盗んだのだ？」

「どうしてかと言いますと、そういうふうに落ちたときに、その猫ちゃんが足にけがをしたからです。わたしはその足のてあてをして、包帯《ほうたい》をまいてあげようと、その猫ちゃんをコートのなかに入れて抱いてあげました」

「この盗人め」コルプス博士は言いました。「おまえの言うことは、みんなうそだらけだ！　ストラシュニツェの酒場の主人を証人として出廷《しゅってい》させなさい」

それでその証人がつれてこられました。

「おい、酒場の亭主よ」裁判長は大声でたずねました。「ここにいる、この悪党について何か知っていることはあるか？」

「は、はい、ほんのちょっとだけ」酒場の主人はこわごわ答えました。「この人はわたしの酒場にまいりましたです、はい、公明正大なる裁判長さま、そしてコートの下から、なにやら黒い猫をつまみ出して、その黒猫の足をしばりました」

「ふーむ」裁判長コルプス博士はうなりました。「おまえも、どうやら、うそをついているようだな。それから、そのあと、その高貴なるユーラという名の猫ちゃんに何をした？」

「そのあと」酒場の主人は言いました。「猫を放しました。すると猫は大急ぎで、どこかへ駆けていきました」

「なんと、この動物虐待者《ぎゃくたいしゃ》が」裁判長は魔法使いのほうをキッとにらみつけました。「その猫ちゃんを逃がしてやったというのか！　ならば、王女さまの大事な大事な猫ちゃんはいまどこにいるのだ？」

「たぶん、駆けていった行き先は」魔法使いは言いました。「きっとのことに、その猫ちゃんが、生まれた場所でございましょう。われらが知るところでは、猫たちにはそういう習性があるそうです」

「えーい、この厚顔無恥《こうがんむち》なる悪党め」裁判長はうなりました。「おまえは、学識ゆたかなこのわしに、教えをたれようとでもいうつもりか？　さてさて、とってもお利口な王女さま」裁判長は、また、王女さまのほうを向いて、やさしい声でたずねました。「あなたさまは、ご自分の愛される子猫のユーラちゃんがどれほどの価値があるとお思いですかな？」

「王国の半分もらってもユーラをあげないわ」王女さまは断固としておっしゃいました。「聞いたか、この悪党」裁判長は雷のような声で魔法使いをどなりつけました。「おまえは王国の半分を盗んだのだぞ。この恥知らず、その罪は死刑にあたいする！」

このとき王女さまは魔法使いがかわいそうになりました。それで、すぐに言い加えました。

「そうね、ケーキひと切れとだったら、たぶん、あたし、ユーラと交換するかもしれないわ」

「それじゃあ、王女さま、あなたさまのかわいい猫ちゃんを、ケーキひと切れとですか？」

「そうよ、もちろんよ」王女さまはおっしゃいました。「くるみ入りのは五クレイツァル銅貨一個だし、いちごのは二個、クリームのだって三個よ」

「それでは王女さま、どのケーキとだったら、ユーラちゃんを交換なさいますか？」

「そうね、クリームのかしら」王女さまがおっしゃいました。

「おい、この人殺し野郎」裁判長は魔法使いにどなりました。「つまり、おまえは五クレイツァル銅貨を三個盗んだことになるのだ。その罪により、法律の定めにしたがって、悪党のおまえに三日間の禁錮刑《きんこけい》を申しわたす。さあ、独房《どくぼう》に行進だ、この極悪人、三日間だぞ。ええい、この、こんちきしょうの、大悪党の、大泥棒め！　おやさしい王女さま」裁判長は王女さまのほうを向きました。「わたくしは、王女さまの賢くも、寛大なるご証言をいただき、心から名誉に存じます。お父上の王さまにも、もっとも忠実にして、もっとも誠実なる、かつ、もっとも公明正大なる裁判官コルプス博士からの最高に献身的なごあいさつをお伝えくださいますよう」

魔法使いを独房のなかに入れてしまうと、監獄《かんごく》の役人たちは魔法使いにかびのはえたパンと、いやなにおいのする水の入った水差しをわたしました。わたしたちの魔法使いさんは、ただすわって、ほほえんでいました。すると魔法使いの目がだんだんと輝きはじめました。真夜中になったころ魔法使いは起きあがって、手をふりました。すると、どこからともなく美しい音楽が流れてきて、あたりをつつみ、空気は何千本という花が咲きみだれているような、そんな香りでみちあふれました。そして、ほんとうに、荒れはてた監獄の中庭に、たちまち花をつけたバラの茎《くき》や蔓《かずら》がぎっしりと生えだし、たくさんのユリの花も伸びて、そのさかずきの形をした花を白い月に向かってさし出しています。パンジーや山ユリ、てまりのような花をつけるゲルダーローズ（テマリカンボク）、シャクヤクの花が重そうにゆれ、西洋サンザシが白や赤の花をさかせ、その梢《こずえ》の上ではナイチンゲールがさえずりはじめました。

このとき、同じ監獄の殺人犯はふかい感動をおぼえ、放火犯は固いベッドの上で目をこすって眠気《ねむけ》をさまし、罰をうけた暴れん坊は不思議そうな顔で起きあがり、泥棒はおどろいて叫びだし、牢のなかで刑期の終わるのをまっていた詐欺師は両手をにぎりあわせて、何がおこったのか理解できずにぽかんとしていました。それと言うのも、しめっぽくて、つめたい監獄の鉄格子の壁はひら

いて、ほっそりとした、うつくしい円柱にささえられた丸天井の広間に変わったからです。よごれた受刑者たちのベッドはまっ白なシーツでおおわれ、仕切りの壁も、鉄の柵《さく》もありません。そのかわり、数段の石の階段がまっすぐ花の咲きにおう庭園につうじていました。

「フランタ」殺人犯が放火犯にうなるように言いました。「どうしたんだ、これは？」

「わからん。だが、おれが夢見ているんじゃないのはたしかだ」放火犯は言い返しました。

「きっと、幻覚《げんかく》だ。おれは、もう、監獄のなかにいるような気がしない」

「おい、みんな」暴れん坊が叫びました。「おれは、たったいま死んで、ちょうど天国にたどりついたところという気がするんだがな」

「天国へだと？」詐欺師が大声で叫びました。「おれたちにも入れる天国なんてものがあるのかなあ、いったい、どこにあるんだろう？　だけど、おれも、きっと楽園にいるみたいな、とびっきりの夢を見ているんだな」

「こいつは夢じゃない」泥棒が言いました。「おい、みんな、こいつはみんなさわれるぜ。おれはいま、ほんとうにユリの花にさわっている。ああ、この花を摘《つ》みたいな！」

「じゃあ、摘みなさい」よく響く、やさしい声がしました。そして受刑者たちのそばに、白い長衣《ローブ》を着た魔法使いが立っていました。「それはきみのためのものだよ、友人！」

「旦那」放火犯がはにかみながらたずねました。「あなたさまも、ここで、獄吏《ごくり》のようなことを？」

「なあに、あなたがたと同じように罪人ですよ、お仲間さん」魔法使いはこたえました。「あなたがたのように判決をうけたのです。この庭はわたしたちのものです。わたしたちのために、あの木の下にテーブルの用意がしてあります。わたしたちのためにナイチンゲールがうたい、バラの花が咲いています。さあ、いらっしゃい、晩餐会《ばんさんかい》をはじめましょう!」

全員が豪華なご馳走ののったテーブルにつき、たっぷり飲んだり、たべたりしはじめました。魔法使いは高価な料理やワインをつぎつぎに出して、みんなを歓待《かんたい》しました。魔法使いが詐欺師にワインをつごうとしたとき、この男はうつむいて、下を見ながら、蚊《か》の鳴くような声で言いました。

「いいえ、旦那、わたしには、つがないでください!」

「おや、ワインはおきらいですか?」魔法使いはたずねました。

「そうではないのですが、わたしには資格がありません。わたしは大勢の、たくさんの人々をだまして、貧乏にさせてしまいました。ああ、旦那さま、そんなわたしが、どうしてワインなどを飲んでいい気になっていられるというのです?」

そのとき、魔法使いの目がきらりと光りました。しかし、魔法使いは何も言わず、ほかの人たちにワインをついであげました。殺人犯のグラスにワインをついだとき、殺人犯の手がふるえて、赤ワインのしずくが数滴、白いテーブルクロスの上におちました。

「旦那」殺人犯は絶望的に叫びました。「このワインは、どうして、おれに血を思い出させるのでしょう。そうだ、わたしは罪もない人の血を流したからだ! ああ、おれは、なんと言うひどい人間なんだ!」

魔法使いはなにも言いませんでした。でも、魔法使いの目はいっそうつよく輝きました。暴れん坊にワインをつごうとすると、男は叫びました。

「旦那さま、あっしがなんでワインをごちそうになれるんです？　わっしは勢いあまって、何人もの人をなぐり殺してしまったんです。それに自分勝手な思いから人の体を不自由にさせてしまいました。仲良くしようと差し出された手をへし折ったこともあります。わっしをいちばん愛してくれていた人たちに、ひどいことをしたんですよ！」

魔法使いの顔ぜんたいに明るさがひろがりました。しかし、魔法使いは自分ではなにも言いませんでした。泥棒のほうへ向くと、泥棒にいちばん美しいくだものの皿をすすめました。

「これをお取りなさい、お友だち」そして心をこめて言いました。「これはあなたのものですよ」

「旦那さま」泥棒は大声で言いました。「わたしは自分のものでないものを取りました。ですから、もしかしたら、わたしのものであるかもしれないものを取らないとしても、どうか、おゆるしください！」

魔法使いはあかるい微笑《びしょう》をうかべて、放火犯のほうへすすみました。

「これをお取りなさい、どうぞ、どうぞ」放火犯に言いました。「さっぱりした気分になりますよ」

「いえいえ、これは旦那さま」放火犯はことわりました。「わたしは、わたしに親切にしてくれた人たちの家の屋根に火をつけたのです。いまでは、その人たちは乞食《こじき》になっています。そして、ひと切れのパンをめぐんでもらっているんです。ああ、もし、わたしがひどいことをした人たちを、さっぱりした気分にしてあげることができたら！」

魔法使いの目は星のようにかがやきました。そして魔法使い自身は背をぴんとのばして立って、言いました。

「みなさん、あなたがたはながい年月のあいだ腹をすかせ、また、のどのかわきも癒《いや》されることがなかった。おいしいものに舌鼓《したつづみ》をうったことも、心のなかによろこびを覚えたこともなかった。どうして、あなたがたは、いま、食べたり、飲んだり、おもいっきりご馳走を味わい、おもいっきり楽しくすごそうとしないのですか？　さあ、ここにあるものをみんな食べてください、これはみなさんがたのものなのですよ」

しかし、そのとき庭のなかで、おおぜいの人の足音がきこえました。そして貧しい人や、不自由な体の人、乞食たちの群れが、食事をしている人たちのほうに近づいてきました。

「おお、これはどうしたことだ」詐欺師が叫びました。「わたしがペテンにかけて財産をうばい、貧乏にしてしまった人たちがこのなかにいる」

「おれだって」殺人犯はなかばおどろき、なかばおおよろこびで叫びました。「おれが殺した人がここに見える」

「おお、神さま」暴れん坊が大声を出しました。「わたしが不自由な体にしたり、けがをさせたりした人たちがいます、旦那！」

「あんたがたは、みんなここにいるんですね」泥棒が有頂天《うちょうてん》になってよびかけました。「わたしは以前、この人たちから盗んだんだ！」

「なんとひどい」放火犯は叫びました。「わたしはあの乞食になった人たちの家の屋根に火をつけたのです！」

そのとき詐欺師がふいに立ちあがると、以前、自分がペテンにかけて貧乏にしてしまった人たちに食べものやワインをはこびはじめました。殺人犯はテーブルクロスをひきさくと、むかし刺し殺した人のそばに身をかがめて、自分の涙でぬらしたテーブルクロスの切れ端で、その人の傷口をきれいにふいて、包帯をしてあげました。暴れん坊はワインをグラスにつぐと、自分がけがをさせた人たちの傷にそそぎかけてあげました。泥棒はテーブルの上の金や銀の食器やナイフやフォークをかきあつめると、むかし盗んだ人たちに受け取るようにとおしつけました。それを放火犯が見ると、泣きながら言いました。「ああ、かわいそうに、わたしがなにもかもまき上げてしまった乞食さんたち、わたしはいったい、あんたがたになにを上げればいいんだろう？」

そして、とつぜん、中庭のなかのすべての花を摘んで、乞食さんたちの腕のなかにいっぱい花を盛りあげました。

詐欺師が貧しくした人たちにたっぷり食べさせ飲ませたとき、殺人犯が殺した人の傷の手当をしたとき、泥棒が自分が盗んだ人たちにたくさんのものをあげ、放火犯が乞食さんたちのぼろ服を花でかざってあげたとき、自分ではなにも味わいませんでした。しかしお客たちを宮殿のなかに案内すると、まっ白なシーツをかけたベッドに寝かせ、自分たちはベッドのそばのかたい床の上によこたわりました。

ただ、魔法使いだけは庭にとどまり、両手をしっかりにぎりあわせて、星のように目をかがやかせていました。監獄の上には甘い、やすらかな眠りがおおっていました。そのとき、どしんという重い音がして、監獄の入口のドアのところに獄吏が姿を見せました。

「起きろ、悪党ども」彼は叫びました。「おまえたちはもう三日間も眠りっぱなしで、どんなに起こしても、目もあけなかったんだぞ！」

罪人たちは、いっせいに目をさましました。そして、みんなは自分の固くて、汚いベッドのそばの床の上に寝ているのを見ました。風通しのいい円柱はふたたび監獄の湿った壁にかわっていました。そして荒れほうだいの中庭からは、花や、または花を咲かせた木々をおもわせるものは、みんななくなっていました。ただ、床の上にはバラやゆりの花びらをおもわせるようななにかがのこっていました。

「わたしら、三日間も眠りっぱなしだったんですかい？」殺人犯が不思議そうにたずねました。

「なんだと！」放火犯が叫びました。「あれはただの夢だったのか？」

「獄吏さん」泥棒がたずねました。「もしかして、ここにわたしら以外に誰かいませんでしたか？」

「いたよ」獄吏はふきげんに言いました。「王女さまの猫ちゃんを盗んだやつだ。三日間、身動きもせずに、自分の独房のなかに立っていた。目は星のようにかがやいていた。刑を終わった今朝《けさ》、姿を消した。それは、なにかしらんきれいな小鳥だった！　消えるまえに、おれたちの裁判長殿コルプス博士に魔法をかけてロバの耳にしていった。しかし、いまは起きろ、ごろつきども、さあ、立て！」

こうして、ふたたび罪人たちはこれまでの監獄生活をはじめました。しかし、それでもなにかがかわっていました。カップのなかのいやなにおいのする水は、いつも最高に口あたりのいいワインの味がしましたし、かびの生えたパンは彼らの口のなかに入るととってもおいしい味にかわりました。心地よい花のかおりが監獄のなかにただよい、夜眠るときになると、ベッドは白い清潔《せいけつ》なシーツでおおわれていました。やがて、夜になると、監獄のなかには良心の呵責《かしゃく》も苦悩《くのう》もない、やすらかな眠りに満たされました。

その六　童話のおわり

　そんなわけで王女さまは法廷で、たぶん王女さまの猫ちゃんのユーラは、自分が生まれたところに逃げていったことをお知りになりました。そこで、すぐに使いの者をおばあさんのお家におつかわしになりました。

　使者は馬のひづめから火花が飛び散るほどのいきおいで、いそいで飛んでいきました。すると、どうでしょう、家のまえで腕に黒猫をだいたおばあさんの孫《まご》のヴァシェクを目にしたのです。

「ヴァシェクくん」使者は大声でつたえました。「王女さまが猫ちゃんのユーラを返すように言っておられるぞ」

　ヴァシェクはユーラがいなくなると考えると、すごく胸がいたみました。でもヴァシェクは答えました。

「使者さん、ユーラはぼくが王女さまのところへつれていくよ」

　それでヴァシェクはユーラを袋《ふくろ》に入れて、すぐに王女さまのところへつれていきました。「ほら、王女さま」ヴァシェクは言いました。「うちの猫ちゃんをつれてきましたよ。これが王女さまのユーラなら、あなたのところにおいておきなさい」

ヴァシェクは袋を開けました。しかしユーラは、まえ、はじめてのときに、おばあさんの篭《かご》のなかから飛び出したように、元気よく飛び出してはいきませんでした。かわいそうに、一本の足がびっこをひいていました。

「これがあたしのユーラかしら」王女さまはおっしゃいました。「あたしにはわからないわ。あたしのユーラは、ぜんぜんびっこなんかひいていなかったんだもの。どうしたら見わけられるかしら？　そうだ、ブッフィーノを呼んでみよう」

ブッフィーノはユーラを見ると、風をきってびゅんびゅん鳴るほどしっぽをはげしくふりました。でも、ブッフィーノがなんと言い、ユーラがなんと答えたか、そこにいる人たちの誰にもわかりませんでした。

「これはユーラだわ」王女さまがうれしそうに大声で叫ばれました。「ブッフィーノはユーラとなかよしだったんだから。でも、ヴァシェクさん、あんたがユーラをつれてきてくれたことに、どんなお礼をすればいいのかしら？　あなた、お金がほしい？」

ヴァシェクは頭をふって、すぐに言いました。

「ぼく、お金なんかほしくないよ、王女さま。お婆《ばあ》さんは自分でもどうしたらいいかわからないくらい、お金をもっているからね」

「それじゃあ……それじゃあ……あんた、ケーキなら少しほしい？」

王女さまはおたずねになりました。

「それもほしくないな」ヴァシェクは言いました。「だって、ほしけりゃ、いくらだってパンケーキが食べられるからね」

「それじゃあ……それじゃあ……」王女さまはいろいろ考えてみました。「じゃあ、ここの、あたしのおもちゃのなかから、なにか好きなものとっていいわよ」

「なにを言うんだい」ヴァシェクはいらないというふうに手をふりました。「ぼくなんかね、この小刀《こがたな》でなんでも好きなものをけずって作るんだよ」

王女さまはもうほんとうにヴァシェクに何をあげたらいいのかわからなくなりました。

「でも、ヴァシェク」最後に王女さまはおっしゃいました。「じゃあ、なんでもいいから、ほしいもの自分でおっしゃい」

「そうだな、王女さま」ヴァシェクはそう言ってケシの花のようにまっ赤になりました。

「さあ、おっしゃいって、ヴァシェク」王女さまはさいそくなさいました。

「そんなこと、とても言えないよ」ヴァシェクは耳のほうまで赤くして、ことわりました。

こんどは王女さままでがボタンの花のように赤くなられ、そして、おっしゃいました。「じゃあ、どうして、それが言えないの？」

「どうしてって」かわいそうなヴァシェクは言いました。「どっちみち、きみはくれはしないからさ」

王女さまはバラの花のようにピンク色に顔を染《そ》められました。そしてどぎまぎしながらおっしゃいました。

「もし、あたしがあんたにそれをあげたら、どうする？」

ヴァシェクは首をふりました。

「どうせ、きみはくれはしないよ」

「じゃあ、あたしがあげたら？」

「だめだよ、そんなことしちゃあ」ヴァシェクは悲しそうに言いました。「どうせ、ぼくは王子さまではないんだから」

「ほら、ヴァシェク、こちらをごらん」王女さまは早口でおっしゃいました。そしてヴァシェクがふり向いたとき、つまさき立ちして、いそいでヴァシェクの頰《ほお》にキスをしてあげました。ヴァシェクがわれにかえったときには、王女さまはもう部屋のすみへいって、ユーラをだいて、その猫ちゃんの毛で頰をおおっておられました。

ヴァシェクはぽーっとして、顔をほてらせていました。

「神さまがそういうふうに、あなたにおっしゃったんだね、王女さま」ヴァシェクは言いました。

「それじゃ、ぼく、またくるよ」

「ヴァシェク」王女さまは小さな声でおっしゃいました。「あんたがほしかったのは、それだったの？」

「そうだよ、王女さま」ヴァシェクは熱い息とともに言いました。そのとき広間のなかに宮廷の貴婦人たちが入ってきました。ヴァシェクはすぐに帰ることにしました。

ヴァシェクは心をはずませながら家に駆けていきました。ただ、ナイフで木の皮をけずってかわいい小舟を作るあいだだけ、森のなかにとどまりました。それからその小舟をポケットのなかに入れて、家に駆けもどりました。

家にかえりつくと――ユーラが家の入口のところにすわって、痛めた足で毛をきれいにしていました。

「お婆さん」ヴァシェクは叫び声を上げました。「ぼくはユーラをいま館《やかた》までつれていったばかりなんだよ！」

「そうかい、ヴァシェク」お婆さんは言いました。「たとえ、どんなにとおくても、生まれた場所に戻ってくるというのは猫の習性《しゅうせい》だからね。あした、また館につれていきなさい」

次の日の朝、ヴァシェクはユーラをつれて、また館へ行きました。

「王女さま」ヴァシェクは息をきらせながら言いました。「ほら、またユーラをつれてきたよ。こいつったら、すぐに、ぼくの家まで逃げてきたんだ」

「この子ったら」王女さまはおっしゃいました。「まるで風みたいに逃げていくのね！」

「王女さま」ヴァシェクは早口で言いました。「きみは、この小さな舟ほしくない？」

「ちょうだい」王女さまはおっしゃいました。「でも、ユーラのお礼に、今日はあなたに何をあげればいいかしら？」

「さあ、わからない」ヴァシェクはそう答えましたが、たちまち髪のはえぎわまで赤くなりました。

「さあ、言いなさい」王女さまはささやいて、ヴァシェクよりももっと赤くなりました。

「言えないよ」

「言いなさい！」

「言わない」

王女さまはうつむいて、小さな舟を指の先でつついていました。「もしかしたら、昨日とおなじものがほしいんじゃない？」

「あんたったら」とうとう王女さまがおっしゃいました。

「うん、そうかもね」ヴァシェクはいそいで言いました。それを受け取ると、ヴァシェクは晴れやかな気分で家に駆けていきました。ただ柳《やなぎ》の林のそばに、すこしのあいだ足をとめて、ナイフをつかって美しいうた笛を作りました。

家へ帰りつくと――ユーラがドアロのまえにすわって、手でひげをなでていました。

「お婆さん」ヴァシェクがまた言いました。「ユーラがまたここにいるよ！」

「じゃあ、ユーラをつかまえなさい」お婆さんは言いました。「あした、また館までつれていっておいで。たぶん、もう、あそこになれるはずだけどね」

そこで、よく朝、ユーラを入れた袋を背中にかついで、ヴァシェクはまた館まで駆けていきました。

「王女さま」ヴァシェクはすぐに言いました。「ユーラはまたぼくの家に逃げてかえってきたよ」

でも、王女さまは顔をくもらせたまま、何もおっしゃいませんでした。

「ごらんよ、王女さま」ヴァシェクはすかさず言いました。「この笛はぼくがきのう作ったんだよ」

「ちょっと、かしてごらん」王女さまはおっしゃいましたが、いぜんとして暗い顔をしたままでした。ヴァシェクは王女さまのほうへ近づいていきましたが、王女さまがどうして不機嫌《ふきげん》なのかわかりませんでした。

王女さまは笛をお吹きになりました。そして笛が美しい音で歌をうたうと、おっしゃいました。

「あなたって悪い男の子だわ、あたしにはわかっているんですからね、あたしに……あなたは……あなたは、こんなにして来るたんびに、あたしから、きのうと同じものをもらいたいんから、だから、あなたは、あたしのユーラがそのたんびに、あなたの家に逃げかえるように、わざとしむけているんだわ」

ヴァシェクはかなしそうな顔をして、帽子をつかむと、言いました。

「王女さま、あなたがそんなふうに思っているのなら、もう、いいよ。ぼくは、もう、館にはこれ以上は来ないからね」

ヴァシェクはかなしくなり、重い足どりで家に帰りました。帰りつくと、どうでしょう――ユーラがまたもや入口のところにすわって、ちょうどミルクを飲んだところだといわんばかりに、舌なめずりをしているのです。それでヴァシェクはユーラを膝の上にかかえあげて、だまってすわっていました。

そのとき、パッカ、パッカと王さまの使者が馬に乗って駆けてきました。

「ヴァシェク」使者は叫びました。「ユーラを館につれてくるようにと王さまがおまえにご命令だ」

「なんのためにそんなことをするんだい」ヴァシェクは言いました。「猫はいつも自分の生まれたところに戻ってくるんだよ」

「だが、王女さまはだな、ヴァシェク」使者は言いました。「王女さまは、たとえ毎日のことであっても、おまえに猫ちゃんをつれてくるようにとの、ご命令だ」

ヴァシェクは首をふりました。

「ぼくは王女さまに、もう、二度と行かないと言ったんだ」

すると、そのとき、お婆さんが戸口のところに出てきて、言いました。

「使者さん、犬は人間になつくが、猫は家になつくといいますよ。ユーラはもうこの家になついてしまったんですね」

使者は馬の向きをかえると、館のほうへ駆けていきました。つぎの日、お婆さんの家のまえに百頭の馬にひかれた大きな馬車がつきました。御者《ぎょしゃ》がおりてくると、お婆さんを呼びました。

「お婆さん」御者は言いました。「王さまは、猫ちゃんがどうしても家からはなれないというのなら、わたしが猫ちゃんを家といっしょに、それからお婆さんと、ヴァシェクもいっしょに運んでくるようにと、申しつかった。この家は王さまの館の中庭にじゅうぶん入りきれるそうだ」

おおぜいの人がやってきて、家ごと馬車の荷台に乗せるのを手伝いました。御者は鞭《むち》をふってパチンとならして、叫びました。

「ドウ、ドウ」

百頭の馬が引きはじめました。家をつんだ馬車が館をめざして進みはじめたのです。荷台の上の家の戸口のところには、お婆さんとヴァシェクとユーラが腰をおろしていました。そのとき、お婆さんは思い出しました。王さまのお母さまがごらんになった、ユーラが次の王さまを館に連れてくる、おまけに、次の王さまは自分の家ごとやってくるという夢のことをです。お婆さんはそれを思い出しはしましたが、一言も口には出しませんでした。

この馬車は大きなよろこびとともに館のなかに迎え入れられ、家は中庭で組み立てられました。そしてユーラは家にとどまっていましたから、もうユーラは逃げ出そうなんてことは、まったく思いもしませんでした。ユーラはその家にお婆さんとヴァシェクといっしょに住みました。王女さまがユーラと遊びたくなられたら、その家へ訪ねていかなくてはなりませんでした。王女さまのご様子からさっしますと、ユーラをとても愛していらっしゃいましたから、王女さまは毎日その家にお訪ねになりました。そしてヴァシェクとも、とても親しいお友だちになられました。

そのあとがどうなったかを書くとしたら、この童話とはちがった別のお話になってしまうな、きっと。でも、大きくなってヴァシェクが、ほんとうにこの国の王さまになったとしたらね、子供たち、それはこの猫ちゃんのせいでもなければ、王女さまとなかよしだったからでもないんだよ。それはね、大きくなったヴァシェクがこの国ぜんたいのためにたてた、強くて、勇敢な手柄のためなんだよ。

第二話

お犬さんの童話

粉屋《こなや》をしていた、ぼくのカレルおじいさんの馬車が毎朝、村じゅうをまわってパンを配達《はいたつ》し、あたらしい穀物《こくもつ》をつんで水車小屋にもどってくるんだけど、そのとき通る道筋《みちすじ》の人たちは、誰もがボジーシェク〈チェコで代表的な犬の名前、場合によってはとくに雑種の犬〉のことを知っていた。そう、ボジーシェク、みんながそう呼んでいた。

御者《ぎょしゃ》のシュリトカじいさんのとなりで、馬車全体の指図《さしず》をしているのは自分だといわんばかりに目を光らせてすわっているその犬が、ボジーシェクさ。だから、馬車が坂道にさしかかって、進み方がなんとなくおそくなったときなど、ボジーシェクは大きな声で吠《ほ》えるんだ、「はやく進め」って。すると、すぐに車輪《しゃりん》が早く回りだし、シュリトカじいさんが鞭《むち》を二三度ならす。すると馬車を引く二頭の馬のフェルダとジャンカは力いっぱいに引きはじめるんだ。すると、いまや馬車全体が晴れやかに、神さまのお恵《めぐ》みの出来たてのパンのいい香りをふりまきながら、ほこらしげに村に駆けこんでいく。こんなふうにして死んだボジーシェクはね、子供たち、村のちいさな教区《きょうく》のなかをまわっていたんだよ。

そうさ、ボジーシェクがまだ元気だったころはね、あんなに猛スピードで走りまわる自動車なんか、まだ一台もなかったんだ。そのころの馬車はね、やってくるのがちゃんとわかるように、ゆっくりと、おとなしく走っていたんだよ。自動車の運転手など、だれ一人として、亡くなったシュリトカじいさんのように、あんなに美しい音で鞭を鳴らしたり――どうか、神さま、シュリトカじいさんに永遠の栄光《えいこう》をあたえられませんことを――シュリトカじいさんのように、じょうずに馬にチッチッと舌を鳴らすことなんかできはしない。

だいいち、あのかしこいボジーシェクだって、そんな自動車の運転手のとなりにおとなしくすわってなんかいないだろうし、運転もしないだろうよ。それに、吠えもしないし、誰もこわがらせない。なんにもしないんだ。だって、そんな自動車はただ飛ぶように走ってきたかとおもうと、くさいにおいをのこして、あっというまに通りすぎてしまうだけだ。だから、いま、どこにいるだろうと思ってふり返ってみても、見えるのは自動車の車輪がまきあげた砂煙《すなけむり》ばかりで、自動車の姿なんか見えやしない。

そうさ、ボジーシェクはね、絶対に、安全運転をする。村人たちは、もう、三十分もまえから耳をそばだてて、鼻をくんくんさせて、「ああ、来たぞ！」と言うんだよ。村の人たちには、もう、姿を見るまえにわかるんだね、ボジーシェクがパンを運《はこ》んでやってくることがさ。だからボジーシェクに「お早よう」を言うために、みんなが家の戸口のまえに立ってまっているんだ。すると、やがて、ほんとうにボジーシェクの馬車が村に駆けこんでくる。御者のシュリトカじいさんは舌を「チッチッ」とならし、ボジーシェクは御者台の上で「わん、わん」と吠える。そして、ふいにジャンカのお尻《しり》（たしかにそれはね、お尻なんだけどね――どうか、神さま、ご祝福《しゅくふく》を！――そのお尻はね、四人の人がその上で食事ができそうなテーブルくらい大きいんだ）の上に飛び乗って、こんどはジャンカの背中の上でダンスをおどるんだ。

首のほうからしっぽのほうへ、しっぽのほうから首のほうへ走りまわり、うれしさのあまり、無邪気《むじゃき》に話しかけるんだ。

「わん、わん、おーい、子供たち、見てみろよ、ぼくたち山の上から駆けおりてきたんだぜ。ぼくと、ジャンカと、フェルダもさ、お早よう！」

すると子供たちは目を丸くして見ています。毎日、パンがこの村にやってきて、いつもこんなににぎやかな、まるで皇帝陛下《こうていへいか》ご自身がご到着になったみたいな、朝のあいさつがくりかえされるのだよ！――そうなんだ、ぼくがさっきも言ったけど、ボジーシェクが生きていたころのように、あんなににぎやかに馬車がやってくることは、もうずいぶんまえになくなってしまったな。

ボジーシェクはね、まるでピストルを発射《はっしゃ》するみたいに、吠えることができたんだ。右に向かって「わん！」と吠えると、そこらにいたガチョウが肝《きも》をつぶして駆けまわる。そして隣のポリツィ・ナ・リンク村の境まで駆けていってやっと止まるんだ。そこに来合わせたものはみんなびっくりしてしまうんだよ。こんどは左に向いて「わん！」と吠える。そしたら村じゅうのハトがみんなあわてて飛びたって、プロシャのほうへはもちろん、ジャルトマンの山のどこかあたりまで逃げていって、おりてこないんだ。それほど大きな声で、このいたずらっ子のボジーシェクは吠えることができたんだ。

それにこうやってほかの動物たちをびっくりさせたあとは、すごくいい気分になって、ちぎれてどっかへふっ飛んでいきそうなくらい、しっぽをふるんだ。そりゃ、そうだよ、ボジーシェクはその大きな声が自慢なんだ。将軍にだってこんな大きな声は出せないし、むかし、大きな声で皇帝のおふれを伝えてまわっていたお役人だって、こんな大きな声は出せなかっただろうよ。

こんなボジーシェクにも、まったく吠えることができないころがあったんだ。たとえば、もう、すっかり大きくなってね、おじいさんのよそ行きの革《かわ》の長靴《ながぐつ》をかみ切ってしまえるくらいの歯が生えていたときになってもだよ。

そのことをお話しするには、きみたちも、どんなふうにしておじいさんがボジーシェクのところに来たか、それとも、ほんとは、ボジーシェクがどんなふうにしておじいさんのところに来たかかな、そのことがわからないとだめかもしれない。

ある日のこと、おじいさんが、おそくなって酒場から家に帰っているときだった。だから夜だったんだね。おじいさんはとても上機嫌《じょうきげん》だった。そしてね、もしかしたら、いじわるをする霊《れい》を追い払うためだったのかもしれないけど、おじいさんは、道々、歌をうたっていたんだ。ところが、暗がりのなかで、せっかく歌おうと思っていた歌を、ふいに忘れてしまったんだ。だから思い出そうと思って立ち止った。そして思い出そうとしていると、足もとの地面から、くんくんいうような、きゅんきゅんいうような、ふんふんいうような音が聞こえてきたんだ。

なんだろうと腰をかがめて地面の上を手さぐりすると、なにか毛むくじゃらの、あたたかい、まーるいものが手のひらのなかに入りこんできた。それはビロードのようにやわらかだった。それでね、両手でかかえてもち上げるやいなや、そのやわらかいものは「きゅんきゅん」いうのをやめて、おじいさんの指を、まるで蜂蜜《はちみつ》でも吸《す》うように、ちゅっちゅっと吸い出したんだ。

「こいつの具合をよく見てみないといけないな」と、おじいさんは思って、水車小屋の家につれて帰ったんだ。ひとりで、るすばんをしていたお婆さんは、おじいさんに「おやすみ」を言うために、こんなにおそくまで寝ないで待っていたんだよ。でも、お婆さんが「おやすみなさい」を言うまえに、よっぱらいの、しょうのないカレルおじいさんが言ったんだ。

「ほうら、これを見なさい、ヘレナ婆さん、こんなものをつれて帰ってきたぞ」

お婆さんは明かりをあててました。するとどうでしょう、「なんだい、これは子犬じゃないか、おじいさん！　赤ん坊はまだ目もあいていないし、むいたばかりのくるみの実のように黄色だし」

「おい、これ」おじいさんはふしぎな気がしました。

「それにしても、犬っころや、おまえはいったい、誰の子供だい？」

もちろん、犬っころはなんにも答えない。ただ、テーブルの上で悲しそうにぶるぶるふるえながら、ネズミのしっぽみたいな、ちっちゃなしっぽをぴょこぴょこふって、あわれっぽくキュンキュン鳴《な》くだけだった。そのとき、この悪い子はおしっこをもらして、自分のまわりに水たまりをつくってしまった。その水たまりは、子犬の「ごめんなさい」という気持ちをあらわしているみたいに、だんだん大きくひろがっていった。

「おじいさん、おじいさん」お婆さんはまじめな顔でおじいさんを見ました。「おじいさんは、ほんとうにものの道理のわからない人だね。こんな子犬なんかひろってきても母犬がいないと、きっと死んでしまうよ」

これにはおじいさんもびっくりしました。そして、お婆さんに言いました。

「お婆さん、すぐにミルクをあたためなさい。それにロールパンを出しなさい」

お婆さんがその全部を用意しおわると、おじいさんはパンのやわらかいところをミルクにひたして、それをハンカチの端でくるみ、子犬がちょうどいい具合に吸えるような、とんがりをつくった。子犬はそれをちゅっちゅっ吸って、やがておなかが太鼓《たいこ》のようにぱんぱんに大きくふくらんだ。

「おじいさん、おじいさん」お婆さんはまた頭をふりました。「あんたって、どうして道理がわからないのかね？　この子犬がさむさでこごえ死にしないように、誰がいったいあたためてやるのかね？」

おじいさんが、そんなことくらいであきらめるもんですか。子犬を抱《だ》き上げると、まっすぐ馬小屋にいきました。ところが、どうです、馬小屋のなかはフェルダとジャンカの息ですっかりあたたかくなっていた！　二頭の馬はもう眠っていたけど、ご主人のおじいさんが入ってくると二頭とも頭をもたげて、かしこくて、やさしいそうな目をおじいさんのほうに向けました。

「ジャンカにフェルダや」おじいさんは言いました。「この子犬のボジーシェクにやさしくするんだよ、わかったかい？　わしはおまえたちにこの子をたのむからな、だいじに守ってくれるんだぞ」

そう言うと、おじいさんは子犬を二頭のまえのわらのなかに寝かせました。ジャンカは小さな生きもののにおいをかぎ、それからおじいさんのやさしい手のにおいをかぎました。それからフェルダにそっとささやきました。

「この子は、あたしたちの子供だね！」と。まあ、こんなわけだったんだ。

こうしてボジーシェクは目が明《あ》いて、自分でお皿からミルクを飲むことができるようになるまで、ハンカチの吸い口でミルクを吸いながら馬小屋のなかで大きくなったんだ。それに、あたたかさもお母さんのそばにいるようだった。やがて子犬はまたたくまに元気な小さないたずらっ子にそだった。でも、すこし頭がおばかさんなのかな。そうは言っても、まだ子犬だからね、おすわりをするのにお尻がどっちについてるかもわからないんだよ。だから自分の頭の上にすわったりするんだ。そしてなんとなくきゅうくつだな、なんて不思議がっているんだ。

それに、しっぽをどう使うのかも知らない。数はまだ二つまでしか数えられない。それなのに足が四本もあるもんだから、こんがらがってしまうんだね。最後にはとうとうころんでしまって自分でびっくりしている。そしてうすく切った薫製《くんせい》のハムみたいなかわいいピンク色の舌を出してね、ふうふう言っているんだ。でも、子犬というのはどんな子犬でも、いつもこんなだよね。ようするに……子供なんだ。

ジャンカとフェルダはもっとたくさん君たちに話してくれるかもしれないな。たとえば、あたしたちみたいに年をとった馬には、このいたずらっ子を踏みつけないように用心しなきゃならないっていうのは、すごくつかれるんだよ。それにね、子供たち、ひづめというのは部屋ばきのスリッパなんかとわけがちがってね、床の上で、どこかのいたずらっ子が痛いって叫んだり悲鳴《ひめい》を上げたりしないように、ゆっくりと、そーっと足をつかなければならないんだ。

「まったく、子供というのは、ほんとうに手をやかせるよ」とジャンカとフェルダは話すかもしれないね。

そうこうするうちにボジーシェクももうりっぱな犬になった。陽気で、歯がじょうぶで、ほかのどの犬ともかわりない。でも、なにかちょっと変なんだ。ボジーシェクが「うー」とうなったり、「わんわん」と吠えたりするのを、誰も聞いたことがないんだよ。ただ、キュンキュンと鳴いたり、キャンキャンと鳴いたりするだけなんだ。

ある日、お婆さんは心のなかで言いました。

「どうしたんだろう、どうしてボジーシェクは吠えないんだろう?」

お婆さんは三日間、そのことばかり考えてすごしました。そして四日目になって、おじいさんに言いました。

「おじいさん、ボジーシェクがこれまで一度も吠えたことがないというのは、どうしたことなんだろうね?」

そこで、おじいさんも三日の間、頭をふりふり考えながら歩きまわりました。四日目になって、御者のシュリトカさんにそのことを話しました。

「うちのボジーシェクがまったく吠えないというのは、どうしてだろうね?」

シュリトカさんはこのことを深刻《しんこく》に考えました。そして酒場に行き、そこで三日三晩考えました。四日目にはさすがに眠くなり、なんとなく頭がぼんやりしてきました。飲み代をはらおうとして、酒場の亭主《ていしゅ》をよび、四クレイツァル銅貨を何枚かポケットからつまみ出しました。数えに数えましたが、どうも悪魔《あくま》がちょっかい出すらしくて、なん回数えても、いくらお金があるのかどうしてもわかりませんでした。

「おい、シュリトカのじいさん」酒場の亭主は言いました。「どうした、あんたの母さんは数をかぞえるのも教えなかったのか?」

その瞬間《しゅんかん》、シュリトカじいさんは勘定《かんじょう》のほうはうっちゃらかしにしたまま、自分のひたいをたたくと、いっさんにおじいさんのところに駆けていきました。

「おい、じいさん」ドアのところで、叫びました。「やっとわかったぞ! ボジーシェクが吠えないのは、母犬が吠え方をおしえなかったからだ!」

「なあるほど」おじいさんは言いました。「そうかもしれんな。ボジーシェクは母さんを知らんからな。フェルダもジャンカも吠え方は教えなかった。この近くに犬は一匹もいない。だから、ボジーシェクは吠えるのが何かしらんのだ。いいか、シュリトカ」おじいさんは言いました。「おまえはボジーシェクに吠え方をおしえてくれ」

それで、シュリトカさんは馬小屋のなかでボジーシェクのまえにすわって、吠え方をおしえたんだ。

「わん、わん」シュリトカさんはボジーシェクに説明をしました。「よーく注意して、どうしたらそうなるか見てるんだぞ。さいしょに、ここの喉のところで、ウルルルルと言いながら、一度に口からはき出すんだ。わん、わん、ウルルルル、ウルルルルー、わん、わん、わん!」

ボジーシェクは耳をそばだてて聞いていた。ボジーシェクにはどうしてだかわからないけど、それはこころよい音楽に聞こえたんだ。そしてとつぜん、うれしさのあまり、ひとりでに「わん」と吠えてしまった。その声はすこし変だった。ナイフで皿の上をこするときのようにきいきいと聞こえた。

でも、なんだって、さいしょはむずかしいものだよ。だって、きみたちだって、さいしょからa、b、cがちゃんと言えたわけではないだろう?

フェルダもジャンカも、いい年をしたシュリトカさんが、ほんとの犬みたいにまじめに吠えるのを聞いていた。さいごには、とうとうフェルダもジャンカも肩をすくめて、もう二度とシュリトカさんを尊敬《そんけい》しなくなった。でも、ボジーシェクは吠えることにたいしては、すごい才能をもっていた。吠え方の勉強はすごい早さですすみ、はじめて馬車にのって出かけたときは、左を向いて「わん」、右を向いて「わん」と、まるでピストルを発射するような声で吠えていた。

ところがボジーシェクは生涯、吠えあきるということがなかった。だから一日じゅう吠えていた。ボジーシェクには吠えることをちゃんと覚えたということが、うれしくてたまらなかったんだろうね。

しかし、ボジーシェクが気をくばらなければならないことは、シュリトカさんと馬車で出かけて、馬がちゃんと車を引くようにするだけではなかった。毎晩、水車小屋や中庭をまわって、なにもかもきちんと整理《せいり》してあるかたしかめたり、めんどりたちが市場で買い物をするおばさんたちのようにがやがや騒《さわ》いでいるときは「わん、わん」としかりつける。それがおわると、やっと、おじいさんのまえに行っておすわりをする。しっぽをふって、かしこそうな目でおじいさんを見上げる。

「カレルおじいさん、もう、おやすみなさい。ぼくがぜんぶ見てまわってきたからだいじょうぶですよ」と言っているみたいだ。

それで、おじいさんはボジーシェクをほめて、それからベッドに眠りにいくんだ。

でも、昼間は、穀物やそのほかいろんなもの、たとえば、クローバーの種とかレンズ豆やけしの実などを買うために、おじいさんはしじゅう村や町に出かける。だからボジーシェクもおじいさんについて駆けていくわけだ。帰りが夜になっても心配はいらない。おじいさんのほうが道をまちがえても、ボジーシェクがちゃんと正しい道をおしえてあげるからね。

そんなふうにして、おじいさんはよくどこかに種を買いに出かける。どこかとは言っても、たいがいはズリチェクの町なんだ。買い物がすむと、おじいさんは、ちょっと酒場による。ボジーシェクはいつもは、しばらく酒場のまえで待っている。でも、そのときにかぎって、なにかいいにおい、そう、ボジーシェクには見ずにはいられないくらい、とってもおいしそうなにおいがしてきたんだよ。きっと、あそこの家でソーセージの料理を食べてるな。でも、ボジーシェクはおとなしくすわって、どこかのテーブルの下に、おいしいソーセージがひと切れでもおっこちてこないかなと思いながらすわっていた。そしてボジーシェクがそっちのほうに気をとられているあいだに、酒場のまえに隣の家の人の馬車が止まった。

さてと、名前はなんにしようかな、そうだ、たとえばヨウダルさんにしておこうか、ヨウダルさんは酒場のなかにおじいさんがいるのを見つけた。ああだこうだと話をしてから、隣どうしの二人は、さて、じゃあ、もう帰ることにするかと言いながらヨウダルさんの馬車に乗りこんだ。馬車は走りはじめましたが、おじいさんはボジーシェクのことをすっかり忘れていた。そのころボジーシェクはキッチンに入りこんで、ソーセージのまえにおすわりしていた。

家の人たちが食べおわると、ソーセージの皮をかまどの上の猫に投げ与えた。ボジーシェクが口のまわりのよだれをふいていたとき、やっとおじいさんを置きっぱなしだったことに気がついた。ボジーシェクはさがした。酒場のなかをぜんぶかぎまわったが、おじいさんはどこにもいなかった。「ボジーシェクや」酒場の主人が言いました。「おまえのご主人さまはもうあっちへ馬車で帰ってしまったぞ」そして手でさしました。ボジーシェクはすぐに理解して、ひとりで家に帰ることにしました。

さいしょは道路にそって行きましたが、やがて、思いついた。

「おれとしたことが、ばかだな。山をこえていけば、馬車に追いつけるじゃないか」

そこで山をこえて森のなかを通っていった。もう夕方はすぎて、夜になっていた。でもボジーシェクはぜんぜんこわくなかった。おれから何かを盗もうなんてやつがいるはずがないと、ボジーシェクは思ったからだ。でも、ボジーシェクも犬ですから、犬のようにお腹がすいていた〈チェコ語で「ぺこぺこに」お腹がすいたときのたとえ〉。

もう夜だった。空には満月《まんげつ》が出ていた。どこか木々が両側にわかれ、茂りすぎた木を切ったか、林道をひらいたかしたような場所にきた。樹木《じゅもく》のこずえの上のほうに月が見えていた。その月影はボジーシェクでさえおどろきのあまり心臓《しんぞう》がどきどきするほど美しく銀色にかがやいていた。森はまるでハープをかなでているかのようにしずかにささやいている。ボジーシェクはいままっ暗《くら》な廊下《ろうか》のような森のなかの道を駆けていた。

しかし、とつぜん、ボジーシェクの目の前に銀色の光がさし、ハープの音もいっそう大きくなったような気がした。ボジーシェクはこわくて体じゅうの毛が逆立つほどだった。それで地面に伏《ふ》せて、気がとおくなりそうな思いで見ていた。目の前には銀色のちいさな広場ができていた。その広っぱで犬のルサルカ（水の妖精）が踊っていた。それはうつくしい白犬だったが、あまりにも白すぎて、すけて見えそうなくらいだった。それに、あまりにもかろやかで、草の露《つゆ》さえふれても落ちないくらいだった。

「なるほど、これが犬のルサルカか」とボジーシェクはすぐに気がついた。だって、その犬たちには、ほんとに犬かどうかを見分けるための、かんじんのにおいがないからだ。ボジーシェクはぬれた草のうえに伏《ふ》して、目だけは見えるようにしていました。

ルサルカたちは踊り、追いかけあい、もつれあい、しっぽを軸にしてまーるく回りましたが、すべては軽く、空気のようで、足もとの草の葉さえゆれないんだ。ボジーシェクはよく注意をして見ていた。彼らのなかの誰かが体を掻《か》くか、ノミを噛《か》むかしはじめたら、それはルサルカではない。ただの白い犬だ。でも、どの一匹も掻きもしなければ、ノミを噛もうともしない。そうなると、これはまさしく正真正銘《しょうしんしょうめい》のルサルカだ。

月がもうじゅうぶん高くなったとき、ルサルカたちは頭をもたげて、やわらかく、美しく、遠吠えのような声で歌いはじめた。まったくのところ、国民劇場〈チェコの象徴ともいうべき劇場〉のオーケストラだってこんなに美しくは演奏《えんそう》できないよ。ボジーシェクは感動にむせんだ。ルサルカたちの合唱を台なしにしても気にしない犬だったら、ボジーシェクもいっしょに歌っただろうけどね。

みんなが歌い終わると、なんとなく高貴な感じの犬の老婆のまわりに犬のルサルカたちは伏せた。その犬の老婆はなにかつよい力をもった妖精か魔法使いなんだろうね。全身が銀色で、ひどくよわよわしそうだった。

「さあ、話してください」ルサルカのみんながたのんだ。

年をとった犬の妖精はしばらく考えていたが、やがて話しはじめた。

「それじゃあ、みんなに、どのようにして犬たちが人間を作ったかをお話ししよう。楽園ではすべての動物たちがしあわせに、まんぞくして生きていたのだよ。そして死に、また生まれていた。ただ、犬だけがだんだんと悲しく思うようになった。そこで犬たちの神さまがおたずねになった。

『ほかの動物たちが楽しそうに生きているのに、どうしておまえたちは悲しそうにしているのだ?』

それでいちばん年寄りの犬が言ったのだ。

『ごらんのとおり、ほかの動物たちはなんにも不満をおぼえてはいません。しかし、わたしたち犬はこの頭のなかにほんのすこし理解する力をもっています。その理解する力のおかげでわたしたちは、わたしたちよりももっと高いものがあるということがわかるのです。それは、神さま、あなたです。わたしたちはいろんなものを、においをかいで理解することができます。でも、神さま、あなたさまのにおいだけはかぐことができません。それが、わたしたち犬にとっていちばん不満な点なのです。ですから、神さま、どうかこの願いをみたしてください。そして、わたしたちのためににおいで理解できる神さまを作ってください』

するとと神さまはお笑いになりながら、おっしゃった。

『それじゃあ、なにかの骨をもってきなさい。そしたら、おまえたちがすこしは理解できる神を作ってやろう』

それでみんなの犬は四方八方に駆けていき、それぞれなにかの骨をもってきたのだよ。ライオンの骨、馬の骨、ラクダの骨、猫の骨、ようするにあらゆる動物の骨はあったが、犬の骨だけはなかった。それはね、犬は犬の肉にも犬の骨にも触《ふ》れないからだ。そんなわけで、それらの動物の骨が大きな山となった。そしてそれらの骨から、犬たちが自分の神として理解できるように人間を作られた。そして人間は犬以外のあらゆる動物の骨から作られたから、あらゆる動物の性質をもっている。ライオンの力、ラクダの勤勉《きんべん》さ、猫のずる賢さ、馬の寛大《かんだい》な心。だから、犬の性質だけはない。つまり犬の忠実さだけが人間にはないのだよ！」

「もっと、なにか話をしてください」犬のルサルカたちはねだりました。

お婆さんの犬の妖精はしばらく考えていました。それからまたはじめました。

「それじゃあ、犬がどのようにして天にたどりついたか、お話ししてあげよう。いいかい、人間は死んだら魂《たましい》は天にのぼって星に行く。でも、犬の魂のための星はなかった。だから犬の魂は死んだあとも地上をさまよって、土のなかに眠った。それはイエス・キリストさまの時代までつづいた。人間たちがキリストさまを柱の下で、鞭《むち》で打ったとき、とてもたくさんの血がそこに流れた。するとそこに一匹の飼い主のいないお腹をすかした犬が来て、キリストさまの血をなめた。『聖女《せいじょ》マリアよ』と天上の天使たちが叫んだ。『たしかに、その犬は主キリストの血を受け入れた！』――『主キリストの血を受けたのなら、その犬の魂を天に受け入れよう』と神さまはおっしゃった。

そこで神さまはあたらしい星をお作りになられて、その星が犬の魂のための星であることの目印に、星にしっぽをつけられた。そんなわけで、その犬の魂がその星にたどりつくと、それはもうたいへんな喜びようで、天の広っぱを、犬が野っ原を駆けまわるように、駆けて駆けて駆けまわったのだ。そのうえ、ほかの星たちのようにきちんときめられた道を守らなかった。だから、しっぽをふりながら、天上を元気に走りまわる、こんな星たちのことを彗星《すいせい》（ほうき星）と呼ぶようになったんだよ」

「もっとなにか話してください」と犬のルサルカたちは三度目のおねがいをしました。

「それではね」お婆さんの妖精はまた話しはじめました。「むかしむかし、犬が地球上に王国と、大きな犬のお城をもっていたというお話をしてあげよう。ところが人間たちは地上の犬の王国をねたんで、犬の王国とお城が地下ふかく沈んでしまうまで、ながいあいだかかって呪《のろ》いをかけたんだよ。でも、もし誰かが正しい場所を掘っていったら、犬の財宝がおさめてある洞窟《どうくつ》を掘りあてるかもしれないよ」

「犬の財宝《ざいほう》って、どんなものですか？」犬のルサルカたちは、熱心にたずねました。

「そうだね」お婆さんの妖精は言いました。「それはね、ものすごく美しい広間だよ。柱はいちばん美しい骨でできている。でも、まだ、誰もかじってはいないんだよ、ほんとだよ。その骨にはね、ガチョウのももみたいにたっぷり肉がのっている。それから、その広間には薫製《くんせい》の玉座があってね、そこへあがる階段は最高に清潔《せいけつ》なベーコンで出来ている。その階段の上のじゅうたんは腸詰《ソーセージ》めにつから本物の腸から作ってあるんだよ。そしてその腸には指の太さくらいの中身がつまっている——」

そんな話をきくと、もう、ボジーシェクは我慢《がまん》できなくなり、野っ原に突進《とっしん》していって叫んだ。

「わん、わん、その宝物はどこにあるんだ？　わん、わん、どこだ、その宝物は？」

しかしその瞬間、犬のルサルカたちも、おばあさんの妖精も、ふいに消えてしまった。ボジーシェクは目をこすって見ましたが、そこには銀色の原っぱがあるだけで、草の葉も茎も、ルサルカたちの踊りで乱されてもいません。露も地面に落ちてはいません。ただ、静かな月がかわいらしい広っぱをてらしていた。周囲にはまっ黒の城壁《じょうへき》のような森がうっそうと茂《しげ》っているだけだった。

そのときボジーシェクは、家に帰ればすくなくとも、水のなかにちぎってひたしたパンにはありつけることに気がつき、足の許すかぎり全速力で家に帰りました。でも、その時いらい、おじいさんと野っぱらや森のなかを通るときは、ときどき地の底にしずんだ犬の宝物のことを思い出して、地面を掘りはじめる。四本の足をつかって深く深く地面に、ときにはわき目もふらずに熱心に穴を掘る。そして、たぶん隣の家の犬にも打ち明けたんだろうね、すると、その犬がまた別の犬に、そしてだんだんと世界中のすべての犬が、野っぱらのどこかで地面にしずんだ犬の王国のことを思い出し、地面に穴を掘り、かつての犬の王国の薫製の玉座が地面の底からにおってこないかなと、くんくん、くんくんにおいをかいでいるんだよ。

第三話

小鳥ちゃんの童話

ほんとうかい、子供たち。きみたちは小鳥たちがなにを話しあっているか、知《し》らないのかい。小鳥たちだって、言ってみれば、人間の言葉で話しているんだよ。ただね、きみたちがまだ眠っている朝早く、日の出のころだ。そのあと、ま昼ごろになると、もう、小鳥たちはいろんなことを話しするひまがなくなるんだ——だって、わかるだろう、昼間、小鳥は大いそがしなんだよ。ここじゃ穀物《こくもつ》をつつかなければならない、あそこではミミズを掘り出さなきゃならない、それとも、あっちで空中に飛んでいる蠅《はえ》をとらえなくちゃならないというわけさ。こんな小鳥のお父さんが羽をぱたぱたさせて飛びまわることができるように、そのあいだ小鳥のお母さんは家で子供たちのめんどうを見なければならないんだよ。だから、小鳥たちは自分の巣の窓を開けて、羽蒲団《はねぶとん》を風にあて、そして朝ご飯の用意をする朝の早い時間のあいだだけ話をしあうのさ。

「おっはよう」と松の木に巣を作っているクロウタドリが、となりの家の軒下《のきした》に住んでいるスズメに呼びかける。「もう、時間だよ」

「はい、はい、はい」スズメは言います。「なにか、食べるものをつかまえに、もう、飛んでいこ

う と思っていたところだよ」

「ほんとだ、ほんとだ」屋根の上ではハトが喉《のど》を鳴らしています。「そうだよ、それが大変なんだ、兄弟。穀物はほんのわずか、ほんのわずか」

「そうだ、そうだ」とスズメはベッドからはい出してきながら、あいづちを打つ。「それは自動車のせいなのさ、だろう？　馬がたくさんいたころには、あっちにもこっちにも穀物がちらばっていた。それが、いまはどうだ？　いまじゃ、自動車は飛ぶような早さで走りまわるが、あとにはなんにも残さない、なんにも、なんにも！」

「いやなにおいだけ、いやなにおいだけ」ハトが喉を鳴らします。「いやな世の中になったものだ、クークルルル！　あんなもの、あのそうぞうしい音もろとも、ぶっつぶれればいいんだ、なあ、みんな！　ぼくがこうやって飛びまわって、いっしょうけんめいクークルルルと鳴いているのに、その仕事のごほうびになにがもらえるって言うんだい？　ひとつまみの穀物さえないいんだぜ。まったくひどい世の中になったもんだ」

「その点じゃ、スズメのほうがましだと、きみは思っているんだな？」スズメが羽毛を逆立てながら不機嫌に言いました。「言っとくけどな、ぼくだって家族がいなけりゃ、どっかべつの土地へ飛んでいきたいよ……」

「あのデイヴィツェのスズメのようにかい」低木の茂みのなかからミソサザイの声がしました。

「デイヴィツェだって？」スズメが言いました。「あそこにはフィリップという友人がいるんだがな」

「そいつじゃないな」ミソサザイは言いました。「その逃げだしたってスズメはペピークという名だった。ひどく羽毛がくしゃくしゃなスズメ野郎だった。水浴びもちゃんとしないし、羽の手入れもしない。一日じゅう不平ばかり言っていた。デイヴィツェはたいくつで、うんざりだ。ムクドリ、コウノトリ、ツバメ、ナイチンゲールなどのほかの鳥たちが、冬のあいだは南の国へ、リビエラとかエジプトへ飛んでいくというのに、スズメだけが一生、デイヴィツェにくすぶっていなきゃならないと言うんだ。

『だけど、ぼくはそんなのごめんだね』とペピークという名のスズメは叫んでいた。『ルージェクに住んでいるみたいなツバメでさえ、エジプトまで飛んでいけるんだよ、みんな。そんなら、ぼくにだって飛んでいけないわけはないはずだろ？　いいかい、言っておくけど、歯ブラシとパジャマと、あっちでテニスができるようにラケットとボールを荷造りしたら、ぼくはすぐに出発するからな。あ、待った、ぼくがテニスでみんなを相手にどんなふうに球を打つか教えてやろう。ぼくはそのことでは、もう、トリックも考えたし、そのトリックをじゅうぶん使いこなすほど熟練《じゅくれん》したんだ。ぼくはね、球を打つようなかっこうはするけど、球のかわりにぼくが自分で飛んでいくんだ。そして、相手がラケットでぼくを打とうとすると、さっと身をかわすか、逃げをうつ。どうだい、わかったかい？　そして、もし、ぼくがみんなを負かしたら、ぼくはヴァルトシュタイン宮殿《きゅうでん》を買いとって、宮殿の屋根の上にぼくの巣をつくる。でも、ふつうの麦わらではなくて、稲《いね》のわらを使う。それにマルゾラーナ〈不明〉と果実酒と海草、馬のしっぽの毛、リスのしっぽを使うんだぜ、どんなもんだい！』――こんなふうに、そのスズメはむきになって『このデイヴィツェ

Kardašova Řečice

にはもうあきあきだ、おれはリビエラに飛んでいくぞ』と毎朝、そうぞうしくさえずり回っていたよ」

「で、飛んでいったのかい？」と松の木からクロウタドリがたずねた。

「行ったよ」と茂みのなかからミソサザイが言って、話をつづけた。「朝はやく、南に向かって出発した。ただスズメたちは一度も南の国へ行ったことがない。だから、正しい道を知らない。で、そのペピーク・スズメはじょうぶな羽、それとも、旅館にとまるほどじゅうぶんなお金をもっていなかったから――だって、いいかい、スズメはね、昔から一日じゅう屋根から屋根へ飛びまわるだけだったから、もともとプロレタリア〈チェコ語でプロレターシュ、こじつけると「飛びまわる」人という意味にもなる〉だったんだよ。ようするにペピーク・スズメは、やっとカルダショヴァ・ジェチツェ〈プラハの南方、オーストリアとの国境の近くの村〉にまでしか、たどりつけなかった。そしてそれ以上はもう飛べなかったし、だいいちお金もまったくなくなってしまった。それでもカルダショヴァ・ジェチツェのスズメの村長さんが親切に言葉をかけてくれたのでたすかった。

『この浮浪人《ふろうにん》の悪党の、くそったれの役立たず。貴様《きさま》はこのカルダショヴァ・ジェチツェ村には馬の蒸しパンやら、揚げパンなどが、貴様みたいな住所不定の、流れもんの、あぶれもんの、放浪人の、くそ野郎どもにもたくさんおっこっていると思っているだろうがな、そうはいかんのだ！　もし、貴様がカルダショヴァ・ジェチツェに住みつきたいと思うなら、われわれ古くからの住民のように、村の広場、酒場のまえ、道路上で餌《えさ》をつついてはいかん。貴様に許されるのは農家の脱穀小屋《だっこくごや》の裏だけだ。住むところは五十七番地の物置き小屋のわら束を役所の権限によって指定する。ここにある住民登録簿《じゅうみんとうろくぼ》に署名をして、わしの目にとまらないところに、さっさと消えてしまえ』

こうしてデイヴィツェのペピーク・スズメはリビエラに飛んでいくかわりにカルダショヴァ・ジェチツェに住みつくことになったんだ」

「で、いまもそこにいるのかい？」ハトがたずねた。

「いまもさ」ミソサザイが答えた。「ぼくのおばさんが、そこにいてね、ペピークのことを話してくれた。おばさんの話ではね、ペピークはあいかわらずカルダショヴァ・ジェチツェのスズメたちをばかにしていてね、カルダショヴァ・ジェチツェのスズメでいるのは、まったく退屈《たいくつ》で、うんざりだって言っているそうだ。

この村にはデイヴィツェみたいに電車もなければ、自動車もあんまりない。それにスラーヴィエやスパルタ体育協会の運動場もない。ふん、なんにもありゃしないんだって。そしてカルダショヴァ・ジェチツェみたいなところで死ぬ気はない。それにリビエラから招待されているんだって。ただデイヴィツェからお金がくるのを待っているだけだ、なんて吹聴《ふいちょう》しているらしい。

デイヴィツェやリビエラのことをあんまりみんなに言いふらすものだから、カルダショヴァ・ジェチツェのスズメたちまでが、ここよりも別の場所のほうがいいように思いはじめたんだって。だからスズメたちは自分の餌をつつくのもわすれて、世界じゅうのどこのスズメとも同じように、チーチク・パーチク言いながら、大声で言いあったり、不平をもらしたりしているんだそうだ。『ほかの町はどこも、ここより、いいんだ、いいんだ、いいんだ！』ってわけさ」

「そうよ」とハナミズキの茂みにとまっていたシジュウガラが言いました。「世の中には変な鳥たちがいるものよ。あっちのコリーンの町はすごく土地がこえていて豊かなところだけど、ツバメが一羽すんでいてね、そのツバメが新聞を読んで、この国はなにもかもおくれているな。それにくらべればアメリカではだよ、きみ、向こうじゃ別の種類の悪党がいて、ひどいことでもなんでもやっちゃうんだって。だからさ、そのツバメはアメリカを見にいかなくちゃと決心したのよ。そして、行っちゃった」

「どんなふうにして？」ミソサザイがすぐに問い返した。

「そこまでは知らないけど」シジュウガラが言った。「たぶん、船で行ったんじゃないかしら。それに飛行船という手もあるわよ。飛行船の胴体《どうたい》に巣か、これくらいの小窓のついたキャビンを作るのね、頭を出したり、ときには唾《つば》をはくことができるように。そんなわけで、一年したらまた戻ってきた。そして言っていた。アメリカに行ってきた。向こうじゃ、すべてがこっちと違っている。とにかく、比較になるなんてもんじゃない。あっちでは進歩がものすごいんだって。

たとえばね、向こうにはヒバリなんてぜんぜんいないんだってよ。それに家だってものすごく高いんだって。スズメが屋根の上に巣を作るとするでしょう、そしてその巣から卵がおっこちたとするとね、地面に落ちるまでに、すごく時間がかかるんだって。だから落ちる途中で雛《ひな》がかえって、それから結婚して、子供をたくさんつくって、年をとって、長生きをして、それからやっと下の歩道に落ちてくる。だから、落ちたときは卵でも、地面についたときは、もう年をとって死んでしまったスズメなんだって。向こうの家はそれくらい高いんだってよ。それにそのツバメはこうも言ったわ、アメリカではすべての家がセメントで建《た》てられているんだって。

そのツバメはもうすっかり覚《おぼ》えたって。だから、これまでばかなツバメが作っていたように土ではなくて、セメントで巣をどうやって作るかを見せるために、ツバメをみんな呼び集めたんだってさ。だからムニッホヴォ・フラディシュチェやチャースラフやプシェロウチュから来たツバメも、チェスキー・ブロトやニンブルク、それどころかソボトカやチェラーコヴィツェから来たツバメまでが集まってくる。あんまりたくさんのツバメがいるので、ツバメたちがとまるために、人間たちは電線や電話線を一万七千三百四十五メートルも張らなければならなかったって。それでツバメがぜんぶ集まったとき、アメリカ帰りのツバメが言ったの。

『ツバメの若い青年淑女《せいねんしゅくじょ》のみなさん、アメリカでは家または巣を、どういうふうにしてセメントで作るかご説明いたしますから、よく注意してごらんください。まず最初にセメントをひと山、次に、砂をひと山とはこんできます。こんどはそれに水をそそぐと、こんな具合なおかゆのようなものができます。このおかゆからモダンな巣が作られるのです。しかし、セメントがないと、セメントの巣を作ることはできません。でも、そんなときは漆喰《モルタル》をつかえばいいのです。それは石灰《せっかい》と砂《すな》で作ったおかゆですが、生石灰《せいせっかい》を消石灰《しょうせっかい》にしたものでなければなりません。はじめに、生石灰からどういうふうにして消石灰を作るか、お見せしましょう』

そう言うと、そのツバメは、さっと飛んで、生石灰をすこし分けてもらうために、壁職人（左官）が壁を塗っている新築現場にやってきて、ちっちゃなかたまりをくちばしにくわえると、さっと飛んで戻ってきました。でも、くちばしのなかはぬれていますから、生石灰は口のなかでもう消石灰になりはじめ、プシュプシュといいながら、熱くなっています。ツバメはあわてて生石灰のかたまりを、口からはき出して言いました。『さあ、よーく見て、消石灰はこういうふうに……』と最後まで言いきらないうちに、叫びはじめました。『おっとっとっと、こりゃ熱い！　こりゃーたいへんだ、ひりひりするわ！　ええい、こんちき、オッチキ、トンキチ、トントンチキチキ。どうしたことだ、オッホホ。アリャリャー、ウヒャヒャのオーコリャリャー。チチンプイプイ、たいへんだー。アッチチ、アツツ、アッチッチ。フーイフイ、オーヤケド。オーコラ、エーコラ、アーコララ。エッへへ、アチチ、アッツッツっと、こういうふうにして作るんですのよ。どうです、みなさんおわかり？　これで消石灰のでき上がり！』

ほかのツバメたちは、そのツバメがあっつ、あっつと苦しみ叫ぶのを耳にすると、そのあとどうなるか知りたいとも思いませんでした。しっぽぶるぶるっとふるわせると、そのままじぶんの家のほうに飛んで行ってしまいました。

『あたしたち、口にやけどしてまで、そんな家つくる気ないわよね！』とみんなで言いあいました。だから、アメリカ帰りのツバメがみんなに教えたがっていたようなセメントの巣ではなくて、いまでもツバメは土で巣を作っているんだよ。……でも、ざんねんね、もっとお話聞きたかったんだけど、みなさん、あたし、これで失礼して、買い物に行かなくちゃならないの」

「シジュウガラのお婆さん」クロウタドリのおかみさんが言いました。「もし、市場まで飛んでいくんだったら、あたしにミミズを一キロほど買ってきてくださいな。でも、長くて、きれいなミミズにしてくださいね。きょうはあたし、うちの子供たちに飛び方を教えなくてはいけないので、買い物に行くひまがないの」

「いいわよ、クロウタドリの奥さん、よろこんでひきうけるわ」シジュウガラのお婆さんは言いま

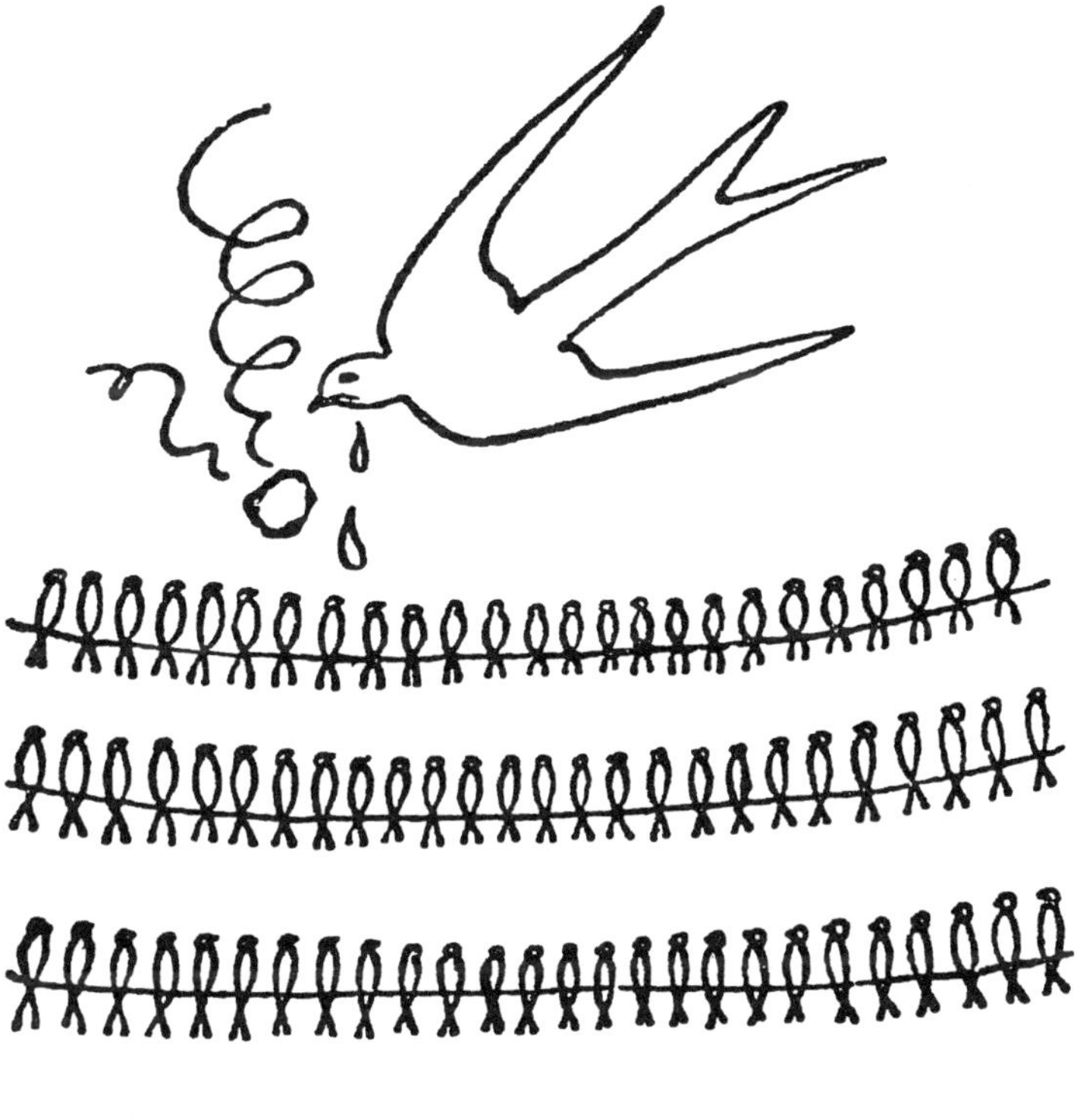

した。「そうよね、奥さん、わかるわよ。子供にちゃんとした飛び方をしつけるというのは、ほんとに骨がおれますからねえ」

「じゃあ、あなたは」とムクドリが樺《かば》の木の上から言いました。「誰が鳥たちに飛び方を教えるかご存知ないのですか？　じゃあ、わたしがお話ししましょう。このまえひどい霜《しも》がおりたとき、こっちへ飛んできたカルルシュテインのカラスから聞いたんですよ。そのカラスはもう百歳になるんだけどね、その話をお祖父《じい》さんから聞いたんだって、でもそのお祖父さんはそのお祖父さんの曾祖父《ひいおじい》さんから聞き、その曾祖父さんは母方のお祖母《ばあ》さんの曾伯父《ひいおじ》さんから聞いたと言うんですよ。だからね、これはほんとにほんとの本当《ほんとう》のことなんです。それでね、いいですか、昔あるとき、夜、星が落ちるのが見えたんですよ。でも、落ちてくる星のなかには星じゃないものがあるんです。それはね、天使の金の卵なんです。そしてその卵は天からおっこちてくるから、ものすごい早さで落下《らっか》してくるんですね。そのせいで、まっ赤に焼《や》けて、火のようにかがやいているんですって。これは本当にほんとの話なんだそうですよ。だってそのカルルシュテインのカラスがわたしに話してくれたことですからね。ただ、人間はその天使の卵のことを、なんか別の呼び方をしているそうですね。なんだったかなあ、メートルだかモンタージュだか、それともメンソールだかモートルだか、なんかそんなふうな……」

「メテオール（流れ星）でしょう」とクロウタドリが言いました。

「そうだ、そうだ」ムクドリが同意しました。「それで、むかしむかし、そのころは、鳥たちは飛ぶことができずに、めんどりのように地面を駆けまわっていたんです。そしてそんな天使の卵が天から落ちてくるのを見たとき、みんなはその卵をあたためて、なかからどんな鳥がかえってくるか見てみようと話しあったんです。この話は本当にほんとなんだよ。だってそのカラスが言ったんだからね。ある晩のこと、ちょうどそのことを話しあっているときに、森のすぐ近くにドン！　と金色の、きらきら光る卵が天から降ってきた。みんなはただ『シューッ』という音を聞いただけだった。そこで全員がそっちのほうに駆けていった。いちばん先頭に立ったのはコウノトリだった。だって足がいちばん長かったからね。そしてコウノトリが金の卵を発見して、足の指でつかんだ。でも、そのときの落下で卵全体がまっ赤に焼けていたもんだから、両足にやけどをしてしまった。だけど、それでも焼けた熱い卵を鳥たちみんなのところに運んできた。そのあと、大急ぎでジャポン！　と、やけどした足の指を冷やすために水のなかに飛びこんだ。だから、そのときいらい、コウノトリは沼地の水のなかを歩きまわって、熱い足の指を冷やしているんだって。こんな話をそのカラスがしてくれたんですよ」

「その先はどうなるんだい？」ミソサザイがたずねた。

「それから、ガチョウがよちよちやってきて、まだ焼けている卵の上にかがもうとした。でも、卵はまだ熱かったから、ガチョウはお腹をやけどした。それで、お腹を冷やすためにあわてて池のなかに飛びこんだ。だからガチョウは、いまでもお腹を水につけて泳《およ》いでいるんです。それから、次に二番目に一羽の鳥がきた。そして天使の卵を孵化《ふか》させようとして、その卵の上にかがんだ」

「ミソサザイもかい？」ミソサザイがたずねた。

「そうさ」とムクドリがこたえた。「世界中の鳥がみんなきて、孵化させるためにその卵を抱《だ》いたんだ。ただめんどりだけは、みんなに『こんどは、おまえが卵を抱きにいく番だぞ』と言われても、『ケーッコー、ケーッコー、あたしにそんなひまがあるはずないでしょう！　あたしは餌をつかなくっちゃならないのよ。コッケー、コッケー！　コッコッコッ！　あたしはそんなばかじゃないわ』と言って、とうとう天使の卵を抱きにこなかった。そしてすべての鳥たちが金の卵を交代で抱き終わったとき、聖なる天使がなかからこつこつと殻をつついて、姿をあらわした。そして天使のひよこは孵化し終わったとき、ふつうの鳥のようにくちばしでつついたり、ピヨピヨ鳴いたりせずに、まっすぐ天に飛んでいき、神を讃える『アレルヤ・ホザナ』〈神を称える言葉〉と歌った。それから、やがて言った。『小鳥たちよ、おまえたちがわたしを孵化させてくれた。おまえたちの親切にたいして、何かお礼をしよう！　おまえたちは、今日から、天使のように飛べるようになるだろう。いいかい、それには、羽をぱたぱたとこんなふうに、はばたかねばならない。そして、さっとジャンプすればもう空を飛んでいる。さあ、かまえはいいか、一、二の三！』

　そして天使が『三』と言ったとき、すべての鳥は飛びはじめた。こうして鳥たちは今日まで飛んでいるんだ。ただ、めんどりだけが飛ぶことができない。だって天使の卵を抱こうとしなかったからね。そんなわけで、この話はみんな、ほんとに本当なんだ。なぜって、カルルシュテインのカラスがそう言ったんだからね」

「じゃあ、いいかい」クロウタドリが言った。「一、二、三！」

　するとみんなの鳥が聖なる天使が教えてくれたように、しっぽをふるわせ、羽をはばたいて、舞い上がった。そして、それぞれの鳥が自分の歌をうたい、自分の餌をもとめて飛んでいった。

ヨゼフ・チャペックのおまけの一編（第一の盗賊の話）

大肥満のひいお祖父《じい》さんと盗賊の話

ぼくの亡くなったひいお祖父《じい》さんは水車大工でしたが、そのほかにも馬やクローバーの種の取り引きなどにも手を出していました。

そのひいお祖父さんが九十八歳のとき、それがなんと、まだまだ陽気で、元気なおじいさんで、太って、まるでりんごのようにつやつやした赤ら顔をしていました。いや、その太りようと言ったら、そりゃもうたいへんなもので、夏のあいだ、ひいお祖母《ばあ》さんは、すこしは涼しい地下室にひいお祖父さんを住まわせていたほどです。地上にいたら暑さでとけてしまいそうでしたからね。そんなわけで地下室のなかでふうふういいながら、砂糖《さとう》をつまみにしてビールをちびりちびり飲みながら、すずしい日が来るのをたのしみにしていました。

暑い夏がすぎると、やがて地下室からはいだしてきて、その太った体でのっしのっしと歩きながら商売をし、農場を見まわり、家の修繕《しゅうぜん》をし、買ったり売ったりし、釘《くぎ》をうったり、材木《ざいもく》をたばねたり、けずったり、汗を流し、あくせくとなにかに熱中したり、部屋ばきでどしんどしんと床をふみならしたかと思うと、こんどはスリッパをぱたぱたいわせて歩き回り、たくましい食欲で食べ、飲み、ようするにその高齢《こうれい》と堂々たる巨体《きょたい》にもかかわらず、その姿を見ると誰もが楽しくなるほどのお人好しぶりを発揮《はっき》しながら、そこらじゅうをいそがしく動きまわっていたのです。

たしかに、ひいお祖父さんは教区内でも最高に威風堂々《いふうどうどう》たるお腹《なか》をしていました。ところが、ぼくたちの教区内ではそれがまた自慢《じまん》の種でもあったのです。ひいお祖父さんのお腹はもとより、こんなに太っていて、赤ら顔で、すごく幅のひろい肩は歩くたびに右左にゆれ、目のまわりにはたくさんの皺《しわ》でとりかこまれ、鼻は、まあるいお団子のようで、それにすごくぶよんぶよんにたれ下がった二重あご——こんなひいお祖父さんに太刀打《たちう》ちできる人は教区内には誰もいませんでした。

いや、ほかの教区にもこんなに太った人はいません。ひいお祖父さんがフラデッツ・クラーロヴェーの市場に姿を見せると、たとえ学生であろうが、司教さまだろうが、または将軍閣下《しょうぐんかっか》であろうが、みんながひいお祖父さんのほうをふりかえりました。腹をすかせた学生とか、干からびて、鰊《にしん》のように不機嫌そうな顔をした将軍閣下ならともかく、司教さまご自身だってけっこう太っていて、かなり赤ら顔でずんぐりしていて、亡くなったぼくのひいお祖父さんに負けずおとらず、かなりみごとに肩をゆらしながら歩いていたのです。

ひいお祖父さんはいつも髭《ひげ》はきれいにそっていましたが、鼻も、顔も、耳もほとんどまっ赤でした。首のまわりには水玉模様のスカーフを巻き、お腹の上にはすごく厚地のヴェストがドームのようにおおっており、そのヴェストには二列の金ボタンが光っていました。そして、そのポケットのなかには一リブラ（半キログラム）は入りそうなくらいの大きな嗅《か》ぎタバコ・ケースが入っていました。

こんなふうなかっこうで、運送屋《うんそうや》や百姓《ひゃくしょう》、粉屋《こなや》や水車大工のあいだに立って、話し、交渉し、または、足が痛くなったときは酒場のなかに腰をすえて、話をし、交渉し、冗談を言いあっていました。ああ、残念なことに、こういった古きよき時代の、大物と言われるような人たちは、もう、いなくなってしまいましたね！　それにまた、ぼくのひいお祖父さんの身に起こったような、まったく常軌《じょうき》を逸《いっ》したようなおもしろい出来事も、いまではもう起こらなくなりました。

こうしたある日、ぼくのひいお祖父さんは馬を売って、犬のボジーシェクをつれて、ポケットのなかには数百コルンをつっこんで家路についていました。そのとき山のなかで嵐がおそってきたのです。ひいお祖父さんは水よりもビールのほうが好きでしたから、ぬれずに、安心して、大雨と雷をやりすごすことができるような酒場かなにかないかと、あたりを見回しました。でも、そのあたり一帯には「吊《つ》るされた罪人《ざいにん》と酒ビン」という名の見るもあわれな酒場がぽつんと立っているだけでした。

その名前を聞いただけでも想像《そうぞう》できるように、その酒場の素性《すじょう》はどうもよくなさそうです。でも、あたり一帯には雨宿りのできそうなところもありません。ひいお祖父さんとしては「吊るされた罪人と酒ビン」酒場のなかに入って、この嵐をしのぐしか手はなさそうです。それにひいお祖父さんも大雨で服をとおして肌までずぶぬれになり、ボジーシェクも、毛皮をとおして骨まで水びたしになるのは、あまりうれしいことでもなかったので、嵐をのろいながら、息がもつかぎり酒場のほうに急ぎました。酒場のなかには明かりがともり、すべての窓は明るくかがやいていました。

しかし、善良なひいお祖父さんもボジーシェクも、まさか盗賊たちの仮面舞踏会のまっただなかに飛びこんだとは夢にも思いませんでした。そうなんです、まさしく極悪非道《ごくあくひどう》の盗賊たちの仮面舞踏会まっさいちゅうで、全員が想像できるかぎりのあらゆる種類の仮面をつけ、扮装《ふんそう》をしていました。

ここには盗賊の首領ロトランドが身分の高い人のように燕尾服《えんびふく》を着て白いネクタイをしめ、白い手袋をはめていました。首領《しゅりょう》の愛人で悪知恵のはたらくココティチュカ〈なんとなくチェコ語で「子猫ちゃん」という言葉を連想させる〉は思いっきり白粉《おしろい》をぬりたくって、バレリーナになっていました。悪名高い殺人犯フルドロジェス〈「首を斬る」という意味〉はうすいブルーとピンクの縞《しま》の絹の服をきて小姓《こしょう》に変身していました。そのほかこの仮面舞踏会には大男のシバル〈いたずら者〉、血に飢えたイーラ、フマターク〈「こそどろ」〉、フラモスティル〈「ぶきっちょ」〉、悪者クドリヒ〈「ジャックナイフ」を使い手というニュアンス〉、それに世界的すりのディナミット〈「ダイナマイト」〉、詐欺師《さぎし》のクヨーン〈「ずるがしこい悪魔」〉など、ようするにあらゆる種類の悪党一味がいて、みんながそれぞれ、トルコ人、中国人、熊《くま》、太鼓たたき、手回しオルガン弾き、騎士、それにペテン師など、これまでもそんなものは、ぼくたちの仮面舞踏会でずいぶんと見あきたようなものが、すべてそろっていたのです。

そんなわけでみんなはぐるぐるまわりながら踊り、たらふく飲み食いし、まったく礼儀正しく、まじめな人たちのように話していました。しかし、彼らの鋭い眼光《がんこう》にはけっしておだやかな人のよさなどまったく見られません。それに鬘《かつら》の下の髪は逆立っており、顔には傷あとがありました。血に飢《う》えたイーラの左手の指は二本なくなっていましたが、そのかわり残った指にはみんな指輪がさしてありました。手は労働している人のように堅くなってはいませんでしたが、それでも指には悪党らしく太くてがんじょうな関節《かんせつ》がついていました。そして爪のあいだには垢《あか》がたまっていて、なかには汚《きたな》い耳をした者もいました。それはきっといつも悪いたくらみのことばかり考えていて、石鹸《せっけん》とお湯できれいに洗《あら》うのを忘れているからでしょう。だから猫みたいに、顔の上をぬれた手でちょっとこするだけで、もう、顔は洗ったと思っているんですね。

だからね、いいかい、子供たち、このことを忘れちゃだめだよ。そして、朝、お母さんから言われたら、ちゃんときれいに洗うんだよ。

さて、そんなわけで、ひいお祖父さんはちょうど仮面舞踏会の真っ最中《まさいちゅう》に飛びこんでいったことに面食《めんく》らって、ちょっとびっくりしたけれど、ここにいる連中がまさか盗賊たちとは、すぐには思いつかなかったんだ。ボジーシェクはわんわんと吠え、しっぽをふっていた。そしてこのボジーシェクも、きっと、なんにも思わなかったんだろうね。それで、ひいお祖父さんは挨拶《あいさつ》をしました。

『やあ、みなさん、お楽しみのようですね。わたしも仲間に入れていただけませんかね！』

そう言って部屋のはしにすわって、チーズとビールを勝手にご馳走になりはじめました。すると、そのとき盗賊の一人がそばで飲んだり食べたりしていました。彼はうすく切った料理を食べながら、キュウリとアイスクリームとクリームをつめた棒のようになったお菓子を交代にかじっていましたが、その盗賊がひいお祖父さんに話しかけました。「どうぞ、ご遠慮なくあがってくださいよ！」

ひいお祖父さんも「ありがとうございます。あなたさまも、どうぞ」とお行儀《ぎょうぎ》よく答えました。ひいお祖父さんはもともとお行儀のいいのが好きだったからです。でも、あたりまえですよね。あ

いては盗賊です。ひいお祖父さんが堅気《かたぎ》の人でありながら、自分から盗賊たちの巣のなかに飛びこんできたことが、すぐにわかったのです。盗賊たちはひいお祖父さんのことをこころよくは思わず、自分たちの巣にまぎれこんできた罰《ばつ》として、すこしばかり手荒く笑いものにしてやろうと考えました。

「ツバリーク〈ふとっちょの意味〉のおじいさん」と、まずそこでココティチュカがぺちゃくちゃと話しかけました。まるでひいお祖父さんにノボトニーというちゃんとした名前があるのにです。「おじいさん、あたしたちペアになるのにぴったりね！　いっしょにカドリールかスコットランド踊りかギャロップを踊りましょうよ」

盗賊たちは大声ではやしたてました。ココティチュカは、あまりにもやせっぽっちでした。それにひいお祖父さんにギャロップみたいな早い踊りなんてとんでもない！　ひいお祖父さんは、こんななれなれしい言葉やこの笑い声にやや気分を害《がい》しました。

ひいお祖父さんはひいお祖母さんのことを思い出しました。いまも言ったように、ココティチュカはほそい棒っきれのようにやせていましたからね。この娘はそんなことで得意になることもあるまいに！　そこでひいお祖父さんも蹄鉄《ていてつ》のような鉄を鋲《びょう》で打ちつけた大きな靴をはいた足をもち上げて見せながら言いました。

「残念ながら、お嬢さん、わたしはダンス用のエナメル靴《ぐつ》をはいてこなかったんだよ。だからね、もしかしたら、あんたのかわいいアンヨを踏《ふ》みつぶすかもしれないよ。それにあんたのアンヨはまるで細身のステッキ、いやマッチ棒かな、そうだ、はっきり言えばスズメのアンヨだ」

ココティチュカはこの返事にすごく気分を悪くしました。そして怒った顔を冷酷《れいこく》な盗賊の首領ロットランドのほうに向けました。ロットランドは陰険《いんけん》な顔をして細くのばした鼻ひげをひねり上げました。

「ほほーう、貴様《きさま》、自分がどこにまぎれこんだかわかっているのか、このぬれねずみのどん百姓《びゃくしょう》？　貴様は自分から盗賊一味のなかに飛びこんできたんだぞ！」

ひいお祖父さんは体じゅうに冷や汗が出るほどおどろきました。こんな連中につかまったんじゃ、ろくな目にあわないのは火を見るよりも明らかです。

「このわしは、知らぬ人とてない、その名を聞けば泣く子もだまる、かの有名なロットランドさまだぞ！」そう自己紹介をしてから、首領はつづけました。「あそこにいるリュートを手にした男は悪名高き殺人鬼フルドロジェス、あっちにいるトルコ人の男は恐怖をまねくクドリッヒ、あの中国人は吸血鬼イーラ、それにあの熊公はディナミット、あの太鼓たたきはフマターク、つぎなる手まわしオルガン弾きはフラモステイル、あれなる大道芸人はヴェリキー・シバル、あそこの騎士はクヨーン、全員おれさまの練達《れんたつ》の血の職人たちだ！　それからこの一曲はわれらが盗賊の賛美歌《さんびか》だ」

ロットランドはそう言って、歌いはじめました。

おれたちゃ仲間、紳士《しんし》たち
盗賊たちと、その一味
乱暴ものに、道化もの

女盗賊、すり、たかり
詐欺師、殺人、無法もの
火つけ強盗、いかさま賭博《とばく》
太っ腹だぜ、おれたちは
貴様がどこの誰だろと
大歓迎だ、オー、ヘイ、ヘイ！

それにつづけてヴェリキー・シバルが歌いました。

金の鎖だ、エッ・ヘッ・ホイ
指輪に宝石、ダイヤとございい
おっと、兄弟、ご用心、ヘイ
つかまりゃ、ダイヤも宝石も
貴様といっしょに、おだぶつだ！

全員。

行脚《あんぎゃ》の無事を、祈ってるぜ

だが、おれたちだって、やばい旅

フルドロジェス。

弾を込めたるこのピストル、ヘイ
剣の刃先も光ってる
ただし、兄弟、油断はするな
つかまりゃ、貴様もおしまいだ、ああ！

全員。

あばよ、兄弟、さようなら
こんど、会うときゃ、牢屋《ろうや》のなかだ！

血に飢《う》えたイーラ。

血を流すのはちょっとだけ、ヘイ
つき刺せ、どやせ、ぶっぱなせ！

ただし、兄弟、くれぐれも
命がおしけりゃ、ご用心

全員。

しばしのわかれだ、盗賊なかま
こんど、会うときゃ、絞首台《こうしゅだい》の下だ！

盗賊たちはこんなふうに歌い、あふれんばかりについだグラスを打ち合わせながら乾杯《かんぱい》をしました。ひいお祖父さんは泥棒たちがこんなにおそろしい歌を歌いながら、それでいて、こんなに浮かれ騒《さわ》いでいられるのにびっくりして、体をかたくしてちぢこまっていました。ひいお祖父さんはどうしたらいいか、すばやく知恵《ちえ》をしぼって、これくらいのことで臆病風《おくびょうかぜ》に吹かれていちゃあだめだと思いついたのです。そこで額《ひたい》にしわをよせて、大きな目玉をぐりぐりさせて、恐い顔をして、一生懸命《いっしょうけんめい》になってうそをつきました。
「そうよ、わしだって知ってたさ。だからおまえさんたちのところへ来たんだ。これはあんたらと同じように変装《へんそう》しているのよ。わしは太った水車大工の服を着ているが、ほんとうは、世にひろく知られた大泥棒で、すりで、その何倍も高名な人殺しのベレブラフ〈大人殺しの意味〉とはおれのことさ。この手で突き刺し、切り裂き、殺した数は男が六十人、女が三十人、子供が十五人。このあたり一帯のひろい地域にある館、城、邸宅、屋敷、掘っ立て小屋のすべてで盗みを働いたんだぞ！　それに、こいつはわしの警察犬で獰猛《どうもう》なオストロズプ〈鋭い歯の意味〉だ」とボジーシェクのほうをふりかえりながら、ついでに紹介しました。

　しかし盗賊一味はひいお祖父さんの大ほらを気にも止めず、ただせせら笑うだけでした。笑わないほうがおかしい！　ボジーシェクはお行儀よくちんちんをして、たらふく飲み食いしているすりに、小さな骨のかけらをひかえめにおねだりしました。するとロットランドはあざ笑うように金袋、タバコ入れ、そればかりか色あざやかなハンカチまでつかんだ手を高くさしあげました。このすべてのものは、ありもしない手柄話《てがらばなし》をしているあいだに、すばしっこい悪党のヴェリキー・シバルがひいお祖父さんのポケットのなかから抜き取ったものでした。

「なあ、じいさん」ロットランドが話しはじめました。「ここにあるのは、どうやら、あんたの自分の金らしいぜ。このタバコ入れとか嗅ぎタバコもヴェリキー・シバルがもののみごとにあんたからまき上げたもんだ。なあ、じいさん、もし、あんたが他人のものも、自分のものもちゃんと持っていたいなら、わしらのところで修業《しゅぎょう》を積《つ》まんといかんな」

　ひいお祖父さんは首筋をかきながら「この急場《きゅうば》を切り抜けるのは厄介《やっかい》だぞ」と心の中で思いました。そして盗賊たちはすぐに大声でわめきはじめました。

「こいつは、おれたちのところへ見習い修業に来なきゃならん！」――ぼくがまえに言ったようなことさ。さいしょに盗賊たちはひいお祖父さんを笑いものにしようとした。しかも、かなりこっぴどくね。そのあとでひいお祖父さんをひどい目にあわせようと考えたのだ、誰が思いついたのかはわからない。

そこでクヨーンが言いました。

「おい、見習い、答えてみろ、他人のポケットのなかに自分のものをもっている者は誰だ？」

ひいお祖父さんはすこし考えてから言いました。「そりゃあ、盗まれた人でしょう。その人のものだったものが盗人のポケットのなかにあるのだから」

「ちがうな、まちがいだ」クヨーンが歯をむいて言いました。「それじゃあ、ただの盗みだ。その男は他人のポケットのなかに自分の手を持っているんだ！」

ひいお祖父さんは議論《ぎろん》はまったく好きではありませんでした。こんなペテン師どもを相手に議論をしてもきりがないことがわかっていたからです。もし、ひいお祖父さんが、それは盗人だと言ったら、みんなは盗まれるのは間抜けだと言って、またもや、ひいお祖父さんを笑いものにし、ひいお祖父さんの話をまじめに聞いてくれはしないでしょうからね。

「それじゃあ、ヴェリキー・シバル、こんどは、ほんとうの盗人はどんな性質をもっていなければならないか話してやれ」とロットランドが命じました。

ヴェリキー・シバルはひいお祖父さんのまえにすすみ出て、授業《じゅぎょう》をはじめました。

「ほんとうの大泥棒、中泥棒、小泥棒とは夜には黒く、草のなかでは草色、昼間は透明《とうめい》でなければならない。またポットの取っ手の輪、鍵穴《かぎあな》、ドアのすき間、壁の割れ目をくぐりぬけられるように、針金のように細く、うなぎのように柔軟でなくてはならない。一本の麦わらの下にかくれることができ、息をとめ、こそっとも音をたててはいけない。くしゃみやせきをするなどとんでもない。

蝿《はえ》のように壁面をはい回ることができ、ドアがきしんだり、床がみしみしと音をたてないように、犬にも吠えられず、店の主人の目をさまさせないように、手も足も猫のように静かでなくてはならない。どんな所からも逃げ出し、どんな所にも入りこめるように、また、どんなところにも隠《かく》れ、どんなところもくぐりぬけたり、しのびこんだりできるように、体の骨の重さは五百グラム、肉は二十五グラムまでなら太ってもよろしい。

もしそれより重いか、太っているかすると、斧《おの》でたたき割るか、切りとるかする。そして、次には手斧《ちょうな》でけずったり、切りこんだり、かんなをかけ、やすりをかけ、こすって、ひっかいて、なめらかにし、みがきをかけて、引っぱって、のばして、まげて、ひねって、やわらかくして、弾力《だんりょく》をもたせ、固くさせ、棒とトンカチで打って形をととのえ、水にさらし、ぐにゃぐにゃにして、水をきり、地面に埋め、火にあぶり、空気にあてて乾燥《かんそう》させる」

ひいお祖父さんはあまりのおそろしさに、頭の毛は逆立っていました。すると、もう、そこにはフマタークが立っていて、質問をしました。

「おい、見習《みなら》いよ、もし、おまえがある家に押し入ったとき、隣の居間で誰かが目を覚まし、そこに誰かいるのか？　と声をかけてきたらどうする？　――おい、おまえならどうする？」

「わしなら静かにしているだろうな、そして一言も言わない」ひいお祖父さんは答えました。

「ちがうな」フラモステイルがばかにして言いました。「ちゃんと大声で答えるんだよ。誰もいないよ！　そうすると目をさました男は安心して言う。ああ、そうかい、おれはそこに誰かいるのかと思ったよ。――そしてもし『泥棒！』と叫んだら、『おれはなんにも盗んじゃいないよ！』と答えるんだ。そして、もし『押し込みだ！』と叫んだら、同じことを叫ぶんだ。そして、どこにも押し込まないように気をつけろ。もし、そいつが『助けてくれ！』と叫んだら、ていねいに答えるんだ。『お助けに感謝《かんしゃ》する。だが、わたしが、自分で何もかも運《はこ》び出しますよ』とな」

「さあて、こんどは」と血に飢えたイーラがきっぱりと言いました。「ほんとうの泥棒が盗みにかかるまえに、どんな準備をするかこのじいさんに教えてやろうじゃないか！　まっさきに靴《くつ》を脱げ、ただし、急ぐんだ！　さもないと貴様のけつをひっぱたいて急がせるぞ」

そう命じると、冗談《じょうだん》の好きな盗賊どもは、そうそう冗談は通じないことを見せるために、ひいお祖父さんのほうにピストルを向けました。かわいそうなひいお祖父さんは、その命令に従《したが》うしかありませんでした。そしてふうふう言いながら泥だらけの革の長靴《ブーツ》を脱ごうとしました。それはなかなか大変な大仕事でした。――そりゃそうですよ！――家ではいつもひいお祖母さんがそのブーツを脱ぐのを手伝っていたのですからね。ひいお祖母さんだけでは足りないときは、家のほかの女たちにも手伝わせました。シュリトカのお婆さん、さらにはシュリトカのところのマリエ、それにアンナ、それでも足りないときはルージェナ、どうかするとシュリトカやゼリンカまでが手伝うのです。ところが、いまは、ひいお祖父さんが自分一人で脱がなければなりません！　やっとこさっとこ不幸な長靴は足からぬけましたが、ひいお祖父さんはまったくのところ息もたえだえになって、そこにひいお祖母さんが今年の冬に編んでくれた赤と緑の靴下が現われたのを見ました。

「それはだな」クヨーンが口をはさみました。「だれにも足音を聞かれないためだ」

それから盗賊たちは、酒場の亭主《ていしゅ》が掛け売りをチョークで記した板をはずして、そのうえに「誰もいない」と書いて、それをひいお祖父さんの背中にひっかけました。

「これでおまえが誰にも見えない」といって、ディナミットはにやりとしました。

その次にはフルドロジェスが燃えかすの炭をかき集めて、ひいお祖父さんの顔をまっ黒にぬって、言いました。

「こうすれば、おまえが誰か、誰にもわからない」

さいごに泥棒たちはひもで丸い輪を作ってその下につるした泥棒用の火のついたカンテラを、ひいお祖父さんの片方の手ににぎらせました。だからそのカンテラは落ち着きなく、たえずゆらゆらとゆれていました。

それからもう一方の手には泥棒道具一式——トンカチ、ペンチ、斧、のみ、錐《きり》、ドリル、合い鍵——を一つずつおしつけました。それは必要なものがすぐにわかり、それがみんな、手のなかからすぐに選び出せるようにというのです。こうして悪党一味はかわいそうな老人を道化にしたて上げましたが、最悪の事態はこれからやっとはじまろうとしていたのです。

「では、こんどは、おまえなら盗賊として、どんなふうに爪先立《つまさきだ》ちで、用心深くしのびこむかを見せてみろ。盗賊用のカンテラがぶらぶらゆれないように、ぴょんぴょんぴょん跳《は》ねないように、ネズミのようにしずかに、ヘビのようになめらかに、蝿のように軽がると、息をとめ、一歩一歩立ちどまり、床板がぎいぎい鳴らないように、穀物の粒も踏みつぶさないように、わらのこすれる音もたてないように、一言も口からもらさないようにするんだ！　もしも、床板がぎーぎー鳴ったり、麦粒をふみつぶしたり、わらのこすれる音がしたり、声を出したりしてみろ、貴様を斧《おの》でたち割って、そぎおとして軽くして、ナイフで切り刻んで、皮をむいて、カンナをかけて、ヤスリでけずって、棒と木槌《きづち》と金鎚《かなづち》でたたいてへこませて、ふくらませて、ぐにゃぐにゃにして、弾力をつけて、固くして、水にひたして、びしょびしょにして、土のなかと、火のなかと、空気のなかでかわかしてやるぞ！」

こんなむずかしい仕事をやらされるのを聞いて、ひいお祖父さんの背中に冷や汗が流れました。でも、ひいお祖父さんは盗賊たちの手のなかにあるのです。だから従《したが》わなければなりません。盗賊たちはサーカスを見物する観客のようにひいお祖父さんのまわりにまるい輪をつくって立ち、どんな見せものが出るかを楽しみにして待っていました。

「さあ、はじめろ！」ロットランドが叫びました。

ひいお祖父さんは息をころして、足の指先でしのび歩きをしようとしました。でも、なんてことでしょう！　ひいお祖父さんはあまりにも体重がおもくて、おまけに片方の足に重心をかけるたびにゆれるのです。それで、どうにも体のバランスを保《たも》つことができませんでした。

ひいお祖父さんは年をとった足が小鳥の卵でもあるかのように、かるく、そっとおろそうと一生懸命にやってみましたが、一歩、足をふみ出すたびに、床はおそろしいほど大きな音をたて、ひざのなかにまで音が伝わってきます。それで、ひいお祖父さんは綱渡りでもしているかのように、ゆらゆらとゆれていました。そしてボートのオールをこぐようなかっこうで両手でバランスをとっているうちに、泥棒用の道具がみんな――やすりもトンカチも、ペンチも、のみも、ドリルも合い鍵《かぎ》も――ひどく騒々《そうぞう》しい音をたてました。

ひいお祖父さんのひたいには汗がふき出し、ぜいぜいと音をたてて荒い息をしました――すると盗賊たちは、お腹をよじって大笑いしました。この泥棒ども、悪魔に食われるがいい！　こうして彼らは白髪《はくはつ》の老人を笑いものにしたのです！

「しっ！」

しかし、そのとき、ふいに外で騒々しい音と馬のひずめの音、馬車の轍《わだち》の音、自動車のエンジンの音、それに飛行機の轟音《ごうおん》までが聞こえてきたのです。盗賊たちはびっくりして、笑うのをやめました。たったいままで、ぼくのひいお祖父さんをさんざん笑いものにして楽しんでいたので、自分たちが不意打ちを食うおそれがあるなんてことを、すっかり忘れていたのです。

それにしても、この連中にだって恐いものがあったのですよ、この悪党どもめ！　そして、いま、このすべての大騒音《だいそうおん》がこともあろうに、まさしく、この酒場のまんまえにとまったのです。

盗賊たちは青くなりました。このいまいましいやつらめ、いい気味だ！

これはきっとどこかの将軍が軍隊をひきつれてきたか、それとも国防軍の総司令官が武装《ぶそう》した兵士とともに行進してきたのか、それとも警視総監自身が刑事《けいじ》や、警官《けいかん》や、看守《かんしゅ》などを引き連れて、盗賊一味を圧倒的な勢力で包囲《ほうい》し、逮捕《たいほ》し、しばり上げ、絞首台《こうしゅだい》の下までひったてるように命じられてきたのかもしれません。

盗賊たちはこわくて、ぶるぶるふるえました。逃げるにはおそすぎたし、どうしたらいいかわからずに、全員がすがるような目で首領のロットランドのほうに視線《しせん》を向けました。ロットランドはそこに立ったまま、ほそ長い鼻ひげをひっぱって、考えました。やがて、右手の手を上げ、人差し指で自分の額《ひたい》を二三度つつきました。

「おい、いい手が見つかったぞ！　全員、銅像《どうぞう》のようにじっと立つんだ。おれが合図《あいず》をしないかぎり身動きもするな。おれはあの連中の世話をしなければならん！」

盗賊たちは銅像のように立ちあがりました。しかし、廊下《ろうか》のほうからはおおぜいの足音が近づいてきます。それはもうぎりぎりのところでした。

ドアが開き、そこに一人の人物があらわれました――一連隊を引きつれた将軍でもなければ、国防軍の総司令官でもありません、さらに、警視総監その人でもありませんでした。でも、当時、その権勢《けんせい》並ぶところないイギリスはロンドンのハブロック大公その人だったのです。大公は高位の側近、召使、下働き、コック、コック見習い、それに専属の侍医《じい》、薬剤師、大公直属の探偵団、ボディガード、刑事など、おおぜいのお供を引きつれて、ちょうど、この酒場のまえを通りかかったのです。ハブロック大公はもちろん、そこに滑稽《こっけい》な仮面をつけた人物たち、中国人、バレリーナ、トルコ人、熊公、太鼓たたき、手品師、小姓、手まわしオルガン弾きなどがピクリともせずに、じっと立ちつづけているのを見てびっくりなさいました。

大公はドアロに立たれて、モノクル（片メガネ）をおかけになり、あたりを見回されて、「なんだ、こりゃあ！」とおっしゃいました。もちろん大公は英語でおっしゃったのですが、チェコ語でもやはり「なんだ、こりゃあ！」という意味であることには変わりありません。そのあと大公はイギリス紳士の落ち着きをもっておつづけになりました。

「旅のとちゅう嵐におそわれた。それで、わしは臣下《しんか》のものとともに、ここで一夜をあかそうと思っておる。おそらく、貴公《きこう》はこの宿のあるじ主であろうな？」と大公は、テーブルの向こうに、体じゅうを熱くして頭を低くさげてひかえているロットランドにおたずねになりました。

「これは、これは、大公殿下」悪党のロットランドは膝《ひざ》をつき身を低くして言いました。「どういたしまして、わたくしはこの酒場の主ではありません。おそれながら、わたくしは驚異的《きょういてき》な、多種多様な自動人形のコレクションによって世界にその名をとどろかせる旅興行《たびこうぎょう》の一座の座長、世にも聞こえたる名人パナーカーノでございます。ここにありますのは」ロットランドは周囲で体を身じろぎもせずに立っている盗賊どもを示しました。

「十五年のあいだ、わたくしはこの者どもの製作にかかり、五年間でこの者どもを完璧《かんぺき》に仕上げました。それぞれの人形には小さな歯車やピン、レバー、電気にいたるまで、いっぱいにつめこまれています。けっしてペテンではありません。一人一人は異なる服装をし、異なる芸に習熟していますから、本物の人間とほとんど区別がつきません。わたくしどもはきわめて有名な王国と公爵領の宮廷に向かう途中でございましたが、嵐がわたくしの小一座をここに足止めをしてしまったのでございます。その両宮廷はわたくしどもの一座をこの上もなく高く評価し、位置づけ、賞賛《しょうさん》しているのでございます」

「ほほーう」大公はおどろかれました。「それで、貴公の自動人形というのは、なにができるのかね？」

「大公殿下」ロットランドは大喜びで、いっそう身をかがめました。「座長パナーカーノはこのような場所で公演《こうえん》をするつもりではありませんでした。が、しかし、わたくしどもにたいする大公殿下の高貴なるご興味を名誉《めいよ》に感じ、急場の不備を恥じながらもあえて当座の全演目をご覧に供することにいたします」

ハブロック大公はもう一方の片メガネもかけて、連れの一行のまんなかに陣取りました。

ロットランドはふたたび地面に頭がつくほど深くお辞儀《じぎ》をして、大声で口上《こうじょう》をのべました。「ハブロック大公殿下のための特別公演のはじまりはじまりー！」

ロットランドは口上をのべると、燕尾服《えんびふく》のすそと白いネクタイと白手袋をひっぱって身じまいを正して、まず最初にココティチュカのほうに歩みよりました。彼女はバレリーナの扮装《ふんそう》をして、身じろぎもせず、まばたきもせず、まるでショーウィンドウのなかの蠟人形《ろうにんぎょう》のように立っていました。

ロットランドは、さも彼女の背中の秘密のスイッチでも押すかのようにして、叫びました。

「バレリーナの踊りのはじまりー！」

すると、どうです！　ココティチュカは――この悪がしこい一味は、みんながあらゆるペテンにすぐに順応します――ほそい足をぴくぴくっとさせると、こんどは手を上げ、かわいらしい顔をしてみせました。それから二つ三つバレエのステップをふみ、なんどか魅力的《みりょくてき》に回転しました。そして踊りおわると、ふたたびもとの場所にもどり、またほそい足をぴくぴくっとさせて、手をおろし、身じろぎもせずに立っていました。

「ほほーう」大公はおっしゃいました。「なかなかみごとなもんだ」

次にロットランドはトルコ人の扮装《ふんそう》をしたクドリフのところへ行き、彼の秘密のボタンを押すような仕草をして、目くばせをすると、大声で言いました。

「トルコ人にございます」

するとどうです！　まず、最初にトルコ人の体のなかで機械が出すようなごとごとという音がして、ぎくしゃくしたかと思うと、トルコ人は胸のまえで腕を組み、三度頭をこっくりして、はっきりした声でトルコ語のあいさつをしました。

「サラーム・アレイクム」

「ほほーう」大公は感嘆《かんたん》の声をもらされました。「これもまた、みごとなもんだ」

ロットランドはこんどは中国人を演じる血に飢えたイーラのところへ行きました。中国人の体のなかからも何かがぎしぎしいう音がして、ぎくしゃくしました。それから人差し指をピンと立てた両手を上にあげて、三度お辞儀《じぎ》をし、三度あいさつをしました。

「チー・チュー・ハー、チリ・ミリ・ホー！」

「ほほーう」大公はおっしゃいました。「これもりっぱな中国人だ」

ロットランドはこんなふうにして一座のすべての人形を紹介しました。リュートを持ったフルドロジェスは音に合わせて歌を歌い、次に騎士クヨーンは膝をつき、大公に忠誠《ちゅうせい》をちかって、「万歳《ばんざい》」を三回叫びました。手品師のヴェリキー・シバルはとんぼ返りを披露《ひろう》し、熊のディナミットは黙《だま》ったまま、よちよちとそこらを歩きまわり、太鼓《たいこ》たたきのフマタークは太鼓をどんどんとたたき、手まわしオルガン弾《ひ》きのフラモステイルは手回しオルガンのハンドルをぐるぐる回して音楽を鳴らせました。

「ほほーう」大公はおっしゃいました。「みごとな動く人形だ。おまえはこれを全部でいくらほしいかな、パナーカーノ座長？」

「これはこれは、大公殿下」ロットランドは答えました。「あなたさまのことですから、お安くおゆずりいたしますよ。どうぞ大公殿下ご自身で値段《ねだん》をおきめください」

「よし、一万出そう」大公殿下はおきめになりました。「わしの大蔵大臣《おおくらだいじん》が、明日、おまえに支払いをするだろう。わしはこの人形をわしの寝室《しんしつ》に飾《かざ》っておくことにしよう。

大公が自らロットランドの罠《わな》にはまったのを見たとき、ロットランドは小躍《こおど》りせんばかりの喜びようでした。それは彼の一味にとってなんとすばらしいチャンスでしょう。全員が眠りこんだとき、大公を殺して、莫大《ばくだい》な額の盗みが働けるのです！

「おお、大公殿下さま」ロットランドは独《ひと》りほくそ笑みながら、身をかがめました。「わたくしめの作なる人形どもを高貴なる殿下の御身近くにはべらせたもうとは、わたくしとて過分《かぶん》なる名誉《めいよ》に存じます」

バブロック大公は非常に満足して、もう、椅子から立ち上がろうとなさいました。しかしそのとき、ぼくのひいお祖父さんが大公の目にとまったのです。縞《しま》の靴下《くつした》をはいて、顔は炭で黒くぬられ、背中には板を背負わされて部屋のすみに立っていました。

「ほほーう」大公はびっくりなさいました。「で、あの人形はなにができるのかな、パナーカーノ親方？」

親愛《しんあい》なるロットランドはぼくのひいお祖父さんのことをまったく忘れてしまっていたのです。それで、いますぐに、大急ぎでなにかの役を思いつこうにも、思いつくことができませんでした。しかも、完全に落ち着きを失いましたが、それでも、この急場をしのごうと、しどろもどろに言いつくろおうとしました。

「それは……えーと、えーと……ちょっと、おまちを……えーと、えー、誰もいないなのです。つまり……えーと、えー、この人形はまだ何もできないのです。まだ……えー……まだ、未完成でして」

でも、ぼくの太ったひいお祖父さんは、それほどおろかではありませんでした。ですから、こんどはひいお祖父さんのほうが盗賊たちに仕返しをしてやろうと思い立ち、ロットランドがまだ口をもごもごさせて、わけのわからないことを言っているうちに、ついさっき盗賊たちから教えられた泥棒術を演じはじめたのです。とつぜん、みんなのまえで泥棒のように爪先立ちでしのび歩きしはじめました――。

ロットランドは口がきけなくなり、大公はおどろいて三個目の片メガネをかけて、また感嘆《かんたん》の声を上げました。

「ほほーう！」

その声に合わせるようにお供の者たちも声を上げました。

「ほほーう！」

このようにしてひいお祖父さんは泥棒のようにしのび歩きしながら、まずフマタークのほうに近より、服をさぐって、ポケットのなかから合い鍵やらネジ回しやら、のみやらドリルやら、すべての泥棒用の道具を引っぱり出し、それにあわせて『泥棒賛歌』の一番目の歌詞を歌いました。

おれたちゃ仲間、紳士たち
盗賊たちと、その一味
乱暴ものに、道化もの
女盗賊、すり、たかり
詐欺師、殺人、無法もの
火つけ強盗、いかさま賭博《とばく》
太っ腹だぜ、おれたちは
貴様がどこの誰だろと
大歓迎だ、オー、ヘイ、ヘイ！

「ほほーう」

ハブロック大公殿下がおっしゃいますと、お供の全員も異口同音《いくどうおん》に声をそろえて「ほほーう」と言いました。しかし大公殿下随員《ずいいん》の主席探偵シャーロック・ホームズは耳をそばだて、「これはくさいぞ」と神経をとがらせました。

そして、いまやひいお祖父さんは『泥棒賛歌』の第二節を歌いはじめました。

金の鎖だ、エッ・ヘッ・ホイ

指輪に宝石、ダイヤとございおっと、兄弟、ご用心、ヘイ
つかまりゃ、ダイヤも宝石も
貴様といっしょに、おだぶつだ！

そして、こんどはヴェリキー・シバルのほうへ進みました。そして、歌いながら彼の服のポケットから盗んだ宝石や腕輪や時計、指輪などの金製品を引っぱり出しました。それは、ほとんどちょっとした貴金属製品の倉庫とでも言えそうなくらいでした。
「ほほーう」ハブロック大公殿下は大声で言われ、お付きの者もそれに合わせて言いました。大公の随員《ずいいん》の次席探偵スチュアート・ウェッブスが耳をそばだてて、「これはくさい」とあやしみはじめました。
つづけて、ひいお祖父さんは歌いました。

弾《たま》を込めたるこのピストル、ヘイ
剣の刃先も光ってる
ただし、兄弟、油断《ゆだん》はするな
つかまりゃ、貴様もおしまいだ、ああ！

そしてフルドロジェスの服の下から殺人道具、ナイフにピストル、それに合口《あいくち》（短刀）をひっぱり出しました。

「ほほーう」ハブロック大公はいっそう大きなおどろきの声を発せられました。お供のものたちもご同様。大公随員の次々席の探偵ジョー・ディーブスは耳をそばだて、「これはくさい」と感じはじめました。

こうして、ぼくの太ったひいお祖父さんは一人一人の泥棒について歌った『泥棒賛歌』のすべての節を歌い、泥棒道具と盗んだ品物、殺人用の凶器《きょうき》のすべてを床の上に並べました。

ハブロック大公はそのたびに「ほほーう」という驚嘆《きょうたん》の声を連発され、家臣たちも全員がそれに唱和《しょうわ》しました。大公随員《たいこうずいいん》のその他の探偵たち、ヒッグスにルッツにルブランにピットもだんだんと警戒心《けいかいしん》を強めていきました。

ひいお祖父さんはロットランドをいちばん最後まで残しておきました。そして彼のポケットからはひいお祖父さんの財布《さいふ》、タバコ入れ――ひいお祖父さんはその入れ物から嗅《か》ぎタバコをつまみ出すと、たっぷりと吸い込みました――けばけばしい色柄《いろがら》のハンカチーフを取り戻しました。そしてそのハンカチで、アルペンホルンのような大きな音をたてて、思いっきり鼻をかみました。それからまた歌いました。

血を流すのはちょっとだけ、ヘイ
つき刺せ、どやせ、ぶっぱなせ!

ただし、兄弟、くれぐれも
命がおしけりゃ、ご用心

「ややっ、ロットランドだ！」大公随行のクリフトン探偵が叫びました。彼にはいま、ここにいるのが、世間をさわがせ恐怖におとしいれているロットランドとその一味であることがはっきりわかったのです。

「ロットランドだ！」大公随員の探偵全員がさけび、捕り縄、手枷《てかせ》、足枷《あしかせ》、足鎖《あしくさり》を持ち出してきました。

「ロットランド！　もう逃さんぞ」大公の護衛《ごえい》の警官、見張り、看守たちが叫び、盗賊の首領とその一味の者たちに銃《じゅう》をつきつけました。

「おい、おまえさんたち、もし、おまえさんたちが他人のものも、自分のものも、自分のものにしておきたいなら、わしのところに、すこし修業《しゅぎょう》にくるんだな」とひいお祖父さんは盗賊たちに言いました。

ロットランドも一味の盗賊もしばられて、ココチチュカといっしょにひったてられて、裁判にかけられました。

ぼくの太ったひいお祖父さんは革のブーツをはき、顔をきれいに洗いました。ハブロック大公は、自分をおそろしい危険から救ってくれたひいお祖父さんに感謝しました。大公は、ひいお祖父さんにいろいろなお礼の品物をお上げになりましたが、それはともかくとして、なによりもひいお祖父さんを喜ばせたのは、高級な嗅ぎタバコのいっぱいつまった美しいタバコ入れを贈ってもらったことでした。

ですから、ひいお祖父さんはその後、その地域一円の水車大工や馬商人、クローバーの種商人などみんなに嗅ぎタバコを嗅がせてあげました。

ひいお祖父さんはボジーシェクを呼びました。ボジーシェクはそのあいだじゅう、へやのすみっこで、盗賊たちが飲み食いしたのこりの食べものを、もう動けなくなるほどたらふく馳走《ごちそう》になっていたのです。

家に帰ると案《あん》の定《じょう》、ひいお祖母さんは、またこんなにおそ遅くなって酒場から戻ってきたと言って、ぷりんぷりんに怒ってひいお祖父さんたちをむかえ入れました。でも、ひいお祖父さんがおこった事件のすべてを話してあげると、ひいお祖母さんも、さいごはめでたく終わったので、「よかった、よかった」と、とっても喜びました。

第四話

水男《かっぱ》の童話

ねえ、子供たち、君たちは、まさか、この世に〝かっぱ〟〈原語直訳は「水男」、ヴォドニーク〉なんかいないと思っているんじゃないだろうね？ もし、そうだとしたら、かっぱはいるし、かっぱがどんなものか、お話しして上げよう。

たとえば、ぼくたち兄弟が生まれた家のすぐ近くにウーパ川が流れているんだけど、この川の堰《せき》の下にも一人すんでいた。そしてハヴロヴィツェの木橋のそばにも一人、もう一人はラデッチュの川瀬《かわせ》にすみついていた。

あるとき歯を抜いてもらうために、村のお医者をしていたぼくのお父さんのところに、やってきたことがある。すると、そのお礼にって言うんだろうね、長持ちさせるように、ていねいにイラクサで漬《つ》けた銀色とピンク色をしたマスを籠《かご》に入れて持ってきてくれた。だって、その患者がすわっていた椅子がぬれていたということからみても、その患者《かんじゃ》はかっぱだったんだよ。

それからもう一人は、フロノフのお祖父《じい》さんの水車小屋にすんでいた。そのかっぱは堰の下の水のなかに馬を十六匹飼《か》っていた。だからね、技師《ぎし》さんたちはメトゥイ川のそのあたりの水は十六馬力で流れていると言ったもんだ。その十六匹の白馬は休むことなく一生懸命水を引っぱっていたから、水車も休むことなくいつも回っていたんだ。でもある晩、お祖父さんが亡くなったとき、かっぱが来て、十六頭の馬のひきづなをそっとほどいたものだから、水車は三日間止まったままだった。大きな川にはもっとたくさんの馬を持ったかっぱがいるんだよ——たとえば五十頭とか百頭とか——。でも、なかにはね、山羊《やぎ》〈橋脚の意味にもなる〉一匹持てない貧しいかっぱもいるんだ。

プラハのヴルタヴァ川に住んでいるような大かっぱは、もちろん、ものすごく裕福《ゆうふく》で、大市民なんだ。だから、たとえばモーターボートなんかももっていて、夏には海辺《うみべ》のリゾート地に出かける〈チェコには海がないから外国を意味する〉。たしかに、プラハには普通の〝水の下のかっぱ〟〈ポドヴォドニーク、だじゃれ。チェコ語では、普通には〝詐欺師〟の意味〉も、ときには大金を手に入れて、泥水をはねとばしながら、自動車をびゅんびゅんふっ飛ばしていることもある。

また一方では、どうにも救いようのない「小かっぱ階級」〈小市民階級のもじり〉というのがいて、手のひらほどの小さな水たまりを持っているんだが、そのなかで飼っているものといえば蛙《かえる》が一匹、蚊が三匹にゲンゴロウムシが二匹といったところだ。あるいは、ネズミがはいってもお腹《なか》もぬれないくらいの水がちょろちょろ流れる浅瀬《あさせ》をたよりに生きているかっぱもいる。

なかには、一年じゅうかかっても、紙で作った舟を二三艘《そう》と、人間のお母さんが洗濯《せんたく》するときに流した赤ん坊のおむつ以外には、なんにも手に入れることができなかったかっぱもいる。そうなんだ、ほんとうに不公平な話だ。

そうかと思うと、ロジュンベルクのかっぱなんか、たとえば、二十二万匹の鯉《こい》と、その他にも鯉に似た魚や、歯をむいたカワカマスみたいなものまで持っている。そうなんだ、この世のなかに平等《びょうどう》なんてありゃしないのさ。

かっぱたちはね、みんな一人一人ばらばらなんだ。でも、一年に一度か二度、大洪水《だいこうずい》があったときには、全国のかっぱが集まってきて、いわゆる、全国大会というのが開かれる。ぼくたちの地方ではいつも大洪水のときにはフラデッツ・クラーロヴェーの平野に集まっていた。それというのも、このあたりにはすばらしい平地と美しい溜《た》め池や、川の湾曲《わんきょく》と流れの淀《よど》んだ場所などがあって、こまかく挽《ひ》きつぶした最高級品の泥で平野全体が敷きつめられているからなんだ。

その泥はね、黄色ないしは茶色みがかったものでなくちゃならないんだ。色が赤だとか灰色だと、そんな泥はもう見ただけで、塗《ぬ》り薬のようにやわらかな肌ざわりではないことがわかる。だから、こんなふうに美しい、ぬれた場所にすわって、みんなが最近の新しい出来事について話しあうんだ。たとえば「スホヴルシツェ〈乾いた山々という意味〉のほうでは人間たちが川土手の工事をはじめたから、イレチェク爺《じい》さんのようなあっちのかっぱは立ち退かなければならなくなった」とか、「ポットとリボンが高くなって、かっぱが、誰かの気を引こうと思って、リボンを買おうとすると三十コルンも払わなきゃならない。こんなのって、ちょっとひどすぎやしないかい。小さなポットだって最低三コルンは出さなきゃならない」「それに、何かって言えば賄賂《わいろ》だ。もう、いまの商売なんか放り出して、なにか別のことはじめたいよ」。

そのとき、かっぱたちは「ヤロムニェシュのかっぱ、ほれ、あの赤茶色のファルティスは新しい商売をはじめて、いまミネラルウオーターを売っている」そうだとか、「片方の足のわるいスレパーネクは設備工《せつびこう》になって、いま配水工事の仕事をしている」とか、「そのほかの連中もほそぼそと、

Do Němec
Praha
28 km

それなりの仕事で暮らしを立てている」などと語りあっていた。

ねえ、子供たち、かっぱが水〈ヴォダ〉とかかわりのある職業しかできないのはあたりまえだよね。だからだよ、たとえばだよ、かっぱ（ヴォドニーク）は運動選手（ザーヴォドニーク）とか詐欺師（ポッドヴォドニーク）になれるかもしれないね。あるいは新聞に「社説」（ウーヴォドニーク）を書けるかもしれない。「観光案内人」（プルーヴォドツェ）とか「車掌《しゃしょう》」（プルーヴォドツィー）にもなれる。自分のことを「王侯貴族《おうこうきぞく》」（ヴェーヴォダ）、高貴の家柄の「出身」（プーヴォド）、「大企業」（ヴェルコザーヴォド）の経営者と名乗ることもできる。だけどね、ようするに、そこになんらかの「水」（ヴォダ＝voda）がなければならない。

ほらね、かっぱにはまだたくさんの生活手段が残っていることがわかるけど、その生活手段がだんだんと減《へ》ってきているんだよ。かっぱたちは毎年一回開かれる大会でそのことを話しあい、なげかわしげに言うんだ。

「また、仕事が五種類減ったよ。こうやって、わしらの職業はだんだん死に絶えていくんだ」

「たしかになあ」トルトノフの老かっぱクロイツマンが言った。「もう、いまは昔とは違う。なあ、みんな、こいつは何千年来の大事件だぞ。あのころはチェコ全土が水の下にあった。それで人間は、いや、そうじゃない、かっぱだ、あのころはまだ人間はいなかった。そう、たしかに、それはもうまったく別の時代だった……ええっと、どこまで話したんだったかな？」

「チェコじゅうが水の下だったというところだよ」とスカリツァのかっぱのゼリンカが助け舟を出した。

PLOVÁRNA
VODNÍ
ZÁVODNÍCI

「ああ、そうだった」クロイツマン爺さんは思い出した。「だから、チェコじゅうが水の下だった。ジャルトマン〈海抜七四〇メートル〉やチェルヴェナー・フーラ、クラーコルカや、そのほかの山もみんな水の下だった。だから、わしらのころのかっぱは、足をぬらしたまま安心してブルノからプラハまで歩いて行けたものだ。あのころは、まだスニェシュカ山〈海抜一六〇二メートル〉の肘《ひじ》のあたりまで水があった。みんな、あれはいい時代だったなあ！」

「そうだ、そうだ」ラティボジツェのかっぱクルダが思い出していた。「昔のおれたちかっぱは、まだ、いまみたいに一人一人ばらばらで、世捨《よす》て人みたいじゃなかった。そのころは、おれたちかっぱの町があったんだ。建物は水のレンガで築かれ、家具などは固い水から切り出されていた。蒲団《ふとん》はやわらかい雨水で作られていたし、あたたかい水で暖房《だんぼう》していた。それに、水底もなければ、岸もなかった、水面さえなかったんだ。あるのは、ただ、水とおれたちかっぱだけだった」

「そうだな」と通称ボヤキ屋とも言われているジャボクルツカーの湿地帯《しっちたい》出身のかっぱのリシュカが話しはじめた。「あのころの水はすばらしかったなあ！　なんたって、バターのように切れたんだからな。それに水から玉を作ることもできた。そして水から糸を紡《つむ》ぐことができ、水でロープをよることもできた。水は鋼鉄《こうてつ》のようでもあり、亜麻《あま》のようでもあり、ガラスのようでもあり、綿くずのようでもあった。それにクリームのように濃くて、オークの木のように堅《かた》く、毛皮のようにあたたかかった。なにもかもが水から出来ていた。なあ、みんな、あんな水は、もう、いまはなくなったなあ」

そう言って老かっぱリシュカは、そこに深い水たまりが出来るくらい、唾《つば》をはいた。

KOPANÁ
POD VODOU

「そうだったなあ」クロイツマンも昔をなつかしむように言った。「あのころは、水だってすごく美しかったもんだ。それに、まだ、あれだなあ、まったく口をきかなかった」

「まさか、ほんとうに？」ほかの連中ほど年を取っていないゼリンカが半信半疑《はんしんはんぎ》に言った。

「ほんとうだとも、口をきかなかった」ボヤキ屋のリシュカが話しはじめた。「水はまったく声を出さなかった。まだ、しゃべることができなかったんだ。だから、水が凍《こお》ったときはいまでもそうだが、そんなふうに水はしずかだし、口をきかなかった。それに、雪がふったとき、そして真夜中、なにひとつ、ぴくりとも動かないとき、そんなときは、不安になるほど静かだ。だから、首を水のなかから出して耳をこらす。すると、そこは、冷酷《れいこく》な静けさだけしかなくて、心臓がしめつけられるような思いにかられる。水がまだ口をきかなかったころは、そんなに静かだったんだ」

「じゃあ、どうして」まだ七千歳にしかならない若いゼリンカがたずねた。「いまはもう無口ではなくなったんだい？」

「それはだな、こういうわけなんだ」リシュカが言った。「そのことを、わしのひい祖父《じい》さんが話してくれたんだが、もう、そういう状態が何百万年かつづいていたんだそうだ。そういう時がすぎたあとになって、一人のかっぱが誕生《たんじょう》した。名前はなんと言ったかな、えーっと、とっさに出てこない？　ラーコスニークだったかな、いやラーコスニークじゃないな。ミナジークでもない。ハンプルかな、いやハンプルでもない。パヴラーセクでもないし、えーい、こんちきしょう、なんて名だったかな？」

「アリオン」クロイツマンが言った。

VODNÍK
PASE RYBY

「アリオン」リシュカは同意した。「そうだ、舌の先まで出かかっていて、思い出せなかった。アリオンという名前だった。それで、そのアリオンはすごく不思議な贈《おく》り物をもらっていた。神さまから授《さず》かった才能だ。そう、天賦《てんぷ》の才だ、わかるかい？　アリオンは美しく話をし、歌うことができたんだ。だから、アリオンが歌うときは、聞く人の心を弾《はず》ませたかと思うと、次には泣かせてしまうほどだった。そのアリオンとはそんなミュージシャンだったんだね」

「詩人だ」とクドラが訂正した。

「ミュージシャンまたは詩人だった」リシュカが言った。「それにしても、彼はすごい才能の持ち主だったんだぞ、諸君《しょくん》。ひとたびアリオンが歌い出すと聞く人みんなが泣き出したと、ひいお祖父さんは言っていた。そのアリオンはきっと心のなかに大きな傷の痛みをもっていたんだね。どんなものかは、誰にもわからない。どんな不幸なことが彼の身に起きたのかも、誰も知らない。ただ、それがすごく大きな痛みだったことは、たしかだよ。だってアリオンがあんなに美しく、あんなに悲しく歌ったんだからね。

だから水のなかでこんなふうに歌ったり、悩みを訴えたりすると、水の一つ一つの雫《しずく》が、まるで涙の露《つゆ》ででもあるかのようにふるえ、アリオンの歌が水のなかを伝わっていくとき、その歌の何かが雫の一つ一つにくっついた。雫の一つ一つがアリオンの声の断片を受けとったんだ。だから、もう、水は口をつぐんでばかりではなくなった。

あるときはごうごうとなり、あるときはかわいらしい鈴の音を出す。さわさわと鳴るかと思うと、そっとささやき、また、ぐつぐつ、ごぼごぼと泡《あわ》を吹く。シャワーの音、噴水《ふんすい》の音、雨の音、水飛沫《みずしぶき》、なげき、悲しみ、激情《げきじょう》のほとばしり、わめき、叫び、うめき、荒れ狂い、深いため息をもらす。かと思うと、笑いだし、まるで銀の竪琴《たてごと》をかなでるかのような、バラライカを弾くような音をたてながら、ちょろちょろと浅瀬《あさせ》を駆けぬける。また、パイプオルガンのような荘厳《そうごん》な音で歌うこともあれば、とつじょとしてアルペンホルンのようなのどかな音を吹き鳴らす。そして、まるで人間でもあるかのように喜びや悲しみを語りあう。そのときから、水は、いまではもう誰も理解することのできない世界中のあらゆる言葉で、ひどくふしぎな、すごく美しいことを語っているんだ。そして、少なくとも人間はその話を理解できるんだ。でも、もしアリオンがきて水に歌うことを教えなかったら、水はいまでも天と同じに、黙ったままだったかもしれない」

「だけど、天を水のなかにもってきたのはアリオンではないぞ」とクロイツマン老人は言った。

「それはずっとあとになってからのことだ。わたしの父のころだ……神よ、わが父に永遠の祝福を与えられませんことを。で、それをしたのは、かっぱのクヴァクヴァ・クヴォコアックスだ。彼はそれを愛によっておこなった」

「どういうふうに？」かっぱのゼリンカがたずねた。

「それはだね、クヴァクヴァ・クヴォコアックスが恋をしたんだ。クヴァクヴァ・クヴォコアックスはクワククワククンカ王女を一目見て、たちまち王女にたいする恋の炎をもえ上がらせた。『クヴァク』とね。クワククワククンカ王女はきれいだった。黄色の蛙《かえる》のお腹をしていて、蛙の足に、耳から耳のあいだに蛙の口をもっていた。そして体じゅうぬれていて、冷たかった。彼女はそんな美しいお姫さまだった。そんなかわいい女の子なんて、いまじゃ、もうどこにもいなくなったなあ」

「それで?」かっぱのゼリンカは熱心にたずねた。

「そう、どうもなりゃあしないさ! クワクワクンカ王女は、美しく誇り高かった。大きく息を吸い込むと、ただ一言、『クヴァック』と言った。クヴァクヴァ・クヴォコアックスはすっかり夢中になった。

『もしぼくと結婚《けっこん》してくれるなら、きみが欲しいものをもってきて、きみにあげるよ』と彼は言った。すると彼女は『じゃあ、天からあの青空をもっていらっしゃい、クヴァック!』と言った」

「それで、クヴァクヴァ・クヴォコアックスはどうした?」ゼリンカがたずねた。

「で、どうしたかって? 水のなかにすわって、『クヴァクヴァ・クヴァクヴァー、クヴァクヴァ・クヴァクヴァー』と嘆《なげ》いたんだ。やがて彼は自分で命を絶《た》とうと思った。それで水のなかから飛び出し、空気のなかでおぼれて死のうとしたんだ、クヴァックとね。それ以前に空中に飛び出したかっぱはは、まだ誰もいなかった。クヴァクヴァ・クヴォコアックスがはじめてだったんだ」

「それで、空中で、なにをした?」

「なんにも。彼は上のほうを見た。すると彼の上のほうに青い空があった。下を見ると、彼の下にも青い空があった。クヴァクヴァ・クヴォコアックスはびっくりした。空が水に映るということを、そのころは、まだ、誰も知らなかったんだ。クヴァクヴァ・クヴォコアックスは水の上に青空があるのを見ると、おどろきのあまり『クヴァック』と叫んで、また水のなかに落ちた。それからクワクワクンカ王女を背負うと、彼女をつれて空中に飛び出した。クワクワクンカ王女は水面に青い空を見ると、あまりの喜びに『クヴァクヴァー!』と歓喜《かんき》の声を発した。だって、クヴァクヴァ・ク

ヴォコアックスがほんとうに自分のために天から青空をもってきてくれたんだからね」

「それから、どうなった?」

「どうってことはないさ。その後は二人はいっしょにしあわせに生き、たくさんの卵が生まれた。そのときから、かっぱたちは、自分たちの故郷《ふるさと》の水にも青空があるのを見るために水からはい出してくるようになった。いちど故郷を去って、ふたたび故郷にもどってくると、クヴァクヴァ・クヴォコアックスが水のなかで見たように、その水のなかの故郷にこそ、ほんとうの美しい空があることを知る。いいかい、ほんものの青い、美しい空さ。クヴァック!」

「じゃあ、そんなことができたのは、誰だい?」

「クヴァクヴァ・クヴォコアックスじゃないか!」

「ばんざい、クヴァクヴァ・クヴォコアックス!」

「ばんざい、クワククワクンカ!」

そのとき一人の人間がそばにやってきた。そして、気がついた。

「それでなのか、いまじゃあ、蛙どもがグワグワ鳴きあってうるさくてしょうがない!」

そう言うと、その人間は石をひろって、沼地《ぬまち》のなかに放り投げた。ぽちゃんと音がして、水が高くはね上がり、そのあとはまた静かになった。

かっぱたちは全員水のなかに飛び込んだ。一年たったらまた、かっぱの大会が開催《かいさい》されるだろう。

第五話

第二の盗賊の童話（礼儀正しい盗賊の話）

それはね、もう、おっそろしく遠い昔のことだった。どれくらい昔かって言うと、死んだゼリンカ爺《じい》さんがそのことを覚えていないくらいだ。ただこのゼリンカ爺さんはぼくの死んだひいお祖父《じい》さんのことは記憶《きおく》していた。そんなわけだから、それはね、もう、ものすごく昔のことであることはたしかだ。

そのころブレンディ山脈の山奥では、極悪非道《ごくあくひどう》な人殺しのなかでも残忍《ざんにん》なことでは並びない人殺しと言われていた盗賊《とうぞく》ロットランドが、二十一人の手下に、五十人の大泥棒、三十人の小泥棒、二百人の下働き、密輸人《みつゆじん》、盗品の倉庫番などとともに交通の要衝《ようしょう》を支配していた。

こうして、そのロットランドはポジーチーやコステレッツやフロノフへ通じる道路のわきで、荷物を積んだ馬車や商人、ユダヤ人や、あるいは馬に乗った騎士《きし》などが通りかかるのを見張っていた。やがて、獲物《えもの》が現われると、いっせいに襲《おそ》いかかって、大声で叫びちらしながら、彼らを身ぐるみ剝《は》いで奪いとるのだが、襲われたほうはロットランドから刺し殺されるとか、撃《う》ち殺されるとか、木に吊るされるとかしなかっただけでも、幸運だったと思わなければならなかった。このロットランドという盗賊はそんな凶悪な人殺しの冷血漢《れいけつかん》だったんだ。

一方、商人は道々、荷車を引く馬たちに「ハイシッ」とか「ドウ、ドウ」とかと言って話しかけ、トルトノフで自分の商品がいくらで売れるかを楽しみにしていた。そして森のなかを通るときは、盗賊たちのことをちょっとばかり心配する。でも、そんなことはおくびにも出さずに、美しい歌のメロディを口ずさむのさ。

すると、突然、山のような大男が森のなかから現われる。肩幅の広さはシュメイカルさんやヤヘルカさん以上だ。それに頭二つ分だけ背が高い。おまけに髭《ひげ》の濃《こ》さと言ったら、もじゃもじゃの髭のなかにかくれていて、自分で自分の口が見えないくらいなんだ。

で、こんな大男が馬のまえに立ちふさがって、「さあ、金を出せ、さもなければ命はないぞ!」と大声でわめき、大砲のような大きなピストルを商人に突きつける。とうぜん、商人はお金を出す。するとロットランドは商人からさらに馬車も商品も馬も、それどころか着ている服やズボンや長靴《ながぐつ》までも脱がせた上に、ついでに鞭《むち》まで二三発くらわせる。そうすれば、たしかに、商人は身軽になって家まで息もつかずに駆《か》け戻ることができるというわけさ。こんなふうに、そのロットランドはね、絞首台送りが相当の大悪党だったんだ。

しかし、このへんの広い地域にはほかの盗賊はいなかったから(マルショボの近くに、もう一人いるにはいたが、ロットランドにくらべると、けちな小物といったところだった)、ロットランドの盗賊稼業《かぎょう》は非常にうまくいき、まもなく、なまじっかな田舎貴族よりもはるかに裕福になった。彼には息子が一人いたから、老盗賊は心のなかで考えた。

「さてな、息子をどこかへ学問をしに行かせたほうがいいかもしれんな。たとえそれが大きな出費となるとしても、ドイツ語やフランス語を習わせ、ピッチェーン〈ドイツ語〉とかジェヴゼーム〈フランス語〉ときれいな発音で言えるようにさせよう。ピアノを弾き、ポルカやカドリールを踊り、料理は手づかみではなく皿から食べ、ハンカチではなをかむというような、ちゃんとした教育をさせるのに必要な費用くらいなら、わしにも出せる。わしはただの盗賊にすぎんが、息子はどこかの公爵《こうしゃく》と同じようにならせよう。よし、そうしよう。善は急げだ」

そう言うと、ロットランドは馬にまたがり、息子のロットランドを自分の前に乗せて、すぐにブロウモフに出かけた。そこのベネディクト派の修道院のまえで息子を馬からおろすと、ものすごく大きな拍車《はくしゃ》の音を響かせながら、まっすぐ修道院長のところに行った。

「修道院長さん」彼は太い声で言った。「わたしはあなたのもとに、この子を教育のためにおいていく。この子に食事の作法、はなのかみかた、ダンスのしかた、〝ピッチェーン〟やら〝ジェヴゼーム〟の言い方、つまり、人間が騎士となるにふさわしいことすべてを教育していただきたい。それから、これは」と彼は言った。「その教育に必要な金の袋だ。そのなかにはダカット（中世ヨーロッパ諸国で発行された金貨）、ルイ（フランス）、フロリン（昔のフィレンツェの金貨）、ピアストル（エジプトほかの中東諸国の通貨）、ルピー（インド・パキスタン）、ドブロン（昔のスペイン）、ルーブル（ロシア）、トラル（昔のチェコで鋳造され、ヨーロッパで流通した銀貨）、ナポレオンドル（昔のフランス、二〇フラン金貨）、ギニー（イギリスの金貨）、大量の銀、オランダ産の金、ピストル（昔のフランス、スペインの金貨）、ソヴァリン（イギリスの一ポンド金貨）などがたっぷり入っている。息子があんた方のところで王子

のように、なに不自由なくすごすには十分すぎる金だ」

そう言ったかと思うと、若いロットランドの世話をベネディクト派の神父たちにまかせて、かかとの上でくるりと回れ右をして、さっさと森のなかに帰って行った。

そんなわけで若いロットランドはいわゆる学寮《がくりょう》の神父たちのもとで、大勢の小王子や小公子、さらにそのほかの裕福《ゆうふく》な家の若者たちといっしょに学問を学《まな》んだ。そして太ったスピリディオン神父は彼にドイツ語で「ピッチェーン」や「ゴルサマディーンル」〈語源不明〉という言い方を教え、ドミニク神父は「トレシャルメ」や「シルヴプレ」などのありとあらゆるフランス語を頭のなかにたたみこみ、アマデウス神父はあらゆる種類のおせじの言い方や、メヌエットや、効果的な決まり文句が自然に口をついて出てくるようにさせた。また聖歌隊指揮者《せいかたい》のクラウプネル神父は、はなをかむとき、フルートか羊飼いの笛のように澄《す》んだ、かわいらしい音がするように、けっしてコントラファゴット〈すごく低い音をだす楽器〉とかトロンボーンとかヨシュアにひきいられたイスラエル人たちがエリコの町を攻めほろぼしたとき〈旧約聖書の時代〉吹きまくったラッパや、蒸気機関車《じょうききかんしゃ》のピストンや自動車のエンジンの音のように、つまり老ロットランドが遠慮会釈《えんりょえしゃく》なしにはなをかむときのような、ものすごい音を立てずに、はなをかむ方法を教えた。ようするに、礼儀正しいほんとうの紳士として最高に優雅《ゆうが》な作法と繊細《せんさい》な気配りを身につけることを教えこんだのだ。

ところが若いロットランドは、えりに刺繍《ししゅう》のある赤いビロードの服を着ていて、すごくかわいらしい少年に育ち、自分がブレンディ山脈の人跡未踏《じんせきみとう》の山のなかの盗賊の洞窟《どうくつ》で育ったことも、父親が人殺しで盗賊の老ロットランドであること、盗賊ならあたりまえだが、いつも牛の皮の服を着て、馬の匂《にお》いをまきちらし、生肉を素手でつかんで食べていたことなど、すっかり忘れてしまった。

はやい話、若いロットランドは教養と優雅さを完全に身につけたのである。そしてまさしく最高の教育環境にあったとき、ブロウモフの学寮《がくりょう》の門のまえに馬の蹄《ひづめ》の音が鳴り響いたのだ。そして頭の毛を逆立てた盗賊の手下が馬から飛び降りて、学寮の門をどんどんとすごい音でたたいた。そして門番の修道士が手下をなかに入れると、荒々しい声で、若いロットランドを迎えにきたこと、父親である老ロットランドが死の床にあり、その家業をつがせるために、一人息子の若いロットランドを呼び戻すように言ったと伝えた。

そこで若いロットランドは目に涙をいっぱい浮かべ、敬愛するベネディクト派の神父や、そのほかの若い紳士や学生たちに別れをつげて、父親の手下とともにブレンディ山に出発した。若いロットランドは、道々、父親は自分にいったいどんな稼業《かぎょう》をつがせようとしているのだろうと思いめぐらせていた。それがどんな稼業であれ、いったん引きついだからには、敬虔《けいけん》で、高貴な態度でのぞみ、すべての人々にたいして模範的《もはんてき》な謙虚《けんきょ》な態度で接しようと心のなかで誓《ちか》った。

こうしてブレンディ山につくと、手下は若い主人を父親の死の床に案内した。老ロットランドは大きな洞窟《どうくつ》のなかで、馬皮の掛け布におおわれ、牛の生皮の包みの上に横たわっていた。

「おう、こののろま野郎のヴィンツェク、やっとわしの息子をつれてきたのか?」と苦しい息の下でうなった。

「お父上」若いロットランドはひざまづきながら呼びかけた。「どうか、近親者たちの喜びと、また子孫の言葉には言いつくせぬ誇りのために、父上のお命がこれからも末長くながらえさせたまわんことを、神に祈ります」

「おい、息子よ、おちつけ、なにをわけのわからんことを言っておるのだ」老盗賊は言った。「わしは今日、地獄に旅立つ。だから、おまえのたわごとにつきあっている暇はない。わしはおまえが働かなくても生きていけるほどの、十分な財産を残していこうと思っていた。だがな、こんちきしょう、今という今のご時世は、わしらの商売にとっては、まったくひどいことになったもんだ！」

「ああ、お父上」若いロットランドはため息をついた。「お父上がそんなにお困りとは夢にも思いませんでした」

「そうだろうとも」老ロットランドはうなった。「いいか、わしはリューマチを病んでおるから、ここからもう遠くへ足をのばすことはできんのだ。それに、商人もペテン師どもも、なぜか、ここから一番近い街道をさけて通っている。だから、いま、わしの商売を誰か若いもんに引きつぐのにはちょうどいい潮時《しおどき》なのだ」

「お父上」若主人は熱心に言った。「わたくしは世界中のあらゆるものにかけて誓います。わたくしは父上の仕事を引きつぎ、正直に、誠実に、心から仕事にはげみます。そしてすべての人にたいして誠意《せいい》をもって接します」

「わしには、おまえがどんなふうに誠実にわしの商売を引きついでいくのか、わからんな」老人は吠《ほ》えるような声で言った。「わしは抵抗《ていこう》するものを刺し殺すというやりかたで商売をしてきた。しかし、息子よ、挨拶《あいさつ》なんてくそ食らえだ。わしはそんなもん、誰にもしたことはない。いいか、そんなものはわしの稼業《かぎょう》には向いておらんということを忘れるな」

「では、お父上。お父上のご稼業とは、いったいなんなのでございますか？」

「盗賊業だ」と老ロットランドは言って、息を引きとった。

こうして若いロットランドはこの世に独りぼっちで残され、すっかりショックを受けていた。もちろんその理由には父親を亡くしてしまったということもあったが、なによりも、父親のあとをついで盗賊になるという約束をしてしまったことだった。

三日後には、頭の毛を逆立てた手下のヴィンツェクが来て、すでに食べるものがなくなったこと、それから、もうそろそろ、まじめに仕事をはじめなければならないのではないかと意見をした。

「なあ、ヴィンツェクさん」若いロットランドは情けなさそうに言った。「ぼく、ほんとうに、盗賊にならなきゃならないのかい？」

「当然のことですよ」ヴィンツェクは無情にも答えた。「ここじゃねえ若旦那《わかだんな》、やさしい神父さんたちが、ハトの詰めもの料理なんか運んできませんぜ。働かざるもの、食らうべからずでさあ」

そこで若いロットランドは美術品のように美しいピストルを取り出すと、馬に飛び乗り、そう、ここでは仮にバトノヴィツエ街道とでもしておこうか、つまりその街道に出かけて行ったというわけだ。そして隠れ場所に身をひそめ、どこかの商人か誰かがやってきたら、襲《おそ》いかかろうと待ちかまえていた。ところが、一時間かそこらかたったとき、トルトノフに生地を運ぶ織物商人が街道を通って、ほんとうにやってきたんだ。

若いロットランドは隠れ場所から出てくると、帽子を脱いで、身を低くかがめてあいさつした。織物商人は、こんなハンサムな青年にあいさつをされてびっくりした。で、商人もまた帽子をぬいで、あいさつをかえした。「これはこれは、おそれいります、若旦那」

ロットランドはそばまで歩みより、ふたたびあいさつをして、丁重《ていちょう》に言った。

「しつれいながら、ご迷惑《めいわく》とは存じますが」

「いえいえ、とんでもございません」織物商人は言った。「それで、どんなご用でございますか？」

「どうか驚かれないよう、心からお願いいたします」ロットランドは話をつづけた。「と、申しますのも、わたくしは、かの恐ろしい盗賊、ブレンディ山のロットランドなのでございます」

織物商人もかなりなしたたか者で、まるで少しも驚かなかった。

「おやおや、これはこれは」商人は陽気に言った。「では、お仲間というわけですな。つまり、わたしも盗賊なのです。あなたも血に飢えたコステレッツのチェペルカと申せば、多少はご存知のことでございましょう。いかがです？」

「いえ、まだご尊名《そんめい》に接する名誉《めいよ》にあずかってはおりません」ロットランドは面食らって言いわけをした。「かくて、ご同業、わたくしめは今日はじめてここに現われたのでございます。つまり、わたくしは父の稼業を引きついだばかりでして……」

「ははあ、ブレンディ山の老ロットランド氏のことでございましょう、違いますかな？」と織物職人チェペルカは言った。「あれは古くからの、格式高い盗賊企業でございましたからな。それに非常に信用もある会社でしたよ、ロットランドさん。わたしとしても、あなたがあとをつがれたこと、心からお喜びいたしますよ。しかし、よろしいかな、わたしは亡くなられたご尊父の長年の親友だったのでございますぞ。かつて、この場所でわたしどもが出会いましたとき、ご尊父《そんぷ》がおっしゃい

ますには『いいかね、血に飢えたチェペルカよ、わしらは隣人にして兄弟だ、だから、おたがいに誠意をもって縄張《なわば》りを分割しようではないか。この街道のコステレッツからトルトノフまでは、おまえのものとしよう。そこではおまえだけが強盗をはたらいてもよい』と。そんなわけで、その約束をかたく誓いあったのです、おわかりかな?」

「ははあ、さようでございましたか、深く深くおわび申し上げます」若いロットランドはていねいに謝《あやま》りの言葉をのべた。「ここがあなたの縄張りだとは、ほんとうに知りませんでした。わたくしがあなたの縄張りに足をふみ入れたことは、まことに遺憾《いかん》のきわみでございます」

「まあ、今回にかぎり、お構いなしということにいたしましょう」とずる賢いチェペルカは言った。「だが、あなたのお父君はさらに申された。『よいか、血に飢えたチェペルカよ、もし、この場所にわしか、わしの手下の誰かがちょっとでも足を踏み入れるかどうかしたら、ここがおまえの街道であることを忘れんように、おまえはそいつのピストルと帽子と服を奪い取ってよろしいですかな、これがあなたのお父君のお言葉です。そう言われてから、わたしの手を握《にぎ》られました」

「もし、それがそうなら」若いロットランドは答えた。「どうか心底からの敬意をもってお願いいたします。ここに取り出したるピストル、ほんもののオストリッチの羽根つきのベレー帽、イギリス製のビロードのコートをわたくしの最も深甚《しんじん》なる敬意、ならびに、あなたさまにこのような不愉快《ふゆかい》な思いをおさせしたことにたいする遺憾《いかん》の意の表明の証拠として、その記念にお納めくださいますよう」

「よかろう」それにたいしてチェペルカは言った。「それをこっちによこしたまえ。そしたらきみを許してやろう。だがな、お若いの、もう二度とここに姿を見せるんじゃないぞ。そーれ、馬ども、行くぞ、ヘイ！　あばよ、ロットランドの若旦那！」

「神があなたをお導きくださいますよう、寛大で、父のごときお方よ」若いロットランドは彼のうしろ姿に向かって叫んだ。そしてなんの獲物もなしに、それどころか自分の服までもなしにブレンディの山に戻ってきた。だから、手下のヴィンツェクは不機嫌そうに若いロットランドにがみがみと小言を言い、次の日は、出会った最初の男を刺し殺し、身ぐるみ剝《は》ぐようにと説教した。

そこで若いロットランドは細身の長剣を腰にさげてズベチュニークの街道わきで獲物を待っていた。しばらくすると、御者《ぎょしゃ》が大きな荷物を積んだ馬車に乗ってやってきた。若いロットランドは、姿を現わして叫んだ。

「お気の毒だが、わたしはあなたを刺し殺さなければならない。どうか大至急用意をして、祈りをしてください」

御者はひざまずき、祈りながら、この急場からどうやって逃れようかと思いめぐらせていた。彼は第一と第二の祈りの文句をとなえていたが、いっこうにいい知恵が浮かばなかった。すでに祈りの文句は第十、第十二へと進んでいたが、あいかわらずだめだった。

「それでは、御者君」若いロットランドは語調《ごちょう》にややすごみをくわえて呼びかけた。「もう、お亡くなりになる準備はできましたかな？」

「とんでもない」御者は歯をかちかちと鳴らしながら言った。「ようするに、わたしはひどい大悪人なんでございますよ。この十三年というもの一度も教会に足を踏み入れたことがありません。まるで異教徒のように神をのろい、冒瀆《ぼうとく》し、賭博《とばく》に明け暮れ、足のおもむくまま、いたる所で罪をかさねました。しかし、もし、わたしがポリツェ〈十三世紀半ばにベネディクト派によって建設された町。正しくはポリツェ・ナド・メトゥイー〉に行って、懺悔《ざんげ》することができましたら、神さまはわたしの罪をお許しになり、わたしの魂を地獄《じごく》に放り込まれることもないでしょう。いかがです？　わたしはすぐにポリツェに行って、懺悔が終わったらここに戻ってきます。そしたら、どうかわたしを刺し殺してください」

「いいだろう」ロットランドは同意しました。「そのあいだ、わたしは、ここのおまえの馬車のそばで待っていよう」

「さようですか」御者は言った。「そんなら、すみませんが、わたしが一刻も早くここに戻ってこれるように、あなたさまの馬をお貸しください」

礼儀正しいロットランドはその申し出にも同意した。そこで御者はロットランドの馬にまたがってポリツェに向かった。その間、若いロットランドは御者の馬を馬車からはずして、草を食べさせるために野っ原に放してやった。

しかしその御者は実は悪党だった。懺悔にポリツェに行くどころか、一番近くの酒場へ飛びこんだ。そこで街道で盗賊が彼を待っているのだと話した。そして、元気づけにさらに酒を飲むと、三人の馬方といっしょに、ロットランドの所に戻っていった。そして四人の男たちはあわれなロットランドをこっぴどくぶちのめし、ブレンディの山におっぱらった。そんなわけで礼儀正しい盗賊は、こんども獲物はおろか、自分の馬までもなくして洞窟《どうくつ》に帰ってきたのだった。

三回目に、ロットランドはナーホトに通じる街道にでかけた。偶然がどういう獲物をもってくるか、期待しながら待っていた。そこへ幌《ほろ》をかけた小さな馬車が来た。そのなかにはナーホトの縁日《えんにち》に行く商人がハート形をしたショウガ・パンをいっぱいに積んでいた。そこで、またもや若いロットランドは馬車の行く手に立ちふさがって、「おい、貴様、むだな抵抗はやめろ、おれは盗賊だぞ」と叫んだ。つまり頭の毛を逆立てたヴィンツェクが、彼にそういうように教えたのだ。

縁日商人は車をとめて、帽子の下あたりをかいた。それから馬車の幌をめくり上げてから、なかに向かって叫んだ。「おい、ばあさん、ここに、なんか、盗賊とかおっしゃる方がいらっしゃるが、どうすっかね?」

すると幌の口が開いて、なかから太った婆《ばあ》さんがはい出してきた。そして両腕を腰にあてがって、若いロットランドに向かって、さんざんに悪口をあびせかけた。

「この悪党の、極悪人の、血のめぐりの悪い、おいはぎの、おたんこなすの、ぐれんたいの、ガキっ子の、腰巾着《こしぎんちゃく》の、役立たずの、ぐうだらの、おつむてんてんの、でくの坊の、悪魔の申し子の、人でなしの、殺人鬼の、野蛮人の、大罪人の、大馬鹿ものの、おたんちんめ! よくもまあ、あたしらみたいな勤勉《きんべん》な正直もんを襲うなんて、おまえさん、よっぽどどんじろと〈ど素人〉の間抜けだね?」

「これは、これは、もうしわけありません」ロットランドはすっかり圧倒されて、ぼそぼそと小声で言った。「馬車のなかに奥方さまがいらっしゃるとは、つゆ知らず、失礼なことをいたしました」

「いるともさ、わかりきったこった」縁日商人のおかみさんはつづけた。「それがどんな奥方さまかよーく見るがいい、そこの男一匹、裏切りもんのユダ、弟殺しのカイン、情け知らずの犯罪人、吸血鬼、なまけ者の人食い鮫《ざめ》、悪魔野郎の不信心者、棒ぐいの丸太ん棒、うすのろの人殺し！」

「奥方さま、あなたさまの御心をかくもおさわがせいたしましたこと、どうかお許し下さいますよう、重ね重ねおわび申し上げます」ロットランドはひどく困惑し、当惑してあやまった。「トレ・シャルム・マダーム・シルヴプレ〈きわめて見目うるわしき奥方さま、よろしければ〉、わたくしのもっとも心底からの遺憾の意を、あなたさまに確固たるものとしてお見せいたしたいのですが、えー、つまり……、そのう……」

「消えっちまいな、このろくでなし」と畏敬《いけい》おくあたわざる奥方さまは叫びました。「さもなきゃ、言ってあげるわよ。あんたはえせクリスチャンの、人でなしの、無法者の、無鉄砲の、無神論者の、陰謀家《いんぼうか》の、おためごかしの、海賊の、こそ泥の、異教徒の、こけ脅《おど》しの大悪党の、無学文盲の、大泥棒の、リナルド・リナルディーニ〈ドイツの怪盗もの小説の主人公〉の、大魔王の、悪漢の、放蕩者《ほうとうもの》の、無頼漢《ぶらいかん》の、首をくくられるのが相応の、人の鼻を明かすかつぎ屋の、ちょろまかしの、鼻つまみの、無能者の、かっぱらいの、低能の、血に飢えた大虎の、冷血漢の……」

若いロットランドはもはやこうなっては逃げるが勝ちと、ブレンディ山までノン・ストップで逃げ帰ったから、自分にあびせられるそれ以上の悪口雑言《あっこうぞうげん》を聞きそこなった。でも、ロットランドには「……与太もんの、おおかみ人間の、殺人狂の、破廉恥漢《はれんちかん》の、反逆者の、悪霊の、悪人のなかの最悪人の、凶状もちの、癇癪《かんしゃく》もちの、放火犯の……」といった言葉が風に乗ってあとを追ってくるような気がした。

その後も、あいかわらず、そんなことをつづけていた。ラティボジツェ山のふもとでは若い盗賊は金の馬車を襲った。でも、なかにすわっていたのがラティボジツェ公の王女さまで、とっても美しかったから、ロットランドは王女さまにすっかり熱を上げてポーッとなってしまった。それで王女さまから、いい香りのするハンカチを――きわめて友好的に――奪っただけだった。もちろん、ブレンディ山にたむろする彼の手下どもはこんないい香りなんか、かいだことはありはしないさ。

それから、別のときにはスホヴルシツェの近くで、屠殺するために牛をウーピツェの町まで運んでいる肉屋を襲って、殺そうとしたことがあった。すると、その肉屋はこの世に残される十二人の孤児《こじ》たちに「ああだこうだ」という伝言を伝えるようにたのみ、最後には、感動的で、敬虔《けいけん》で、涙なしには聞けないような遺言《ゆいごん》を述べた。だからロットランドは泣きだし、肉屋を牛といっしょに解放したばかりでなく、さらに、恐ろしい盗賊ロットランドの思い出のために、子供たち一人一人に金貨を渡すようにと言って、さらに十二枚のドゥカート金貨を肉屋の手に押しつけた。ところがこの肉屋というのが、したたかなペテン師の上に、いい年をした独身男で、猫一匹養うどころか、子供が十二人なんてとんでもないうそっぱちだったのだ。

そんなわけで、早い話、ロットランドが誰かを殺そうとか、剝ぎとろうとするときは、そのたんびに、いつも彼の礼儀正しさ、やさしい心を刺激する何かが彼のじゃま立てをするのだ。結局、彼はなに一つ奪わないばかりか、さらにその上、自分の持っているものすべてを分け与えてやった。

もちろん、こんなふうでは生活は成り立たない。手下どもは、頭の毛の逆立ったヴィンツェクもいっしょにブレンディの山から逃げ出し、むしろ普通の人たちのなかでまじめに働いたほういいという気になった。ヴィンツェクは水車屋の職人としてフロノフの水車小屋に出かけていった。この水車小屋はいまでも教会の下に立っている。

若いロットランドだけが一人でブレンディ山の盗賊の洞窟にとどまった。彼はお腹がすいたが、どうしたらいいかわからなかった。そのとき彼はブロウモフのベネディクト派修道院の副院長のことを思い出した。この副修道院長はロットランドのことを非常にかわいがってくれていたので、どうすればいいか相談するために出かけて行った。

ロットランドは副修道院長の所に来たとき、ひざまずき、涙ながらに、盗賊になるという父親との約束にしばられていたが、礼節と愛のなかで教育されていたため、自分の意志に反して人を殺すとか、強奪《ごうだつ》するということがどうしてもできないのだと語った。だから、今後どうしたらいいのだろうというわけである。

副修道院長は十二回鼻水をすすりあげ、十二回考えてから言った。

「いとしい息子よ、おまえが人々にたいして礼儀正しく、やさしく振る舞ったことをほめてあげよう。しかし、おまえがいつまでも盗賊でありつづけることはできない。その理由の一つは、それが大変な罪深い行為であること。それにもう一つの理由は、おまえには人を殺したり、盗んだりすることはとてもできないということだ。しかし、おまえはお父上との約束をはたすために、今後も人を襲うがいい。ただし、ちゃんと礼儀正しくだ。

おまえは道のわきに見張っていて、通行税を徴収《ちょうしゅう》するのだ。そして誰かがそこへやってきたら、その者たちの前に現われて、通行税として二クレイツァルを要求する。まあ、そういうことだ。そしてこの稼業《かぎょう》をおこなうときは、おまえにできるかぎり、そしておまえが自分にも要求するのと同じように礼儀正しくなければならない」

こう言ってから、副院長はこの若いロットランドにどこかの通行税徴収所を管理させてくれるようにと、依頼の手紙をトルトノフの警察署長に書いて、その手紙をもたせてトルトノフの警察署に行かせた。するとほんとうに、ザーレシーの街道の通行税徴収所を委託《いたく》された。こうして礼儀正しい盗賊は街道の通行税徴収係となった。そして馬車や御者に襲いかかっては、たったの二クレイツァルの通行税を真っ正直に、容赦《ようしゃ》なく取りたてた。

それから、すごい年月がたったころ、ブロウモフ修道院の副院長が教区司祭に会うために幌なしの馬車に乗って、ウーピツェにやってきた。それで副院長はもう会うまえからザーレシーの通行税徴収場で礼儀正しいロットランドに会い、「どうだ、うまくいっているか」とたずねるのを楽しみにしていた。そして、ほんとうに徴収場でひとりの濃い髭男《ひげおとこ》が馬車のほうに近づいてきた――それは、まさしくロットランドその人だった――そしてなにかぶつぶつ言って、手を突き出した。

副修道院長はポケットのなかをさぐった。しかし、少し太りすぎていたから、ズボンに手がとどくように、片方の手で腹のたるみを持ち上げていなければならなかった。それでも、お金を引っぱり出すまでには、いましばらく待たなければならなかった。

そこでロットランドは言葉も荒々しく言った。「さあ、もう、いいかな？　たったの二クレイツァルを手に入れるたびに、こんなに長く待たされたんじゃかなわんな！」

副修道院長は金袋のなかをひっかきまわしてから言った。

「おお、残念ながら、きっかり二クレイツァルの小銭の持ち合わせがないのだ、すまんが、六クレイツァル銅貨で勘弁してくれんか」

「なんとしたことをおっしゃるのです」ロットランドは叫んだ。「きっかり二クレイツァルをお持ちにならずして、なんでこっちへ来られたのです？　もし、二クレイツァルが払えないのなら、どうかお引き返しください」

「ロットランドよ、ロットランドよ」副院長は悲しそうに言った。「おまえはわしがわからんのか？　おまえはいったいどこにあの礼儀正しさを置き忘れてきたのだ？」

　ロットランドはびっくりした。だって、いまはじめて、それがあの副修道院長だと気がついたからだ。そしてもっと恐ろしいことを口に出すのを、やっとのことでおさえて言った。

「副修道院長さま、わたくしがもう礼儀正しくないとしても、どうか驚かないでください。だって、あなたは不機嫌そうな顔をしていない通行税徴収係や橋番や収税官や刑罰執行人といった役人を見たことがおありですか？」

「なるほど」副修道院長は言いました。「たしかに、まだ見たことはないな」

「ほら、ごらんなさい」ロットランドは低い声で言った。「でも、いまはもう、どこにでも好きな所に行ってください」

　これで礼儀正しい盗賊の童話はおしまいだ。たぶん、その盗賊はもう死んでしまっただろうね。でも、きみたちは、彼の子孫といろんなところで出会うかもしれない。そして、なんの理由もないのに、最高の善意をもってきみたちにがみがみと言う人がいたら、その人は、きっと礼儀正しい盗賊の子孫なのかもしれないよ。でも、そんなことって、あるかなあ。

第六話

正直なトラークさんの童話

いいかい、きみたち、むかし、あるところに、一人の貧しい紳士《しんし》、または人がいたんだ。その人は、ほんとうはフランティシェク・クラールという名前だった。でも、ほかの人がそういうふうに呼ぶのは、お巡《まわ》りさんがその人をつかまえて、放浪罪《ほうろうざい》で警察《けいさつ》につれていったときくらいのものだ。警察では分厚いノートにその人の名前を書き込み、板張りのベッドにひと晩寝かされ、次の朝にはもう追い出してしまう。だから警察では彼のことをフランティシェク・クラール〈本来はチェコ語で「クラール」は「王」という意味、だから「王さん」である〉と呼ぶけれども、ほかの人は彼を別のありとあらゆる呼び方で呼んだんだ。

たとえば、ヴァンドラーク〈浮浪者〉、シュパーク〈ぼろ服を着た人〉、トラーク〈放浪者〉、ポブダ〈仕事もせずに歩きまわる人〉、トルハン〈破れ服の放浪者〉、ライダーク〈だらしのない人〉、ハドルニーク〈屑屋〉、インディヴィイドゥウム〈いつかまたあう人〉、オベイダ〈無駄にさまよい歩く人〉、オトラパ〈乱暴でいやな人〉、レノフ〈なまけ者〉、フダーク〈貧しい人〉、ポビエフリーク〈流れ者〉、チロヴィエク〈あいつ〉、グドヴィーグド〈誰かさん〉、クライヤーネク〈渡り職人〉、シュトヴァネッツ〈暴れもの〉、ヴォシュラパ〈踏みつけにされた人〉、レヴェルテント〈追放者〉、ヴァガヴント〈浮浪者〉、ダルモシュラプ〈なんの苦労もしない人〉、ブディシュクニチェム〈役立たず〉、フラット〈腹をすかした人〉、フント〈みじめな人〉、ホロタ〈下層民〉、そのほかにももっとたくさんの呼び名で彼のことを呼んでいた〈訳注・これらの言葉は多少ニュアンスを異にしながらも同義語ないし類語である。チェコ語におけるこの類の「悪口雑言」の豊かさは驚くべきもので、翻訳者を悩ます種のひとつである〉。

もし、この名称の一つ一つに少なくとも一コルンの値打ちがあるとしたら、そのお金で黄色い靴《くつ》が買えるかもしれないし、それに、たぶん、帽子も買えただろう。でも、そんな呼び名ではなんにも買えなかった。だからクラールさんが持っているものは、みんな人が彼に払い下げてくれたものだった。

そんなわけで、君たちにも、もう、察しがつくことだろうが、ここに紹介したフランティシェク・クラールの世間の風評《ふうひょう》はあまりかんばしいものではなかったんだ。実際、彼はのらくらと時間をつぶし、お腹の虫が泣き出しても、泣かせっぱなし、そのためにあくせくするでもなく、平気でどん底生活をつづける放浪者《トラーク》だったんだ。お腹の虫がいつも泣いているようなどん底生活がどんなものか、君たちにわかるかい？

それはね、人が朝起きるだろう、でも食べるものがない。昼には歯ごたえのあるようなものを口に入れたくても、それもない。夜には、食べ物のかわりに木切れを長い時間をかけてかじるというような、そんな生活のことなんだよ。そうするうちに空っぽの胃《い》がグーグーと鳴り出す、それをお腹の虫が泣くというんだ。

フランティシェク・クラールのお腹のなかでは、いつもにぎやかにお腹の虫が泣きわめいていたから、その音でコンチェルト（協奏曲）が演奏《えんそう》できたかもしれないね。それ以外のことではクラールさんは骨の髄《ずい》まで善人だった――そんなら、ついでにその骨に肉も少しついていたらよかったのにね！ ひと切れのパンをもらったら、それを食べた。そして悪口を言われたら、それも黙って飲みこんだ。それほどクラールさんはお腹がすいていたんだ。それでも、なにももらえなかったら、どこかの柵《さく》のかげに横になり、闇のなかにもぐりこんで寝た。そして天の星々に、誰かが彼の帽子を盗んでいかないようにって、見張りをお願いした。

このように放浪《ほうろう》する人はね、世界のことをなんでも知っているんだ。どこに行けばけっこうな食べ物にありつけるかも知っているし、どこに行くとひどく怒鳴《どな》られるか、または、放浪者にたいしてお巡りさんよりも、もっと意地のわるい犬がどこいるかも知っている。

そうだ、君たちに教えてあげよう。昔いた、一匹の犬のことなんだ。そうだな、名前は、とりあえず、そう、フォクスルとでもしておこうか。でもかわいそうに、もうとっくに死んじゃったけどね。で、そのフォクスルはヒーシュにある貴族の館《やかた》に仕えていた。ところがだよ、放浪者を見かけると、すっかり喜んじゃってね、きゃんきゃん吠《ほ》えたて、その放浪者のまわりを飛びはね、まっすぐ館の料理場につれていくという、変な犬だった。

その反対に、館に、誰か身分の高い人、たとえば男爵《だんしゃく》とか伯爵《はくしゃく》とか、公爵《こうしゃく》、それどころか大司教《だいしきょう》さまのような、えらいお方がお見えになろうものなら、フォクスルはまるで気が狂ったみたいに吠えかかり、もし馬丁《ばてい》がすぐにフォクスルを馬屋のなかに閉じ込めなかったら、ほんとうにその方た

ちにかみついて、服でもなんでも引き裂いたかもしれないくらいだった。だからね、犬とはいっても人間と同じに、いろんな性格の犬がいるんだよ。

でもね、子供たち、ぼくたちが犬のそばに行くだろう、すると犬はしっぽをふるけど、どうしてだかわかるかい？　それはね、こういうわけなんだよ。世界が出来たとき、神さまはご自分でお創《つく》りになった動物たちを一匹ずつ見まわられて、この世界に満足しているか、また、なにか不足なものはないかなどとおたずねになったんだ。こうして世界で最初の犬の所においでになったとき、じゃあ、なんにも不満はないのだなとおたずねになりました。犬はすぐに不満のないことを示すために、感謝の意をこめて首をふろうとしました。でも、そのとき、何かすごくいい匂いに気をとられていたので、まちがえて、首のかわりに、一生懸命しっぽをふってしまったんだ。そのときからだよ、馬とか牛とか、ほかの動物たちが人間のように首をふることができるのに、犬はしっぽしかふれなくなったんだ。

そのほかには、豚《ぶた》だけが首を縦《たて》にも横にもふることができない。それはね、神さまが豚にこの神の地に住んで満足しているかとおたずねになったとき、豚はドングリの実を鼻のさきであさりながら、さも「ちょっと待って、いま、ちょうどぼくは忙しいところなんだから」とでも言うように、うるさそうにしっぽをふったんだ。だから、それ以来、豚は、いつも、生きているかぎり、しっぽをふっているんだ。だからなんだろうね、罰《ばつ》として、死んでもぴりぴりと痛むように、豚のしっぽは、いまでも西洋わさびかマスタードをつけて食べられているのさ。だからね、そういったことはね世界創造いらい、そういうきまりなんだよ。

でも、そのお話はいまはやめておこう。今日はね、フランティシェク・クラールという正直なトラーク〈放浪者〉さんのお話をすることにしよう。それでね、そのトラークさんはね、世界じゅうを歩いていたんだ。トルトノフはもちろん、フラデッツ・クラーロヴェーにも、スカリツェにも行ったし、そのほかにもヴォドロヴァやマルショヴァにも行った。そのほか世界じゅうのいちばん遠い町にも行った。ある時期、ジェルノヴァのぼくのおじいさんのところで働いていたこともある。でもさあ、君たちにもわかるだろう、しょせん放浪者は放浪者さ。自分の荷物をまとめるとね、またどこか放浪の旅に出ていってしまった。スタルコチュかどこかの世界の果てにまで行ったんだろうね。その後、ふたたび彼の姿を見たこともなければ、うわさを耳にしたこともない。こんな人のことを、ひとところに腰をすえていられない、そんな血というか遺伝《いでん》を受けついでいるんだろうね。

ぼくは君たちに、みんなが彼のことをトラークとかポブダとか、そのほかにもいろんな呼び方で呼ぶって言ったよね。でも、ときには彼をポベルタ〈手ぐせがわるい人〉、ズロヂェイ〈泥棒〉、ダレバ〈強盗〉、ラウビーシュ〈盗賊〉と呼んだけど、これはやや彼にたいして不公平な言いぐさだ。

だって、フランティシェク・クラールはこれまで一度も、ひとのものに手を出したことも、盗んだことも、ひどい目にあわせたこともない。ほんとうだよ、彼には監獄《かんごく》に入れられる理由なんかなんにもなかったんだ。ほんとうは、彼はとっても正直だった。だから最後には大きな名誉を手にすることができたんだよ。ぼくがこれからお話ししようと思っているのはまさにそのことなんだ。

さて、ある日のこと、放浪者のフランティシェク・クラールはポドムニェステチェクの通りに立って、ヴルチュキさんの家に行けばロールパンだが、プロウザ老人の所へ行けばクロワッサンにありつける、さあ、どっちにしようかと思いあぐねていた。するとそのとき彼のそばを立派《りっぱ》な身なりをした紳士が通りかかった。たぶんその人は外国の旅行者なのだろう、手に革《かわ》のトランクをさげていたが、とつぜん吹いてきた風にあおられて、かぶっていた帽子《ぼうし》を飛ばされてしまった。帽子はすでに通りの上をころがっていた。

「きみ、こいつをちょっとのあいだ持っててくれ」その紳士はそう叫ぶやいなや、革のトランクを、トラークのフランティシェクのほうに放り投げた。そして、あっと言うまに帽子のあとを追いかけて、砂煙《すなけむり》のなかに消えてしまった。きっとシフロフ村の近くまで行ったにちがいない——とフランティシェク・クラールはそう思って、そのトランクをさげて、立ったまま、その紳士が戻ってくるのを待っていた。

三十分待ち、一時間待ったが、その紳士は現われなかった。フランティシェクはその紳士とすれちがいにならないように、トランクを取りに紳士が戻ってくるまで、パンをもらいにひとっ走りしてくるための、ほんの少しのあいださえ、その場を離れなかった。

二時間も、三時間も待っていた。だから、もう、あとそんなに長く待つ必要はないはずだ。とりあえず、お腹の虫をもうしばらく泣かせていよう。紳士は戻ってこない。もう、すっかり夜になった。天には星がまたたいている。町じゅうが、竈《かまど》の裏の猫のように背を丸くして、喉《のど》をごろごろ鳴らさないばかりに、羽蒲団《はねぶとん》にくるまって気持よさそうに眠っている。でも、放浪者のフランティシェク・クラールはまだ立ちつづけている。寒さに体を小刻《こきざ》みにふるわせ、星を見つめながら、あの紳士がはやく戻ってこないかなと思いながら、待っていたんだ。

Okresni soud.

町の時計が真夜中を告げたちょうどそのとき、クラールさんのうしろでびっくりするような大きな声がした。

「おまえは、ここでなにをしているのだ?」

「わたしは、ここで一人の知らない人を待っています」フランティシェクは答えた。

「では、おまえが手に持っているのはなんだ?」おそろしい声がたずねた。

「これはその人のトランクです」正直者のトラークさんは説明した。「わたしはその人が戻ってくるまで、このトランクを持ってなければならないのです」

「じゃあ、その男はどこにいる?」おそろしい声が三度目の質問をした。

「その人は帽子をつかまえるために、大急ぎで駆けていったのです」

フランティシェクは事情を話した。

「ほっほーう」おそろしい声が言った。「それはどうもあやしい。わたしといっしょに、ちょっと署まで来てもらおうか」

「それはできません」トラーク(放浪者)さんは抵抗した。「わたしはここで待っていなくてはならないのです」

「法律の名において、おまえを逮捕《たいほ》する」大きな声がわめいた。

そのときフランティシェク・クラールは、この人は警官のボウラさんだから、この人の言うことに従わなければならないのだということがわかった。そこで頭をかいて、大きく息をすると、ボウラ巡査といっしょに警察署に行った。そこで彼はあつい帳面に記録を取られ、独房《どくぼう》に放り込まれた。

しかし、そのトランクは、明日の朝、裁判官が出勤してくるまで、警察が鍵《かぎ》をかけて保管した。

朝になって、放浪者は裁判官殿のまえに引き出された。それは、なんと、たしかに公安委員会のシュルツ判事でした――頭痛もちのシュルツ判事は、今日はもう頭が痛くないようです。

「このごろつきの、役立たずの、ろくでもないやつ」裁判官殿はおっしゃいました。「おまえは、はやくも、また、ここに現われたのか？　このまえおまえを放浪罪で監獄にぶち込んでから、まだ一ヵ月もたっていないはずだぞ。おまえとのくされ縁《えん》には、もう、うんざりだ。それで、どうした。また、おまえは放浪罪でつかまったのか？」

「とんでもありませんよ、裁判官の旦那」トラークのフランティシェク・クラールは言った。「ボウラさんにつれてこられたんです、わたしが立っていたからです」

「ほうら、見ろ、この悪党め」裁判官殿は言われた。「おまえはどうして立っていた？　もし、おまえが立っていなかったら、つかまらなかったんだ。しかし、わしはおまえのそばに、誰かのトランクがあったと聞いたぞ。ほんとうなのか？」

「はい、そうです、裁判官さま」トラークさんは言った。「そのトランクを誰だか知らない人がわたしによこしたのです」

「ほほーう！」裁判官は声をあらげて言われた。「そのおまえが知らない人を、わたしらはもう知っているんだよ。誰かがなにかを盗んだときは、きまって、誰だか知らない人から受けとったと言うもんだ。だから、なあ、クラールよ、もうそんないいかげんなことでごまかすのはやめろ。そのトランクのなかにはなにが入っているんだ？」

「知りません、ほんとうです」放浪者のフランティシェクは言った。

「この盗人野郎が」裁判官は言われました。「だがな、いずれにしろ、わしらが自分の目でたしかめる」

そこで裁判官殿はトランクを開けさせ、おどろきのあまり飛び上がった。そのなかには、なんと現金が入っていたんだ。数えてみると、その額は百三十六万七千六百十五コルン九十二ハレーシュと、ほかに歯ブラシが一本入っていた。

「なんてことだ」裁判官殿は叫ばれた。「おまえはいったい、これをどこから盗んできたんだ？」

「すみませんがね」フランティシェク・クラールは抗議《こうぎ》した。「ある見知らぬ紳士が、わたしにあずけていったのです。その人は風に飛ばされた帽子を追っかけていきました」

「ええい、この大うそつきの大泥棒め」裁判官殿は叫んだ。「おまえのそんなたわごとを、わしが信じるとでも思っているのか？　なんなら、おまえみたいな、ぼろをまとった放浪者に百三十六万七千六百十五コルン九十二ハレーシュもの現金と、さらに歯ブラシまであずけるような人間がいるはずがない！　独房に行進だ！　しかし、わしらはおまえが、誰からこのトランクを盗んだか、すぐに調べるからな」

こうして、フランティシェクはおそろしく長いあいだ独房のなかに閉じこめられることになった。冬が走って去り、春もすぎてしまったが、いぜんとして、このお金の所有権を申し出るものは誰もいなかった。そんなわけで公安委員シュルツ判事とボウラ巡査とそのほかの裁判所と警察の人たちは、「フランティシェク・クラールこと、一定の住居もなく、定職《ていしょく》もなく、逮捕歴は無数、まったくの手のつけられない悪党の放浪者は、どこかで未知の人物を殺害して、死体を埋めたうえ、金の入ったそのトランクを盗んだ」とすっかり思いこんでしまっていた。

そんなわけで一年と一日がすぎたとき、フランティシェク・クラールは未知の男性の殺害と、百三十六万七千六百十五コルン九十二ハレーシュの現金と歯ブラシ一本を盗んだ罪により裁判にかけられたんだ。

いいかい、子供たち、ほんとうにこんな大変な罪をおかしたんだとしたら、絞首刑《こうしゅけい》になるのは、もう、決まったようなものなんだよ。

「この大悪人の、大泥棒の、大罪人め」裁判官殿は被告に向かって言われました。「こうなったからには、その紳士をどこで殺害し、どこに埋めたのかを、何がなんでも正直に白状するのだ。おまえが白状したら、おまえにふさわしい刑罰は首をくくられること以外にはない」

「わたしはぜったいに、その人を殺してはいません」かわいそうなフランティシェクは反論した。「その人は風に飛ばされた帽子を追って、あっと言うまに行ってしまったんです。そのときは、もう、砂煙のなかに消えていました。まったく一瞬の出来事でした。そしてそのトランクをわたしの手に残していったんです」

「ふーむ」裁判官殿は大きく息を吸い込まれました。「ようし、おまえがどうしてもそれでいいと言うのなら、そんなら仕方がない、自白がなくとも、おまえを吊るすことにしよう。ボウラ君、それではこの頑固者《がんこもの》の罪人を、神にお力ぞえを願って、吊るしてくれたまえ」

裁判官が判決を下されたそのとたん、ドアが勢いよく開いて、そこに、誰かしらん外国の人が入ってきた。体じゅうほこりにまみれ、息を切らせていた。そして「やっと、見つけたぞ」と激しい息の下で吐き出すように言った。

「誰が見つかったのかね？」裁判官はきびしい声でたずねました。

「この帽子ですよ」外国人は言った。「みなさん、そりゃあ、もう、大騒動でしたよ！　わたしがポドムニェステチュコを通っているときでした。そう、一年前のことです。とつぜん、わたしの帽子が風に吹きとばされたのです。わたしはもっていたトランクを、誰だか知らない人に放りなげて、すぐに帽子のあとを追いました。ところが、その帽子というのが、まったく手におえない代物で、橋をわたってシフロフのほうへころがって行ったんです。それでシフロフをすぎてザーレシーへ、それからルティニェへ、それからコステレッツを通りすぎてズベチュニークへ、そしてフロノフをひと回りしてナーホドへ、そこから国境へ。わたしはずっとその帽子のあとを追っていました。もう、ほとんどつかまえたと思ったとき、国境で税関の役人につかまったのです。わたしがこんなふうにして逃げ出そうとしているというんです。何言っているんです、わたしはあの帽子を追っかけているんですよ。わたしが税関の役人にそんな説明をしているうちに、帽子はまた砂煙のなかに見えなくなりました。そこで一晩、ゆっくり眠って、次の朝、帽子を追ってレヴィーンとフドバ、あの臭い水のある……」

「待ちたまえ」裁判官が言葉をはさまれた。「ここは裁判所で、なんかしらんが地理の講義《こうぎ》をする場所ではありませんぞ」

「それじゃあ、きわめて簡潔《かんけつ》にお話ししましょう」外国人は言った。「わたしはフドバの村で、わたしの帽子があっちでコップ一杯の水を飲んで、ステッキを買い、列車に乗って、スヴィードニツェに行ったという情報を耳にしました。もちろん、わたしはあとを追いました。スヴィードニツェでは、あんちきしょう、わたしの帽子はホテルに一泊し、ホテル代も払わずに出ていったが、どこに行ったかわからないですと。長いあいだかかって探しまわったあげく、わたしの帽子はクラコフをぶらついており、こともあろうに、そこである未亡人と結婚しようとしているという話を聞きこみました。そこで、わたしもやつのあとを追ってクラコフに行ったんです」

「それにしても、どうして、そんなにまでしてその帽子を追いかけるのですか？」裁判官がおたずねになった。

「そりゃあね、あなた」外国人は言った。「その帽子はまだほとんど新品でしてね、それに、わたしはスヴァトノヴィツェからスタルコチュまでの帰りの鉄道の切符をその帽子のリボンの間にはさんでいたんです。わたしにはその帰りの切符がだいじだったんですよ、裁判官殿」

「ははあ」裁判官殿はうなずかれた。「たしかに、そのとおりだな」

「わたしは思うのです」外国人は言った。「同じ切符を二度買うのはばかばかしいとね。どこまで話しましたっけ？　ああ、クラコフに行ったところですね。わかりました、それで、わたしもクラコフに行ったのです。すると、そのあいだに、わたしの帽子は、あの悪ったれめ、今度は外交官だと称して一等車に乗ってワルシャワに行ったというのです」

「そいつはたしかに身分詐称《さしょう》だ」裁判官殿は大声で言われた。

「たしかに、わたしもそのことを届け出ました」外国人は言った。「すると警察は帽子を逮捕するようにとクラコフからワルシャワへ電報をうちました。しかし、その間にわたしの帽子は寒くなりはじめたので毛皮を手に入れ、ひげをのばし、いちはやく東のほうに出発していたのです。もちろん、わたしもあとを追いました。すると、やつはオレンブルクで列車に乗り、シベリアをひとまたぎしてオムスクへ向かいましたが、イルクーツクで見失ってしまいました。やがて、わたしはブラゴヴィエシュチェンスクの町の通りでぱったり出会いました。でも、あの小賢《こざか》しいやつめは、わたしから逃げると、マンチューリ（満州）をこえて、シナ海のほうまでころがっていきました。海岸でわたしはやっと帽子に追いつきました。つまり、やつは海がこわかったのです」

「それでは、そこであなたの帽子をつかまえたのですね？」裁判官はたずねました。

「とんでもない」外国人は言った。「わたしが海岸でやつのほうに駆けていったのはいいんですがね、その瞬間、風向きがかわって、帽子はまた西のほうに向かってころがりはじめたのです。わたしもあとを追います。わたしは中国とトルキスタンをとおって追いかけました。あるところでは歩いて、あるときは駕籠《かご》に乗り、馬に乗り、らくだに乗りしながら、そして、タシュケントではまたしても列車に乗り、オレンブルクに戻りました。そこからハルコフ、オデッサへと出て、そこからハンガリーへ、まもなくオロモウツ、チェスカー・トチェボヴァーのほうへ向きをかえ、そしてティーニシュチェへ、そして最後にまたここのみなさん方のところへ来たというわけです。そして五分ほどまえに広場でこいつをつかまえましたよ。ちょうどパプリカ風味の料理でも食べようかと思っていたところだったのです。だからね、ほら、これです」

そう言いながら、彼はその帽子を見せた。それは破れて、まったくぼろぼろになっていました。

しかし、その帽子を見たとたん、それ以上、こいつはひどいペテン師なんじゃあるまいかとは、誰も詮索《せんさく》しようとはしなかった。

「さあて、今度は見てみようではありませんか」その外国人は大きな声で言いました。

「はたして、スヴァトノヴィツェからスタルコチュ行きの帰りの切符があるかどうか」

そして帽子のリボンの裏をさぐって、切符をつまみ出した。

「ほら、あった！」その男は勝ち誇ったように叫びました。「これで、今度は、少なくともスタルコチュまでは、ただで行けるというわけです」

「だがね、君」裁判官殿は言った。「その切符はもう使えないはずだ！」

「なんですって？」外国人はびっくりした。

「いいかな、帰りの切符の有効期限は三日間だ。ところが、その切符は、わしが見たところでは、一年と一日すぎている。君、その切符はもう使えませんぞ」

「なんだと、こんちきしょう！」外国人は言った。「そいつは、まったくうっかりしていたな。こんど乗るときは、あたらしく切符を買わなきゃならんのか。だけど、わたしにはもう金がない」外国人はそう言って頭をごしごし掻《か》いた。「しかし、待てよ。わたしはこの帽子を追いかけていくときに、金の入ったトランクを持っててくれと言って、誰だか男の人にあずけたんだがな」

「そのなかにはいくら入っていたのです？」すぐに裁判官殿がたずねた。

「わたしにまちがいがなければ」外国人は言った。「百三十六万七千六百十五コルン九十二ハレーシュと、歯ブラシが一本です」

「ぴったりだ」裁判官殿はおっしゃった。「それじゃあ、そのトランクはそのお金の全額と歯ブラシ一本とともに、ここにあります。そして、そこに立っているのが、あなたが持っているようにと言ってトランクをあずけた、その男です。名前はフランティシェク・クラール。ちょうどいま、わたしと、そこのボウラ巡査は、あなたからトランクを盗み、あなたを殺害したという罪で死刑の判決を下したところです」

「なんてことを」それを聞いて外国人は言った。「じゃあ、あなたがたは、お気の毒にこの人を牢に入れていたのですか？　ほら、少なくとも、この人はトランクのなかにあったお金を全額浪費《ろうひ》するようなことはしていません」

そこで裁判官殿は立ち上がり、おごそかに言われた。

「フランティシェク・クラールは盗みをはたらいていないし、着服《ちゃくふく》ないしは横領《おうりょう》もしてもいない。さらにまた、猫ばばをきめこむとか、ちょろまかすようなこともしていない。同時に――その後確認されたように――本人は丸パン一個、または、角パン一個、または、食パンひと切れ、その他の養分補給《ようぶんほきゅう》、または食欲をみたすための、いわゆる穀物類《こくもつるい》を原材料とする食料製品――ラテン語では〝ケレアーリエ〟〈cerealie〉と称するところのもの――にたいする費用をまったく所持していなかったにもかかわらず、トランクのなかにおさめられた大金のほんの一部、あるいは、はした金、または、小銭、バラ銭、びた一文、不当に手をつけていなかったことが、いま、はじめて、わたしにもわかった。よって、わたしはここに宣言する。フランティシェク・クラールは殺人、つまりラテン語で〝ホミキーディウム〟〈homicidium〉と称するところの人殺し、バラシ、死体遺棄《いき》、盗賊、暴力、窃盗《せっとう》などの犯罪行為一切にたいして無罪であるばかりか、また、反対に、百三十六万七千六百十五コルン九十二ハレーシュと歯ブラシが一本を正直に、まったくそのまま持ち主の手に返すために、一昼夜のあいだ、その場所から一歩も動かずに待ちつづけていた。それゆえに本官は、本件被告の無罪《むざい》放免《ほうめん》を宣告する。アーメン。いやはや、ねえ、きみ、わたしはこんな判決を下したが、どう、思うかね？」

「いやあ、けっこうな判決ですよ」外国人は言った。「だから、もう、その判決にしたがって、その正直な浮浪者を、即刻、釈放《しゃくほう》してもいいんではありませんか」

「申し上げたいことがあります」フランティシェク・クラールは控え目に言った。「わたしは生まれてからこのかた、誰からも、落ちた果実一つ盗んだことはありません。それはわたくしの生まれつきの性格なのです」

「ねえ、君」外国人は確固たる自信をもって断言しました。「君はだね、放浪者の仲間や、そのほか似たような連中のなかの例外中の例外、まさしく白いカラスと言うべきだね」

「わたしも同感ですな」そのとき、お巡りのボウラさんが思いがけず発言した。

君たちも気がついていただろうけど、ボウラさんはそのときまで、こそっともせずに、黙ってそばに立っていたんだ。

こうしてフランティシェク・クラールはふたたび自由の身になった。でも、その外国人は彼の正直さのご褒美《ほうび》として、たくさんのお金を与えた。フランティシェク・クラールはそのお金で家を一軒、その家のなかに置くテーブルを一卓、そのテーブルの上に置くお皿を一枚、そのお皿に置くた

めの暖かいソーセージを一本買うことができるくらいの額だった。でもフランティシェク・クラールの洋服のポケットには穴があいていたから、そのお金をみんな落としてしまい、またもや一文なしになってしまった。だから彼は足のおもむくままに、歩きはじめた。そして歩いていると、お腹の虫が「ぐー」っと鳴いた。でも、白いカラスが彼の頭のなかから逃げ出さなかった（正直な心を失わなかった）。

夜になって森番小屋にもぐりこみ、ぐっすり眠った。そして朝、頭を小屋の外に突き出すと、太陽は輝き、世界中が新鮮な朝露をつけて光っていた。そして小屋のまえの柵のうえに白いカラスがとまっていた。フランティシェクはこれまで白いカラスなど見たこともなかったから、目を大きく見ひらき、息まで止めて見つめていた。そのカラスは降ったばかりの雪のように白く、目はルビーのように赤く、足はピンク色をしていた。そしてくちばしで羽づくろいをしていた。

フランティシェクに気がつくと、白いカラスは飛び立とうとでもするように羽をぱたぱたと振ったが、飛び立たず、そのまま柵の上に止まって、ルビー色の片方の目でフランティシェクのぼさぼさの頭を眺めていた。

「ねえ、君」突然、カラスが口をきいた。「君はぼくに石を放らないのかい？」

「放らないよ」フランティシェクは言った。そう言ってから、はじめて、彼はカラスが口をきいたことに気づいて、おどろいた。「どうしたことだ、おまえは人間の言葉が話せるのか？」

「あたりまえじゃないか」カラスは言った。「ぼくたち、白いカラスはね、みんなしゃべることができるんだ。黒いカラスはカーカー鳴くだけだけど、ぼくはきみが言えるくらいのことなら、なんでも言えるよ」

「じょうだんじゃない」放浪者のフランティシェクはおどろいた。「じゃあ、たとえば〝クラーム〟〈お店〉と言ってみな」

「クラーム」とカラスは言った。

「じゃあ、こんどは〝クシャープ〟〈古靴〉だ」

「クシャープ」カラスはくり返しました。「どうだい、ぼくが話せるってことがわかっただろう。ぼくたち白いカラスはね、そうそう見くびったものではないんだよ。普通のカラスは五までしか数えられないんだ。だけど白いカラスは七つまで数えることができるんだ。いいかい、一、二、三、四、五、六、七。きみはいくつまで数えられる？」

「そうだな、すくなくとも十までは数えられるんじゃないかな」フランティシェクは言った。

「へえ、ほんとうかい！　じゃあ、数えてみせてくれよ」

「そう、じゃあ、たとえば、九つの職業、十番目は貧乏〈チェコの諺「器用貧乏」〉」

「すごーい」白いカラスは大声で言った。「きみはずいぶん賢い鳥なんだね。ぼくたち白いカラスは要するにいちばん利口な鳥なんだ。人間は白いガチョウの羽をつけて、人間のくちばしをもった大きな鳥が描いてある絵が教会にあるのを、見たことあるかい？」

「なーんだ」フランティシェクは言った。「きみは天使のことを言ってるんだろう」

「そうだよ」カラスは言った。「いいかい、あれはね、ほんとうは白いカラスなんだよ。だけど、ほとんどの人がこれまで白いカラスを見たことがないんだ。ぼくたち白いカラスはほんとにわずかしかいないからね」

「ほんとうを言うとね」フランティシェクは言った。「ぼくも、どうやら、白いカラスらしいんだよ」

「ほんとかな」白いカラスは疑わしそうに言った。「きみはそんなに白くないじゃないか。きみが白いカラスだっていったのは、誰なんだい？」

「きのう、裁判所のシュルツ判事が、ぼくに言ったんだ。それにもう一人の外国人と、それにお巡りさんのボウラさんも言った」

「そうかい」白いカラスは、まだ信じられずにいた。「きみはいったい、そもそも、何者なのだ？」

「ぼくはただのフランティシェク・クラール〈チェコ語で「王さま」の意味〉さ」放浪者は恥じらいながらいった。

「クラール〈王さま〉だと？　きみは王さまなのかい？」カラスは叫んだ。「きみは人殺しなんだろう？　そんなぼろ服を着た王さまなんてあるかい！」

「ねえ、いいかい」放浪者が言った。「ぼくは、まさしく、ぼろっ切れの王さまさ」

「じゃあ、どこの国の王さまなんだい？」カラスはたずねた。

「そうだな、いたる所さ。ぼくはここでも王さまだ。そしてぼくがスカリツェに行ったら、ぼくはそこでもクラール〈王〉だよ。そしてトルトノフでもだ……」

「じゃあ、イギリスでも？」

「イギリスでも、やっぱり、ぼくはクラールさ」

「でも、フランスでは違うんだろう?」

「フランスでもクラールさ。ぼくはどんな場所にいようとも、フランティシェク王〈クラール〉だよ」

「そんなの、あるはずないよ」カラスは言った。「正直に言ってごらん」

「正直だよ」フランティシェクは言った。「もしそれがうそだったら、この場でわたしの命をお取りください。また、わたしの舌を抜いて下さい」

「それで十分だよ」カラスは彼の話の途中で口をはさんだ。「じゃあ、きみは白いカラスの王さまにもなってくれないかい?」

「白いカラスのなかでも」彼は言った。「フランティシェク王〈クラール〉であることに変わりないよ」

「じゃあ、ちょっと待ってくれ」カラスは言った。「ぼくたち、きょう、あっちのクラーコルカで、カラス全員の王を選ぶ会議を開くことになっているんだ。すべてのカラスの王は常に白いカラスがなる。きみは白いカラスだし、おまけにほんとうに王さま〈クラール〉だときている、ぼくたちは、たぶん、君を王に選ぶよ。いいかい、お昼までここで待っててくれ。そしたらお昼に選挙《せんきょ》の結果がどうなったか、知らせに飛んでくるよ」

「じゃあ、ぼくはここで待っているよ」フランティシェク・クラールがそう言うと、白いカラスは白い羽をひろげて、クラーコルカに向かって飛んでいった。その姿は太陽の光のなかできらきらとかがやいていた。

それからフランティシェク・クラールは日なたぼっこをしながら待っていた。

いいかい、子供たち、選挙というのはね、どんな選挙でもやたらとたくさんの言葉が飛び交うものなんだ。そんなわけだから、クラーコルカの白いカラスたちも長いあいだかかって、ああだこうだと議論《ぎろん》しあった。そして、シフロフの町の工場のサイレンが正午を告げるまで、意見は一致しなかった。

それから、カラスたちはやっと王さまの選挙をはじめた。そしてほんとうにフランティシェク・クラールがカラス全部の王さまにえらばれた。

でも、フランティシェク・クラールはすっかり待ちくたびれたけど、それ以上にお腹がすいた。だから正午がすぎると気を取りなおして、フロノフで水車小屋をやっているぼくのおじいさんのところに、新鮮ないい香りのするパンひと切れをもらいに行ったんだ。

白いカラスが彼がカラスの王に選ばれたことを知らせに戻ってきたとき、彼の姿はすでに見えなかった。山や谷の向こうに行ってしまったんだ。

カラスたちは自分たちの王さまがいなくなったことをなげいた。そこで白いカラスはたちは黒いカラスたちに、世界じゅうに飛んでいって、彼を探し、彼に呼びかけ、クラーコルカの山のなかにあるカラスの玉座につれてくるようにアドバイスした。

そのときから、カラスたちは世界じゅうに飛んでいき、「クラール〈王さま〉! クラール!」と、たえず叫びながら探しまわっているんだよ。

そして、おおぜいのカラスが集まってきたとき、とくに冬に多いのだけど、みんなのカラスがとつぜん思い出すんだ。そして野っぱらや森をこえて飛びながら、叫ぶんだ。「クラール! クラール! クラ――ル! クラ――――ル!」

KRÁL
KRÁL
KRÁL
KRÁL

〈子供たちへの訳注・日本人のぼくたちにはカラスは「カー、カー」と鳴くように聞こえるし、そう鳴くのも山のなかに「七つの子」がいるからなんだよね。でも、チェコのカラスはチャペックさんによると「クラール」「クラール」と鳴きながら「王さま」を探しているんだね。〉

第七話

とってもながーいお巡《まわ》りさんの童話

さて、子供たち、君たちは警察署や交番では、もしかしてなにかが起こったとき——たとえば、盗賊たちがどこかの邸宅《ていたく》に押し入ったとか、悪い人たちが誰かを危険な目にあわせるかしたとき——の用心に、何人かの夜勤《やきん》のお巡《まわ》りさんが一晩中起きているってこと知ってるよね。だから夜勤のお巡りさんは、朝まで、見張りの櫓《やぐら》の上で見張っていたり、一方、パトロール班と呼ばれている、ほかのお巡りさんは、町の通りをまわって、強盗や泥棒、不審人物や、こういったたぐいの市民生活の秩序を乱す者たちにたいして目を光らせているというわけだ。

そして、こういったパトロールのお巡りさんの足が痛くなりはじめると、警察署にもどって、こんどは別のパトロールのお巡りさんが街の警戒《けいかい》にあたる。こんなふうにして一晩中歩きまわり、なにも起こらずに無事におわると、お巡りさんたちは警察署でパイプタバコの煙をくゆらせながら、どこかでおもしろいものを見たとか、見なかったとか話しあうんだ。

ある晩、こんなふうにタバコを吹かしたり、話しあっていたとき、パトロールから一人のお巡りさんが戻ってきた。待てよ、あれはたしかハラブルトという名前のお巡りさんだったな。そのお巡

MAPA PRAHY

りさんは言ったんだ。

「やあ、みなさん、今晩は。報告いたします、わたくしは足が痛くなりました」

「それじゃあ、かけたまえ」そのなかのいちばん先輩格のお巡りさんが指示した。「君のかわりには、そこのホラス巡査がパトロール任務《にんむ》につく。それじゃあ、ハラブルト君、君の担当地区でなにか変わったことがなかったか、また、法律の名のもとにどんな事件に立ち会ったかを報告したまえ」

「今晩はそれほど変わったことはありませんでした」ハラブルトさんは言った。「シュチェパーンスカー・ウリツェ（通り）で二匹の猫が取っ組みあいのけんかをしていました。それで法律の名において二匹を引き分け、警告いたしました。次にジットナー・ウリツェでは二十三番の住宅の巣から子スズメが落ちていました。わたくしは旧街区の消防士たちを呼び、はしごを持ってきて、上記の子スズメをその巣に戻すよう頼みました。その両親スズメには、もっとよく子スズメに気を配るよう注意をうながしました。それからエチュナー・ウリツェをくだっているとき、わたくしのズボンのすそを、なにかがひっぱりました。見ますと、それはスクジーテクでした。ご存知ですか、カルロヴァ・ナームニェスティー（広場）のあの顔じゅうひげ髭もじゃのやつですよ」〈訳注・スクジーテクは小さないたずら好きの妖精または神さま、チェコでは家の守り神とされている。『白雪姫』の小人のようなものと思えばいいかもしれない。〉

「どのスクジーテクだ？」いちばん先輩格《せんぱいかく》のお巡りさんがたずねました。「あのへんには何人か住みついているぞ。ミドリホウセク、爺《じい》さんと呼ばれているコルババや、シュミドルカル、パドルホレッツ、プンプルドリーク、老兵のクバーチェク、クジノシュカ、それにアポリナーシュから引っ越してきたチンチェラだ」

「わたくしのズボンを引っぱったのは」ハラブルトさんは言いました。「あそこの古い柳の木をねぐらにしているパドルホレッツです。誰かがカルロヴァ広場でなにかをなくすと、たとえば指輪《ゆびわ》とか、サッカーボールとか子供の手まりなんかをなくすと、必ずと言っていいくらいパドルホレッツが正直な発見者として監視員《かんしいん》の詰め所に持ってくるんです。そのほかにもいろいろと」

「それで、そのスクジーテクのパドルホレッツは」とハルブルト巡査はつづけました。

「『お巡りさん、わたしは家に帰れないんだよ。だってリスのやつが柳の木のわたしの家にもぐりこんできて、わたしをなかに入れてくれないからなんだ』とわたくしに言うんです。……そこでわたくしはサーベルを抜いて、パドルホレッツといっしょに彼の柳の木までいって、法律の名においてリスに、この住居から立ち去ること、また、他人の所有権を侵害し、公共の秩序を乱し、暴力を行使し、横領すると言ったこのような犯罪行為、違反行為、侵害行為をおかさないよう警告いたしました。すると、そのリスは言いました。『おととい来な』って。そこで、わたくしはベルトをはずし、制服の上着をぬいで、その柳の木のなかに入ったんです。パドルホレッツさんが住まいにしている柳《やなぎ》の木の空洞になった節穴を通ってなかに入ると、そのリスは『お巡りさん、おねがいです、どうかわたしをとらえないでください』といって泣き出したのです。『あたしはこのパドルホレッツさんのところに、身をよせているだけなんです。だって雨がふって、あたしの部屋に流れこんできたんですよ』――『奥さん、問答無用です』わたくしはリスの言葉にたいして言いました。『自分の持ち物を、大事なものからがらくたまで、みんなまとめて、パドルホレッツ氏の私的住居からさっさと出ていきなさい。もしパドルホレッツ氏の許可および同意なしに、むりやり、または、ひそかに、同氏の私邸に侵入するようなことが、もう一度くりかえされるようなら、われわれは応援を呼び、あなたを包囲し、逮捕し、しばって警察署まで連行する！　さあ、さっさとしろ！』——これが今晩のパトロールで見たこと、したことのすべてです」

「おれは生まれてこのかた、スクジーテクを見たことないなあ」とバンブス巡査が言った。「ぼくは以前、デイヴィツェが担当区域だったけど、あそこの新しい家にはそんなお化けみたいなものや、空想の人物とか、または、なんというか、こう、超自然的生き物なんかまったくいなかったな」

「ここにはそういうのが山ほどいるよ」と先輩格のお巡りさんが言いました。「昔は、そりゃあ、もう、いたなんてもんじゃない。いたるところだ！　たとえばだ、シートコヴァの堰《せき》にもボドニーク〈水男、『かっぱの童話』参照〉がいつも姿を見せていた。その連中は警察には面倒をかけなかったし、行儀のいいボドニークだった。リベニュの橋のところにいたボドニークは年をとった道化者だ。だが、シートコヴァのボドニークはすごく几帳面《きちょうめん》なやつだったので、プラハ市の河川局《かせんきょく》はそのボドニークをプラハ市のヴルタヴァ川管理主任に任命して、毎月、いくらかの手当を払っていた。だから、そのシートコヴァのボドニークはヴルタヴァ川の水量が少なくならないように気を配っていた。ヴルタヴァ川の上流のほうの農村地帯のボドニークたち、たとえばヴィドラ川やチェスキー・クルムロフ、ズヴィーコフスケー・ポドフラディーのボドニークたちはしょっちゅう洪水をおこしていたが、シートコヴァのボドニークは、ヴルタヴァ川があふれないようにも気を配っていたのだ。

ところが、例のリベニュのボドニークはやっかみ半分に、プラハ市当局から自分の職責の重さに

見合うだけの市職員としての身分と報酬《ほうしゅう》を要求するようにシートコヴァのボドニークをけしかけたんだ。しかし市当局はシートコヴァのボドニークを市役所に呼んで、『おまえはしかるべき高等専門教育を受けていないから、その要求を受け入れるわけにはいかない』とつっぱねた。

シートコヴァのボドニークはそれに怒って、プラハから出ていった。なんでも、いまはドレスデンで水の管理をしているそうだ。まあ、当然と言えば当然のことだな。だってドイツ領内のエルベ川流域のボドニークはハンブルクにいたるまで、頑固者ぞろいのチェコ人だからな。〈訳注・ヴルタヴァ川はプラハから下流（北方）のムニェルニーク市でラベ川と合流し、ラベ川としてさらに北方に流れ、国境をこえてドイツに入る。その後、ドイツを縦断してハンブルクにいたって北海に注ぐ。この川はドイツではエルベ川と呼ばれている。〉

それ以来、シートコヴァの堰《せき》にはボドニークは一人も住んでいない。だから、それ、プラハではいつも水不足だ。

その後カルロヴァの広場では、夜、鬼火《おにび》どもがダンスをしていたそうだ。しかし、そんな鬼火のダンスなんてもん放っておくと、どっちみち、ろくなことにはならん。それに住民たちもこわがっていたから、プラハ市側は彼らと協定を結び、鬼火どもはストロモフカ公園（王の果樹園）のほうに移転してくれるように、そこでガス会社の係員が鬼火たちに火をつけ、朝までには係員が消しにくるということで同意した。ただし、そのガス灯をともすガス会社の係員は戦争中に軍隊に行っていたから、鬼火のことはすっかり忘れられていたのだ。

ルサルカ〈水の妖精〉にかんするかぎり、ストロモフカには十七人がいただけだった。しかし、そのなかの三人ばかりはバレリーナになり、一人は映画に出演するようになり、一人はシュチェショヴィツェの、ある鉄道員と結婚した。三人のルサルカはキンスカー庭園にいる。二人はグレーボフカ公園で働いている。そして一人はエレニーの掘割《ほりわり》に居座っている。リーグロヴィ・サディ（公園）の市の管理人はその公園にも一人ルサルカを住みつかせたいらしいのだが、どうも長続きがしない。たぶん、あそこは風が吹きすぎるからかもしれない。

その後、公共の建築物、公園、修道院、図書館に帰属し、警察の記録に登録されているスクジーテクは三百四十六人であるが、個人所有の住宅に住むスクジーテクについては、警察のほうでも正確にその数を把握《はあく》していない。

お化けのたぐいは、プラハにはそりゃあ、ものすごくたくさんいた。しかし、いまじゃ追っ払われてしまっている。それというのも、お化けなどというものはこの世にはいないことが、科学的に証明されたからだ。しかし、マラー・ストラナ（小市街区）だけは、住民が法律に反して内緒《ないしょ》で、屋根裏に先祖伝来の古いお化けを養っているらしい……とマラー・ストラナ区警察の同僚が話してくれたことがある。まあ、わたしが知っているのは、このくらいのもんだ」

「そのほかに、龍《りゅう》などはどうです」クバート巡査が言いました。「ジシュコフの〝ユダヤ人の竈《かまど》!〟で殺されたやつですよ」〈ユダヤ人の竈＝プラハ市の東部ジシュコフ区にある、坂になった広っぱの通称〉

「ジシュコフか」先輩格の警官はこたえました。「あの区域はまだ一度も受け持ちになったことがない。だからその龍についてはあまり知らんな」

「ぼくはあそこで勤務したことがあります」クバート巡査が言いました。「しかし、事件のすべてに立ち会い、報告書を書いたのは同僚のボコウンでした。その事件はもうずいぶん昔のことです。

それで、ある晩、キオスクの売子のチャーストコヴァーという老婦人がその経緯《いきさつ》をボコウン巡査に話したのです。

このおばあさんは――念のために言っておきますと――実は、占い師または予言者ないしは巫女《みこ》でもあったのです。そこでこのチャーストコヴァー婆《ばあ》さんはカルタのお告げがあったことを同僚のボコウンに告げました。

〝ユダヤ人の竈〟のなかには、龍のフルボルトがとても美しい少女を家族のもとから誘拐《ゆうかい》して閉じこめている。しかもこの少女はムルシア王国〈スペイン南東部にあったイスラムの古王国の名〉のお姫さまだというのです。ボコウン巡査はその国の名を『ムルシアだかネムルシアだ』と言いましたがね。『その娘を龍が両親に引き渡すか、さもなければ、いわゆる勤務指導要項の定めるところにしたがって、龍の行為をやめさせなければならない』と、そういうわけなのです。

彼は警官用のサーベルをつけて、〝ユダヤ人の竈〟へ出かけていきました。おそらく、われわれ警官ならだれもが同じようにしただろうと思います」

「ぼくも同感だ」バンバス巡査が言いました。「しかし、デイヴィツェとシュチェショヴィツェのほうには龍なんてぜんぜんいないからな。で、その先は？」

「それで同僚のボコウンは」クバート巡査はつづけました。「サーベルを腰に吊って、すぐに、その夜、〝ユダヤ人の竈〟へ出かけて行ったんです。そしたら、たしかに、その一つの穴というか洞窟というか、そのなかから激しく言い合うおそろしい声が聞こえてきたのです。そこで警官の七つ道具の一つ、懐中電気をつけて、七つの頭をもった恐ろしい龍に光をあて、注意ぶかく観察したの

です。

するとその頭たちはおたがいに話したり、答えたりしています。ときには口げんかをしたり、悪口を言い合ったりしていました――たしかにね、こんな龍のことですからね、どんな出方をしてくるかわかったもんじゃありません。かりに、わかったとしてもですよ、どうせ、ろくなことにはならんでしょう。すると、洞窟のすみっこのほうで、ほんとうに、すごく美しいお姫さまが泣いているのです。その龍の頭たちがたがいに恐ろしい声で話し合っているその声が聞こえないように一生懸命耳をふさいでいるのです。

『おい、君、龍の頭の一つ君』同僚のボコウンがその龍に、礼儀正しくはありましたが、それでも、きびしい職務尋問《しょくむじんもん》の口調で呼びかけました。『身分を証明したまえ。なにか証明書か、住民票か、勤務手帳か、銃砲等携帯許可証《けいたいきょかしょう》か、あるいは、その他、身分の証明になるものを出して見せたまえ！』

そのとき、それらの龍の頭は一つは大笑いし、一つはせせら笑い、一つはののしり、一つはだみ声をはり上げ、一つは怒鳴りつけ、一つは悪口を言い、一つはボコウンに向かってベロを出しました。しかし同僚のボコウンも負けてはいずに、叫びました。

『法の名において命ずる。すぐに穴のなかから出てきて、わたしとともに、警察署まで出頭せよ。おまえたちも、その奥にいる娘もいっしょだ』

『いやなこった』と龍の頭の一つが叫びました。『このアンポンタン、きさまはおれが何さまだか知っているのか？　おれさまは龍のハルダボルトだぞ』

『グラナダの山奥のハルダボルトさまだ』もう一つの頭が言いました。

『おなじく、ムルハセーン山の大龍王とも呼ばれている』第三の頭が叫びました。

『だいいち、おまえを丸ごとひと飲みにするなんざあ』と第四の頭がわめきました。『おれにはお茶の子なんだぞ』

『そんなら、おれはきさまをずたずたに引き裂いて、ばらばらにほぐして、ぐちゃぐちゃにつぶして、みじん切りして、そのうえ、ノコ切りの切り屑のようにこなごなになるまで、塩漬けのニシンをたち割るようにたち割って、千切《せんぎ》り万切《まんぎ》りに切りきざんでやろう』と第五の頭が大声でがなりたてました。

『そんなら、おれはきさまの首をひとひねりにひねってやる』第六の頭がどら声を張りあげました。

『鶏《とり》の首をひねるように、ひとひねりにな』第七の首がおそろしい声でつけ加えました。

さあ、みなさん、そこで同僚のボコウンはどうしたと思います？　あなた方はみんな、ボコウンがおどろいて縮み上がったとおっしゃりたいんでしょうね？　ところが、どっこい！　ボコウンは事が穏便《おんびん》には運ばないということを見て取ると、こん棒または警棒を取り出して、龍の頭を一個ずつ、力まかせにこすりはじめたのです。彼はものすごい力もちなんですよ。

『やや』第一の頭が言いました。『こいつは悪くない！』

『ちょうど頭のてっぺんがかゆかったところだ』第二の頭が言いました。

『おれの首筋のところを、シラミかなんかが噛《か》んだみたいだぞ』第三の頭が言いました。

『おい、きさま』第四の頭が言いました。『その棒っ切れで、もうすこしくすぐってくれよ！』

『そんなら、もうすこし音がするくらい力をいれてぶったたいてくれ』第五の頭が注文をつけました。

『そう、そう、もうすこし左のほう』第六の頭が頼みました。『そこが、すごくかゆかったんだ』

『おれには、きさまの持っている棒っ切れは、どうもやわらかすぎる』第七の頭が苦情を言いました。『もうすこし、丈夫なものを持っていないのか？』

そこでボコウン巡査はサーベルを抜き、それぞれの頭に一回ずつ、龍の頭のうろこにサーベルがあたってかちんと音をたてるくらい強く、七回切りつけました。

『これなら、まあ、すこしはましだな』第一の龍の頭が言いました。

『すくなくとも、ノミの耳くらいは切り落としたようだな』第二の頭は上機嫌《じょうきげん》でした。

『つまり、おれの頭には鋼鉄《こうてつ》のシラミがいるんだよ』

『それに、おまえが切り落としてくれた髪《かみ》は、ちょうどかゆいところだったんだ』第三の頭は言いました。

『おまえはおれのおかっぱの髪をすいてくれたな』第四の頭は大満足でした。

『おまえのその櫛《くし》で、毎日おれの髪をひっかいてくれるといいんだがな』第五の頭はぼそぼそとつぶやきました。

『おれは、そんなほそい針金でさわられたくらいじゃ、なんにも感じないな』と第六の頭が言いました。

『なあ、君』第七の頭が言いました。『もう一度、おれをくすぐってくれよ！』

そこでボコウン巡査はリボルバーを抜いて、龍の頭にそれぞれ一発ずつ、七回発射しました。『ええい、この野郎』龍は怒って言いました。『おれに砂を引っかけるなよ、おれの髪が砂まみれになるじゃないか！』

『こんちきしょう、きさまの放ったほこりがおれの目に入ったぞ！』

『おまえが投げたごみが、歯のあいだにはさまっちまったじゃないか！』

『ようし、こうなったらもう勘弁《かんべん》ならん』

龍はそうわめくと、七つの頭がいっせいに咳払いをして、七つ全部の口から同僚ボコウン巡査に向かって炎をはきかけはじめました。

ボコウン巡査はひるみませんでした。勤務指導要項を引っぱり出して、自分より強い相手に出会ったときには、警官はどうすべきかと書いたところを読みました。すると、そんなときには『助けを呼べ』と書いてありました。

次に、もし近くに火が出ていたときにはどうするかを書いてあるところを探しました。すると、そんな場合には『消防署に電話せよ』と書いてありました。

そういうふうにして、何をしたらいいかということを全部読みおえると、消防と応援《おうえん》の警官を呼びました。ラバス、マタス、クドラス、フィルバス、ホラスとわたしの六人の同僚が大急ぎで応援に駆けつけました。すると同僚のボコウンはわたしたちに言いました。

『おい、同僚、それじゃあ、われわれはこの龍にとらえられている、その女の子を助け出すことにしよう。こやつはたしかに装甲車《そうこうしゃ》のような頑丈な龍だ。だからサーベルなんかでは歯が立たない。

しかし、この龍はしっぽを振るために、そこのところがすこしやわらかくなっていることを発見した。だから、おれが三つ数えたら全員でしっぽのところに切りつけてくれ。しかし、そのまえに、われわれの制服に焼け焦げの穴をつくらないように、消防隊に龍の火を消してもらわなければならない』

ちょうど、そう言い終わったとき、〝ユダヤ人の竈〟のほうに、ピーポー、ピーポーと七台の自動放水車と七人の消防士が到着しました。

『消防士たち、用心しろ』ボコウン巡査が雄々《おお》しく叫びました。『おれが三まで数えたら、各自一つづつ、頭に向かって放水してくれ。ただし、放水は喉の奥の扁桃腺《へんとうせん》をめがけてしなければならない。なぜなら、そこから火が放射《ほうしゃ》されているからだ。さあ、いいか、一、二、三！』そこで『三』の声を聞くと、消防士たちは七本の水のすじを、まっすぐ、火炎放射器《かえんほうしゃき》のように火を吹いている龍の七つの口に向かって、そそぎ込みました。すると、火に水をかけたときのような〝ジューッ〟という音がしはじめたではありませんか！

龍はジュージュー、シャーシャー、ブシュブシュ、ゴボゴボ、ゴホンゴホン、ウッフウッフ、アワワワ、エヘヘ、ゲヘンゲヘン、ウヒーウヒー、ウホーウホー、ギャハーギャハー、ゲップゲップ、シューシュー、ウウーンといったような声をあげ、最後に『おかあちゃーん』と叫んで、自分のまわりをばたんばたんとしっぽでたたき回りました。でも、消防士はそんなことでは容赦しませんでした。ホースの水をそそぎ、七つの龍の頭からめらめらと燃えさかる炎のかわりに、蒸気機関車《じょうききかんしゃ》のような蒸気が吹き出して、一歩先も見えなくなるまで水をそそぎつづけました。やがて蒸気も薄くなりましたので、消防士たちは放水をやめ、警笛《けいてき》を鳴らしながら、引き上げていきました。

龍は全身ずぶぬれになり、ぐったりして、ただシーシーと蒸気を吹くような音を出し、ペッペッとつばをはき、目に入った水をぬぐって、うなっていた。

『おい、きさまたち、こうなったからには、もう許さんからな！』

しかし、そのとき同僚のボコウンが大声で言いました。『用意、みんないいか、一、二、三！』そして彼が『三』と言ったとき、われわれ警官全員がサーベルで龍の七つの頭のつけ根に切りつけました。すると七個の頭は地面の上にころがり、消防車のホースが七個の口に注ぎ込んだとおなじように、首の切り口から水が吹き出し、あたり一面にまきちらしました。

『さあ、いらっしゃい』同僚のボコウンがそのムルシア王国のお姫さまに言いました。『でも、お着物をぬらさないように気をつけてくださいよ』

『ありがとう。あのこわい龍を退治《たいじ》して、あたしを救い出してくださった、とっても勇ましい英雄さん！』とお姫さまがおっしゃいました。『あたしは、ちょうどお友達といっしょにムルシアのお城の庭でバレーボールやハンドボールやディアボロ〈空中でまわすコマ〉をして遊んでいたの。そしてかくれんぼをしているときに、その大きな龍が飛んできて、途中で休憩もとらずに、ひとっ飛びに、あたしをここまで連れてきたのよ』

『じゃあ、お姫さま、どこをどういうふうに飛んできたのですか？』同僚のボコウンはたずねました。

『アルジェ、マルタ島、イスタンブール、ベオグラード、ウィーン、ズノイモ、チャースラフ、ザ

ービエフリツェ、ストラシュニツェを通ってここまでよ。正味三十二時間十七分五秒、ノンストップ』ムルシア王国のお姫さまはおっしゃいました。

『それじゃあ、その龍は長距離無着陸飛行の新記録をつくったわけですね』同僚のボコウンはおどろきました。『それはそれは、お姫さま、おめでとうございます。しかし、本官はただちに、あなたさまのお迎《むか》えに、誰かをこちらに派遣《はけん》されるよう、お父上に電報を打たなければなりませんね』

そう言いおわるか、おわらないうちに自動車のエンジンの音がして、王冠《おうかん》を頭にかぶり、白い毛皮に金らんをほどこした王衣にくるまれたムルシア王国の王さまがみずから車から飛び出してきて、喜びのあまり片足でぴょんぴょん飛び跳ねながら、叫ばれました。

『わしのだいじな、だいじな娘よ、やっとこさで、おまえを見つけたぞ！』

『陛下《へいか》、おまちください』同僚ボコウンは王さまをさえぎりました。『あなたはそのご自分の自動車で道路を猛スピードで突っ走られ、スピード違反をおかされた。おわかりですね？　それでは七コルンの罰金を払っていただきましょう』

ムルシア王国の王さまはポケットのなかをかきまわしてから、はじめて、低い声でつぶやかれました。

『わしとしたことが、なんて馬鹿なことを。たしかに、わしは七百ドブロン、ピアストルにドカート、千ペセタ、三千六百フランク、三百ドル、八百二十マルク、それに、千二百十六チェコ・コルンと九十五ハレーシュを持って、城を出てきたんだがな。ところが、ポケットのなかには一銭《せん》一厘《りん》一毛《もう》も残っとらん。すっからかんの空財布《からさいふ》じゃ。わしはその金をぜんぶガソリン代とスピード違反

の罰金に使いはたしたらしい。勇敢なる騎士よ、わしはその七コルンとやらを大蔵大臣に送らせることにする』そう、おっしゃってムルシア王国の王さまは咳払《せきばら》いをして、手を胸にあてて同僚のボコウン巡査にさらにおっしゃいました。『わしはあんたの制服姿に、また、おなじく、あんたの高貴なる風貌《ふうぼう》によって、あんたがそれなりに名声かくかくたる戦士、または、王子、または、国の高官であろうかと察する。あんたがわしの娘を助け出してくれたばかりか、かの恐ろしきムルハセーン山の龍を退治したという手柄にたいして、わしの娘の手をあんたに与えたいと思っておったところだが、あんたが左手に結婚指輪をしておられる、ということから察して、あんたは妻帯者《さいたいしゃ》だな。子供はおいでなされるかな？』『います』ボコウン巡査は答えました。『三歳の男の子と、まだおむつをしている女の子でありま
す』
『それはめでたい』ムルシア王国の王さまはおっしゃいました。『わしはこの娘だけだ。じゃあ、そうだ、わしのムルシア王国の領地の半分をあんたにあげよう。その広さはおよそ七千四百五十九キロ平メートルの地所に、七千百五キロの鉄道、一万二千キロの道路が整備され、男女あわせて二千二百七十五万九百十一人の住民が住んでおる。どうだ、これで手を打たんかね？』
『国王陛下』同僚のボコウンは言いました。『そのご提案《ていあん》をお受けすることはひじょうにむずかしいことであります。わたくしも、ここにおります同僚たちも、任務《にんむ》にしたがってこの龍を退治《たいじ》したのであります。なぜならば、この龍はわたくしの公式の召喚《しょうかん》に応じず、警察署への同行を拒否したからであります。それにまた、任務の遂行にたいして、われわれ警官がなんらかの謝礼《しゃれい》を受けとる

など、とんでもない話であります！　陛下《へいか》、そのようなことは、いっさい、われわれには禁じられているのであります』

『ははーん』王さまはおっしゃいました。『それならば、わが王国の感謝のしるしに、ムルシア王国領の半分を、その諸設備とともに全プラハ警察に贈呈するというのであれば、たぶん許されるじゃろう』

『それならば可能ではありましょう』同僚ボコウンは言いました。『しかしながら、国王陛下、そのことにしましても、困難がともなうことにはかわりありません。われわれはプラハ市の全区域はもちろん、食品税徴収所〈昔、プラハ市圏内に食品を持ち込むときには税金を払わなければならなかった。一九四二年に廃止〉にいたるまで巡回と監視をわれわれは命じられているのであります！　もし、われわれがさらにムルシア王国の半分までがプラハ市にくわえられるとしたら、そこもわれわれが見まわらなければならなくなります。そうなるとわれわれは巡回の速度をもっと早めなければならなくなり、そのためにわれわれの足はいっそう痛くなるでしょう。国王陛下、われわれは陛下においに感謝いたしますが、われわれにはプラハだけで、もう十分なのであります』

『ならば、せめて』ムルシア王国の王さまはおっしゃいました。『あんたに、このタバコのひと包みをさし上げよう、わしが旅行用に持ってきたものだ。これは本物のムルシアン・タバコでな、もしぎゅうぎゅうに詰めなければ、七本のパイプにちょうどつめられるだけの量がある。さあ、娘や、すぐに車にのりなさい、さあ、行こう』

そして、王さまの自動車がものすごく大量の砂ぼこりを巻き上げたので、王さまの姿は車もろとも砂煙のなかに見えなくなりました。そこでわたしたちは、つまり同僚のラバス、ホラス、マタス、クドラス、フィブラスとボコウンとわたしは警官の詰め所に行って、そのムルシアン・タバコをそれぞれ自分のパイプにつめました。みなさん、わたしはこんなタバコの香りをこれまで一度も嗅《か》いだことはありませんでしたよ。そのタバコはそれほど強くはありませんでしたが、香りがなんとも言えず、蜜のような、バニラのような、お茶のような、シナモンのような、お香のような、カーネーションのような、バナナのような香りがするのです。でも、わたしたちのパイプそのものがひどいにおいでしたから、そんないい香りをまるで感じないくらいでした。

そこであの龍を博物館におさめようとしたのですが、わたしたちが来たときには、すでに龍はかんてんのようにぶよぶよになっていました。だって、ずぶぬれになったうえに、水をたっぷり吸いこんでいましたからね、すっかりいたんでしまっていたのです。と、まあ、わたしが知っているのはこれだけです」

クバート巡査が警官詰所で〝ユダヤ人の竈《かまど》〟の龍についての話を語りおえたとき、お巡りさんたちはしばらくのあいだ、みんな黙ってタバコをふかしていました。きっと、みんな、ムルシアン・タバコのことを考えていたんでしょうね。やがてホジェラ巡査が口を開きました。

「いま、同僚のクバート君が〝ユダヤ人の竈〟の龍についてお話ししましたが、なんなら、ぼくはヴォイチェシュスカー通りの龍についてお話ししましょうか。以前、ぼくがヴォイチェシュスカー通りを巡回しているときでした。そこの教会のそばのすみっこに、ふと、大きな卵があるのを見つけたのです。それは警官のヘルメットのなかにも入りきれないくらいの大きさで、大理石でできてい

るかのように重たい卵でした。『やあ、これはまたどうしたことだ』とぼくは心のなかで言いました。たぶん、ダチョウかなにかの卵だな。おれはこいつを本署の遺失物係《いしつぶつがかり》の所まで持っていこう。こんな卵のことだ、持ち主がきっと現われてくるにちがいない。

——当時、その係には同僚のポウルがいました。彼はちょうど脊椎《せきつい》の痛みに悩んでいましたから、背中を冷やさないように鉄製のストーブをたいていました。ですから部屋のなかはまるでオーブンのなかのように、または竈《かまど》のなかか、乾燥室のなかのように暑くなっていました。

『おい、ポウル』ぼくは呼びかけました。『こんなにがんがん部屋を暑くして、おまえ、まるで冷え性の婆《ばあ》さんみたいだな。では、報告する。おれはヴォイチェシュスカー通りで、なんかしらんの卵を発見した』

『じゃあ、そのへんにころがしておいてくれ』同僚のポウルは言いました。『それから、そこにすわれ。おれの背中の痛みがどんなにつらいか、こんどは、おれがおまえに報告してやろう』

そこで、すこしのあいだ、話のおもむくままに語り合っていました。やがて、あたりが暗くなりはじめましたが、部屋のすみのほうで、とつぜん、バリバリだかメリメリだか、そんな音がするのが聞こえてきたのです。そこで、ぼくたちは電灯をつけてのぞいてみました。すると、その卵から龍がはい出していたのです——たぶん、この部屋のものすごい暑さで卵がかえったのでしょうね。それはプードルとかフォックステリアほど大きくはありませんでしたが、それはたしかに龍《りゅう》でした。ぼくたちはすぐにそれがわかりました。なぜなら七個の頭がついていたからです。つまり、そのことからもそれが龍であると見分けがついたのです。

『ややや』同僚のポウルが言いました。『おい、こんなもの、どうすりゃいいんだ？　この獣《けだもの》を排除するように動物処理係に電話をしたほうがよさそうだな』

『なあ、ポウル』ぼくは彼に言いました。『こんな龍はそうとうに貴重な動物だぞ。おれは、新聞の三行広告欄に持ち主は申し出るように通達《つうたつ》を出すべきだとおもうがな』

『そうか、いいだろう』ポウルは言いました。『だけど、その間、おれたちがそいつを養わなきゃならんのか？　ためしにミルクとパンくずをやってみよう。どんな赤ん坊にもミルクはいちばん栄養になるからな』

そこで龍の赤ん坊のために七個のビスケットを細かく割って七リットルのミルクのなかにひたしました。龍の赤ん坊がどんなふうにがつがつと飲んだか、そりゃあ、もう、すごい見ものでしたよ。一つの頭がもう一つの頭を皿から押しのける。するとその頭がみんなうなり声を上げて、おたがいに牽制《けんせい》しあい、先を争ってミルクをぺちゃぺちゃと音を立てながらすするのです。そのあげく、ミルクを事務所じゅうにはねとばして汚してしまうほどでした。やがて七つの頭がつぎつぎに口のまわりをなめまわすと、首をひっこめて眠りにつきました。同僚のポウルはプラハじゅうの紛失したものや、ひろわれてきたものがみんな納めてある自分の仕事部屋に龍をとじこめ鍵をかけました。そしてすべての新聞に次のような広告を出しました。

『卵からかえったばかりの龍の赤ちゃんがヴォイシュスカー通りで発見された。このものには頭が七つあり、黄色と黒の縞《しま》がある。心当たりのある者は警察署遺失物係に申し出ること』

翌朝、同僚のポウルが事務室にくると、彼の口から思わず悪態《あくたい》の数々が噴出《ふんしゅつ》しました。『なーん

だ、こりゃあ、この罰当たりの、くたばりそこないの、あほんだらの、とんちきちんの、こんこんちきの、こんちきちきの、あんぽんたんの、かわながれの、えーい、もーう、このうえ、おれの腹をたてさせないでくれ！』

ポウルが怒るのもあたりまえですよ。だって、その龍の子供ときたら、誰かがプラハ市内でなくしたものとか、ひろったものとか、なにもかもみーんな、一晩のうちに食べつくしてしまったんですからね。だから、指輪とか、時計だとか、財布とか、かばんに帳面、ボールに鉛筆、筆箱にペン立て、学校の本にびー玉にボタンに製図用具、手袋、それにくわえて、さらに、遺失物受け取りの申請用紙《しんせいようし》、その他の書類、記録やメモのたぐい、ようするにポウルの事務室にあったものみーんな、一切合財《いっさいがっさい》、ポウルのパイプや石炭をくべるためのスコップ、書類に線を引くのに使っていた定規《じょうぎ》にいたるまで、みんなたいらげてしまったのです。その龍はあんまりたくさん食べたので、いっぺんに大きくなっていました。でも、それらの頭のなかには気分のよくないらしいものもありました。『うーむ、こいつはまずいな』同僚のポウルは言いました。『この獣をここに置いておくわけにはいかん』

そこで彼は動物愛護協会に電話をして、この信頼にたる協会が龍の子供に、迷子の犬や猫にたいしておこなっているような庇護《ひご》を提供してくれるようにたのみました。『よろこんで、お引き受けいたしますよ』と協会はいって、龍の子供を世話するために引きとった。『ところで、いったい、こんな龍はなにを食べさせて飼えばいいんだろうね。まるで見当もつきませんよ』と協会はそのあとで言った。『大百科事典のなかにもそんなことは書いてないのでね』

そんなわけで、協会では試しに、その龍にいろいろなものを食べさせてみました。ミルク、ハム、ソーセージ、卵、ニンジン、パンがゆ、チョコレート、ガチョウの血、そら豆、干し草、スープ、穀物、特製の薫製《くんせい》ソーセージ、トマト、ライス、食パン、砂糖、ジャガイモ、ドライフルーツなどです。子供の龍はそれらのものをみんな、ぺろりと食べてしまった上に、その協会の本や新聞、絵、ドアの鍵まで、ようするにそこにあるものはなんでもかんでも、みんながつがつと食べてしまったのです。ですからもう、すでにセント・バーナード犬よりも大きくなってしまいました。

しかし、そうこうするうちに、協会にルーマニアの首都ブカレストから一通の電報がとどきました。そのなかには魔法使いの筆跡で次のように書いてありました。

『龍の子供は魔法にかけられた人間である。詳細は口頭で。三百年以内にウィルソン駅に到着する。魔法使いボスコ』

そこで動物愛護協会では困りはてて、言いました。

『やれやれ、この龍の子が魔法にかけられた人間の子供だとしたら、それは、つまりは人の子ということになるじゃないか。そうなると動物の保護柵のなかで飼うことはできん。孤児院《こじいん》か児童福祉施設《じどうふくししせつ》に送らんといかんな』

ところが孤児院や児童福祉施設のほうでは反対にこう言いました。

『やれやれ、この人間が魔法で動物にされたのなら、もはや、それは人間ではない。むしろ動物とみなすべきである。なぜなら、魔法で動物になったのだから、もはや人の子ではないのだ。エルゴ*（ゆえに）、魔法にかけられた人間は、われわれの関知するところにあらずして、動物として保護されるべきである』とかなんとかで、魔法で動物に変えられた人間は、人間か動物かで意見が一致せず、一方の協会も、もう一方の孤児院や保育施設もその龍の面倒を見ることをいやがりました。〈*エルゴ・この言葉はチェコ語ではなくラテン語。十七世紀のフランスの哲学者デカルトの有名な言葉「コギトー・エルゴ・スム」(われ思う、ゆえに、われ在り)からの転用、「ゆえに」の意味。チャペック的ユーモアの一つ。〉

そこでかわいそうな龍の子までが、いったい自分はどちら側につけばいいのかわからなくなってしまいました。その結果、龍はすごく不機嫌になって、いままでみたいにがつがつ食べるのもやめてしまいました。三番目と五番目と七番目の頭が、とくにそうでした。

その動物愛護協会に一人の小柄でやせた人がボランティアに来ていました。まるで元気がなく、内気な性格でした。名前はまあ頭にNがついた、そう、ノヴァーチェクかネラド、またはノヘイル——いや、そうじゃなくて、そう、トルチナにしましょう。このトルチナさんが、龍の頭が次々にこの悩みのおかげで元気をなくしていくのを見て、協会に申し出ました。

『みなさん、たとえ、それが人間であろうと動物であろうと、わたくしがその龍を家につれて帰ります。そして、その龍に合った世話をいたします』

すると、みんなは『うん、それはありがたい』と言いました。それで、トルチナ氏はその龍を自分の家につれて帰りました。

このことは言っておかなければならないでしょう。彼は龍の面倒《めんどう》をよく見ました。餌を食べさせ、髪をすいたり、なでたりしました——彼、トルチナ氏はすごく動物好きだったのです。ですから、毎晩、勤めから帰ってくると、すこしランニングをさせるために龍を散歩につれていきました。す

ると龍はまったく犬みたいに彼のうしろから飛び跳ねながらついてきて、しっぽを振り、アミナという名前で呼ぶと、その名に反応をしめしました。
ある日の夕方、散歩の途中のトルチナさんと龍のアミナを、市の動物監視員が見かけて、言いました。『トルチナさん、ちょっとお待ちなさい。その動物はいったい、なんと見なせばいいんでしょうね。もし、それがなにかの野獣、ないしは猛獣、それとも野性動物というのであれば、あなたはそんな動物をつれて市内の通りを歩いてはいけません。しかし、それを犬と見なすなら、あなたはその動物の首に犬の鑑札《かんさつ》をつけなければなりません』
『これは非常に貴重な種類の犬なのです』とトルチナ氏は言いました。『いわゆるテリア龍、あるいは、グレーハウンド龍、または七頭犬というやつです。そうだな、アミナ？　心配いりませんよ、ぼくはすぐに鑑札を買いますから、動物監視員さん』
そういって、犬の鑑札を買いました。かわいそうに、もしかしたら、トルチナ氏は有り金ぜんぶはたいたのかもしれません。そしてまた動物監視員に出くわしたのです。動物監視員は言いました。『トルチナさん、これじゃあ、だめですよ。だって、その犬が七つの頭をもっている以上、一つ一つの頭に鑑札をつけなければなりません。規則によれば、犬はそれぞれの首に鑑札をつけなければならないと書いてあります』
『でもねえ、監視員さん』トルチナ氏は反論しました。『アミナはまんなかの頭の首に鑑札をつけているじゃありませんか！』
『そんなことは関係ありませんよ』動物監視員は言いました。『だって、ほかの六つの頭は首に鑑

札をつけずに走りまわっているじゃありませんか。そんなことを見逃すわけにはいきません。でなければ、あんたの犬を没収《ぼっしゅう》せざるをえませんな』

『すみませんが、動物監視員さん』トルチナ氏は言いました。『もう、三日間だけ待っていただけませんか、そしたら、わたしはアミナの残りの頭にも鑑札を買ってやりますから』

そうして、トルチナ氏はすっかりしょげ返って、家に帰りました。なぜって、トルチナ氏はお金にかんするかぎり、もう銅貨一個さえもっていなかったからです。

家に帰ると、お金がまるっきりないのが悲しくて、ほとんど泣きだしそうな顔をして腰をおろしました。トルチナ氏は、もし動物監視員がアミナを没収したら、きっとサーカスに売るか、殺してしまうかするにちがいないと思いました。そしてトルチナ氏がこれほどまでに悲しみ、ため息をついていると、龍が近づいてきて七つの頭をみんな彼の膝の上に乗せました。そして、とっても美しい、悲しそうな目で彼の目をじっと見つめました。それは、あらゆる動物が愛し信頼している人間を見るときに見せるような、すごくかわいらしい、まるで人間のような目でした。

『アミナ、ぼくはけっして君を手放さないからな』トルチナ氏はそう言って、龍の七つの頭をみんな、やさしくなでました。やがてトルチナ氏は父さんの形見の時計とよそ行きの服と、持っているなかでいちばんいい靴を取り出すと、それをみんな売ってしまいました。そして、さらにいくらかのお金を借りて、そのお金をぜんぶ使って、六個の犬の鑑札を買い、龍の残りの首輪にもさげてあげました。それから龍をつれて通りに出ると、まるで鈴をつけた橇《そり》が行くように、すべての鑑札がぶつかりあって、ジングル・ジングルとベルのような音をたてました。

しかし、それですんだわけではありません。その日の夕方、トルチナ氏のところに家主さんがやってきて言いました。『トルチナさん、わたしはどうも、あんたの犬が好きになれんのですよ。たしかに、わたしは犬のことは、あんまりよく知りませんがね、でも、みんなは、あれは龍だと言っていますよ。ですからね、トルチナさん、わたしはそいつがわたしの家のなかにいるのが、どうしても我慢《がまん》できんのですよ』

『家主さん』トルチナ氏は言いました。『だって、アミナはだれにも悪いことはしていないじゃありませんか！』

『そんなこたあ、わたしには関係ありませんな』家主さんは言いました。『しかしですね、だいたい龍なんて代物は、うちみたいな、まじめな人ばかり入っているアパートにはふさわしくないんですよ。さあ、これで話は終わり！　もしその犬をどっかへやってしまわないなら、今月いっぱいでこの家から出ていっていただかなければなりません。では、よろしく、トルチナさん』そう言うと家主さんは、大きな音をたててドアを閉めて、行ってしまいました。

『ほら、わかったかい、アミナ』トルチナ氏は泣きながら言いました。『こんどは、ここから出て行かなきゃならなくなったんだよ。だけど、ぼくは君をぜったいに手放さないからね』

そのとき、その龍はしずかに体をすりよせてきました。そしてその目をすごく美しくかがやかせましたので、トルチナ氏がたえられなくなったほどでした。

『そうか、そうか』トルチナ氏は言いました。『なあ、おまえにも、わたしがおまえを好きだということがわかるのか』

つぎの日、トルチナ氏は心配ごとで胸をいっぱいにしながら、仕事に出かけました——要するに、彼はどこかの銀行につとめていたのです。銀行につくと主任が彼を呼びつけました。

『トルチナ君』主任は言いました。『もちろん君のプライベートな問題に口出しするつもりはないんだがね、なんでも、君が家で龍を飼っているという妙な噂《うわさ》があるんだよ。いいかね、君の上役のなかにも龍を飼っているというような人は一人もいない。龍を飼うことが許されるのは、どこかの王さまかサルタンくらいのものだ。通常の人間には許されん。トルチナ君、君はかなり身分不相応な生活をしているのだよ。その龍をどこかへ手放すんだな。さもなきゃ、君は今月いっぱいでクビだ』

『主任さん』トルチナ氏はしずかに、しかし、きっぱりと言いました。『ぼくはアミナを手放しません』

トルチナ氏は、口ではとてもいい表わせないくらい、悲しい思いをいだいて家に帰りました。家に帰ると、魂の抜け殻みたいになって、ぐったりと椅子にすわり、目からは涙が流れはじめました。

『もう、こうなったら、おれはおしまいだ』そう自分に言って、泣きました。すると、そのとき彼の膝に龍が頭を一つ乗せたのを感じました。涙でその龍がよく見えなかったのです。しかし彼はその頭をなでながら、ささやきました。

『心配ないよ、アミナ、ぼくは君をどこにもやりはしない』

そう言って、その頭をなでているうちに、その頭はなんとなくやわらかな、ウエーブのかかった

長い髪のように思われてきました。そこで、目をこすり、よく見ました――すると、どうしたことでしょう、龍のかわりに美しい娘が彼のそばにひざまずいているではありませんか。

『ややーっ』トルチナ氏は叫びました。『アミナはどこへ行った?』

『アミナはわたくしよ、王女の』娘は言いました。『わたくしはあまりにもうぬぼれが強く、意地悪だったので、いままで、このように龍の姿に変えられていたのです。でも、トルチナさん、いまでは、わたくしは子羊のように、すなおですわ』

『アーメン』ドアの所から声がしました。見ると、そこには魔法使いのボスコが立っていました。『あんたは彼女にかけられた魔法を解《と》いたのじゃよ、トルチナ殿。すべての愛は人間であれ、動物であれ、そのかけられた魔法から解き放つのじゃ。アミナちゃん、それに子供たち、しあわせな結末でよかったなあ! トルチナ殿、ここにいるお嬢さんのお父上からの伝言がある。あなたはこの娘の父親《ちちおや》の王国へ行き、王位を継ぐようにとの伝言じゃ。さあ、行こう、列車に乗りおくれんようにな』

というわけで、これがヴォイチェシュスカー通りの龍事件の結末です」そう言って、ホジェラ巡査はつけくわえました。「もしこの話が信じられなかったら、同僚のポウル巡査にたずねてください」

第八話

郵便屋さんの童話

ぼくにはどうも不思議なんだけどね、童話のなかにはいろんな職業や身分の人たちが出てくるよね。たとえば「王さま」だとか「王子さま」だとか、「盗賊」や「羊飼い」、それに「騎士」や「魔法使い」、「巨人」に「樵《きこり》」「水男《かっぱ》」なんかだ。それなのに、どうして「郵便屋さん」の童話ってないんだろう。一つくらいあってもいいはずじゃないか、そうだろう？

まあ、こういっちゃあ、なんだけど、郵便局というのはもともと悪い魔法や呪《のろ》いにかけられたようなところだよね。いたるところに、はり紙や札が下がっている。やれ「禁煙」だの、やれ「犬の同伴は禁止」だの、そのほかにもたくさんの禁止の札が下がっている――ぼくは言いたいんだけど、こんなにたくさんの通達や禁止の札が下がっているというのに、魔法使いや猛獣は「立ち入り禁止」とは書いてないんだよ。こんなのって片手落《かたておち》ちだとは思わないかい？ そんなところから見ても、郵便局というのは不可解《ふかかい》で独断的《どくだんてき》な役所なんだなあ。

ところで、子供たち、君たちのなかに、夜、郵便局が閉まったあと、そこで、どんなことが起こっているか見たことのある人いるかい？ ねえ、みんな、ぼくたちだって見れるものなら見てみたいよね！　ところがね、ある人がね（実は、その人はコルババさんと言って、本物の郵便局員、つまり郵便屋さんなんだ）、ほんとうに見たんだよ。そして、そのことをほかの郵便局の人や郵便配達さんに話したんだ。そしてその話を聞いた人がまたほかの人に話したので、じゅんじゅんに伝わって、ぼくの耳にまでとどいたというわけさ。それで、ぼくもこの話を独り占めにしておくのはもったいないような気がするので、君たちにお話ししようというわけさ。じゃあ、はじめるよ。

そこでだ、郵便局員であり郵便を配達するのが職業のコルババさんは、いつのころからか自分の職業がなんとなくいやになってきた。それと言うのもね、郵便を配達してまわる郵便屋さんというのはね、毎日毎日、すごく長い距離を歩かなきゃならないだろう、ときにはすごく急がなければならないし、駆けたり走ったり、追いかけたりで、歩数にすると一日に二万九千七百三十五歩も歩かなきゃならない——そのなかには階段が昇り降りの八千二百四十九段がふくまれている——おまけに、配達する郵便物ときたら、ダイレクトメールやなにかの請求書、そのほか見てもちっともおもしろくも、おかしくもない、こんな苦労をしてまで配達するのがばかばかしいような、つまらない郵便物がほとんどだ。それに、郵便物をあつかう部署そのものが、こんな気のめいるような、とても童話みたいなことがおこりそうな場所でないときている。そんなこんなで、コルババさんは自分の郵便屋さんという職業について、いろんなことを言って、ぼやいていたんだ。

そんなある日のこと、コルババさんはすっかり気がめいって、郵便局のストーブのそばの椅子にすわって居眠りをしていた。そして、もう夕方の六時になったのも気づかなかった。六時の時計が打つとほかの郵便局員や郵便配達さんは出ていってしまう。そして郵便局に鍵をかける。だからコルババさんは閉じ込められたまま、郵便局のなかにとり残されて、眠っていたんだ。たぶん、もう真夜中に近いころだったんだろうね。床の上をネズミががさごそと駆けまわるような音がして、コルババさんは目を覚ましました。

「なんてことだ、ここにはネズミがいるのか」とコルババさんはひとりごとを言った。「ネズミ取りをしかけんといかんな」

そう言いながらネズミの足音のするほうをのぞいてみたんだ。すると、なんと、そこにはネズミなんかではなくて、いたのはスクジーテク（男の妖精）の郵便屋さんだったんだ。それはね、すごく小さな、髭をはやした小人たちだ。大きさは、アメリカ原産の大型のニワトリ、ワイヤンドット種の小さめのメンドリくらいか、さもなければ、リスか野ウサギくらいかなあ、まあ、そんなところだ。そして頭には本物の郵便屋さんと同じような郵便局員の帽子をかぶり、本物の郵便屋さんのようなマントまで着ていた。

「なんだ、こりゃあ！」とコルババさんの口から思わずおどろきの声がもれた。しかし、そのあとは彼らをおどろかさないように、黙って口をつぐみ、くすっとも、ぶすっとも言わなかった。するとどうだろう、そのなかの一人のスクジーテクの郵便屋さんが、明日、コルババさんが配達することになっている郵便物をきれいにそろえなおしているじゃないか。もう一人は郵便物を分類している。三人目のスクジーテクの郵便屋さんは小包の重さを計り、それに伝票をはりつけている。四番目のスクジーテクは、小箱に決められたとおり紐《ひも》がかかっていないといって、小言を言っている。

ZÁKAZ
KOUŘENÍ

五番目のスクジーテクは窓際にすわって、郵便局の経理職員がするように、お金を数えている。「やっぱり、思ったとおりだ」そのスクジーテクはつぶやいた。「ここにすわっているあの郵便局員はまた一ハリーシュ〈いまの日本の一円ていどの額かな〉まちがえている。せっかくだから、ここんとこをなおしておいてやろう」

六人目のスクジーテクは電信機のまえにすわって、電報を打っている。だいたい、こんなふうだ。トン・トン・ツー・ツー・トントントン・ツー。でもコルババさんにはどんな電文だかわかった。ふつうの言葉になおすと、「ご機嫌いかが、中央郵便局くん？　こちらは郵便局スクジーテク第三十一番、報告いたします、こちらはすべて順調。段落。同僚のマトラフォウセクは咳《せき》がとまらないので、欠勤すると届け出あり。段落。じゃあ、ごきげんよう。段落」ということになるかな。

「ここにカンニバル王国〈人食い人種王国〉のバンボリンボナンダ市宛ての手紙が一通あるんだが」第七のスクジーテクが言った。「そんな国、どこにあるんだろう？」

「そいつはベネショフ経由だ」八番目のスクジーテクが言った。「そこに書きくわえておきたまえ、カンニバル王国、ドルニー・トレビゾン駅、コチチー・フラーデク〈猫の館〉郵便局留だ。航空便。これでよし、終わったぞ。どうだい、諸君、ここでしばらくトランプでもしないか？」

「そいつはいい」と第一のスクジーテクが言って、三十二通の手紙をかぞえてそろえました。「これがトランプだ。さあ、はじめよう」

第二のスクジーテクが受け取って、トランプがわりの手紙をまぜあわせた。

「あとは、引き受けた」と第一のスクジーテクが言った。

「じゃあ、配ってくれよ」と第二のスクジーテクが言う。

「やれ、やれ」と第三のスクジーテク。「こいつはひどい手紙にあたったもんだ！」

「よし、もらった」と第四、そして手紙で机をパンとたたいた。

「おれの手紙のほうが上だな」と第五のスクジーテクは言って、そっちの手紙の上においた。

「なにを言うんだ、ぼくのに比べりゃあ、たいしたことはない」六番目のスクジーテクは言うと、ほかのカードの上にかさねた。

「うっはー」第七のスクジーテクはひょうきんな声をあげた。「そんなら、ぼくのカードはもっと強いぞ」

「そして、おれのは勝利のエースでございだ」八番目のスクジーテクは叫んで、場に積まれたほかのカードの上にほうった。

こんなふうだったからね、子供たち、コルババさんはもう我慢ができなくなって、おもわず、大声で呼びかけたんだ。

「ちいさなみなさん方、おじゃまとは思いますが、それにしても、あなた方はどんなカード遊びをなさっているのです、教えていただけませんか？」

「ああ、コルババさん！」第一のスクジーテクが言った。「わたしたちはあなたを起こすつもりはなかったのですがね、でも、もう目を覚まされたのなら、こっちへ来ていっしょにゲームをいたしましょう。わたしたちはごく普通のマリアーシュ〈同種のキングとクイーンをそろえる遊び〉をやっているだけですよ」

コルババさんはそれ以上、たずねようともせずに、自分からスクジーテクのあいだにすわった。

「それじゃあ、これがあなたの持ち札です」第二のスクジーテクが言って、コルババさんに数通の手紙をわたした。「さあ、はじめよう」

コルババさんは受け取った手紙を見て、言った。

「どうか、みなさん、悪く思わないでいただきたいのですが、わたしの手にはトランプのカードは一枚もありません。わたしが持っているのは未配達の手紙だけですがね」

「もちろんですよ」第三のスクジーテクが言った。「これがわたしたちのトランプ・カードなんです」

「ふーん」コルババさんは言いました。「この遊びでは一番よわいカードは七で、次に八が来て、九が来て十となり、絵札のジャック、クイーン、キングとつづいて、エースが最強のはずです。でも、この手紙にはそんな印はなんにも書いてありません」

「ああ、コルババさん、あなたはだいぶ思いちがいをしていらっしゃる」第四のスクジーテクが言った。「じゃあ、お教えしましょう。これらのどの手紙も、なかに何が書いてあるかによって、強いか弱いかがきまるんです」

「最低のカードは」と第一のスクジーテクが説明をした。「いわゆる七、なかに嘘《うそ》とか偽善的《ぎぜんてき》なことが書いてある手紙です」

「そのつぎに低いのが八です」第二のスクジーテクが説明をひきついだ。「それは書きたくはないんだけど、書かなきゃならないから仕方なしに書いた手紙です」

「三番目に低いカードは九です」第四番目のスクジーテクが言った。「それは儀礼《ぎれい》というか虚礼《きょれい》というか、ただ義理を欠かないために書いた手紙です」

「高いほうのカードのはじめは十です」第四のスクジーテクが言った。「それは、なにかおもしろいこと、目新しい出来事などを書いた手紙です」

「次に高いカードは下のジャック〈スポデク〉です」と第五のスクジーテクが言った。「それは相手をよろこばせようとおもって出す手紙です」

「三番目に高いカードは上のジャック〈スヴルシェク〉です」第六のスクジーテクが言った。「それは親友同士のあいだで交わされる手紙です」

「四番目に高いカードはキングないしはクイーンと呼ばれています」第七のスクジーテクがつけ加えた。「そして、これは愛から書かれた、そんな手紙です」

「そして最高位に位置づけられるカードはエースです」八番目のスクジーテクが説明した。「そのような手紙をとおして、書いた人は全身全霊を相手の人に捧げるのです。これはほかのすべてのカードを圧倒し、勝利をおさめるカードです。念のために言っておきますと、コルババさん、このような手紙は、母親が自分の子供に、または人が自分自身より以上に愛している人に書いた手紙のなかに見つけることができます」

「ほーう」コルババさんは言った。「それにしても、いったい、どうして手紙のなかに書いてあることがわかるのです？　もしかして、みなさんは手紙を開けて、読んでおられるんですか？　だとしたら、わたしとしては非常に遺憾《いかん》に思いますね。そんなことはね、みなさん、信書《しんしょ》の秘密保持という規則を犯しておられることになるんですよ。わたしはあなた方を警察に訴えなければならなくなるでしょう。まったく、おどろいたもんだ、他人の手紙を無断で開けるなんて、大変な罪なんですよ！」

「コルババさん、わたしたちもそんなことは知っていますよ」第一のスクジーテクが言った。「でも、わたしたちはねコルババさん、封をした手紙を外側からさわっただけで、その手紙のなかになにが書いてあるか感じとることができるんです。心のこもっていない手紙は冷たい感触です。手紙に愛がこもっていればいるほど、それだけその手紙はあたたかみをましてきます」

「わたしたちスクジーテクは封をされた手紙でも、額におしあてると」第二のスクジーテクが言葉をつけくわえた。「なかに書いてある文章を一言一言あなたに読んであげることもできますよ」

「それじゃあ、開封して読むのとはちがうな」コルババさんは言いました。「それにしても、わたしたちは、せっかく、こうしていっしょにいるんですから、あなた方にすこし質問をさせていただきたいのですがね。たぶん、みなさん、おいやではありませんよね」

「ただし、それはあなただからですよ、コルババさん」第三のスクジーテクが答えました。「じゃあ、なんでもたずねてください」

「わたしがおたずねしたいのは」コルババさんが言った。「スクジーテクさんたちがいったいなにを食べておられるかです」

「そりゃあ、いろんなものを食べますよ」四番目のスクジーテクが発言しました。「いろんな事務所に住んでいる、わたしたちみたいなスクジーテクはゴキブリみたいに、人間たちがこぼしたもの

を食べて生きているのです。ですから、パンの切れ端だとか菓子パンの屑みたいなものですよ……でもねコルババさん、人間の人たちの口からこぼれてくるものは、そんなにたくさんではありません」

「それでも、わたしたちみたいな郵便局のスクジーテクはね」と第五のスクジーテクが言いました。「それほど条件が悪いわけではないんですよ。わたしたちは、ときどき、電信機のテープをヌードルみたいに、ゆでて食べるんです。それに郵便用の糊《のり》をラードがわりに加えるんですよ。でも、その場合、糊はデンプンを原料としたものでなくてはなりませんがね」

「それとも、切手の裏の糊をなめるというのもあります」第六のスクジーテクが打ち明けました。「こいつはなかなかいただけますよ。でも、気をつけないと、髭《ひげ》に糊がべたべたくっついてしまうんですよ」

「そうはいっても、やっぱりいちばん口にするのはパンのかけらですね」第七のスクジーテクが解説をしました。「ご存知のように、コルババさん、事務所のなかというのは、ろくに掃除《そうじ》もしませんからね、わたしたちがいただくくらいのパン屑ならいつもどこかにころがっているものですよ」

「わたしはどうもあつかましいので、ついついおたずねしてしまいますが」コルババさんはさらにつづけて質問した。「あなたがたは、いったい、この郵便局のなかのどこで眠っておられるのですか？」

「いやあ、それはね、コルババさん、お教えしないことにしておきましょう」八番目のスクジーテクのおじいさんが言いました。「わたしらがどこをすみかにしているか、もし人間たちが知ったら、きっとわたしらを追い出してしまうでしょうからね。それでなくても、あなた方はそれを知ってはならないのです」

「なるほど、あなたがたが教えてくださらないのなら、それでいいでしょう」そう言って、コルババさんは考えました。「でも、わたしはあなた方がどこに寝にいくか、気をつけて見ていますからね」――そして、またストーブのそばに行って、注意をしながら、椅子に腰をおろしていました。でも、そこでほんのちょっとくつろいだ気分になったときには、もう、コルババさんのまぶたは重くなり、いつのまにかふさがって、あっと言うまにぐっすり眠り込んでしまった。そして目を覚ましたときは朝になっていた。

*

そのあとも郵便局員のコルババさんは、この夜、見たことを誰にも話さなかった。それと言うのも、みんなもわかるだろうけど、ほんとうは郵便局に夜通しいてはいけないことになっていたからなんだ。ただ、そのときからコルババさんは郵便を配達することがもういやではなくなっていた。「この手紙は」と口のなかでつぶやいた。「なんとなく、ほのぼのと暖かい感じがする。このところなんか熱いくらいだ、なんたる暖かさだ。これはきっとどこかのおかあさんが書いたんだな」そして、ある日のこと郵便ポストから集めてきた手紙を、配達するために郵便局で分類していたときのことだ。

「ややや――」とつぜん大きな声を上げた。「この封をした手紙の封筒には宛名書きもなければ、切手もはってありません」

「ああ」郵便局長さんは言った。「また、誰かが宛て名なしの手紙をポストに投げこんだな」

ちょうどそのとき一人の男の人が母親に書留郵便を出すために郵便局にきていた。その人はその話を聞きとめて、言った。

「へえ、手紙を出すのに封筒に宛て名を書かないやつがいるなんてね、そいつはきっと間抜けか、あほうか、子供か、うっかり者か、うすのろか、不精《ぶしょう》ものか、非常識なやつでしょう」

「いや、そうとも言えませんよ」郵便局長さんは言った。「こんな手紙はね、一年間に、かなりたくさんあるのですよ。あなたはお信じにならんでしょうが、人間ってそうとうなうっかりものなんです。手紙を書きますね、それから大急ぎで郵便局に駆けていきます。すると、まだ宛て名を書いているかいないかをたしかめるのさえ忘れてしまうんです。そうなんです、そんなことはあなたのご想像以上に、しょっちゅうあるんですよ」

「あれあれ、そうなんですか」その人は不思議がりました。「そうすると、そんな宛て先のない手紙はどうなさるんです?」

「郵便局に保管しておきます」局長さんは言いました。「だって、そんな手紙、届けようがないじゃありませんか」

コルババさんはそのあいだにその宛て名のない手紙を手にとって、ためつすがめつ見ていた。そして低い声で言った。

「局長さん、この手紙はとても暖かく感じます。なかにはきっと心のこもったことが書いてあるに

違いありません。この手紙は受け取るべき人のところに届けるべきだと思いますが」

「宛て名が書いてない以上、そんなことはできんだろう。どうしようもない、お手上げだ」と局長さんはコルババさんの申し出をにべもなくしりぞけました。

「そんなら、その手紙を開けるってことだってできるじゃありませんか」と客の男の人が言いました。「そしてその手紙の差出人を見ればいい」

「そんなことはできません」局長さんはきびしく言いました。「なぜなら、それは信書の秘密厳守の規則を破ることになりますからね。ですから、そんなことはできません」これで、この手紙の処置はきまった。

しかし、その男の人が出ていくと、コルババさんは局長さんのところに戻ってきた。

「ちょっと口はばったいようですが、局長さんのお耳に入れたいことがあるのです。もしかしたら、その手紙の文面を郵便局のスクジーテクが教えてくれるかもしれません」

そんなわけで、ある晩、郵便局のスクジーテクが郵便局の仕事をしている様子を見たこと、どのようにしてスクジーテクたちが手紙を開けずに読むことができるかを話した。

郵便局長さんは考え込んでいたが、やがて言った。

「そうか、それならいいかもしれんな。じゃあ。コルババ君、それをやってみてくれ。もし、そのスクジーテクが封書のなかに書いてあることを教えてくれたら、ひょっとして、誰に宛てた手紙かわかるかもしれん」

そこで、その晩、コルババさんは郵便局のなかにとじこもり、待っていた。ネズミが床の上を走

りまわるようなごそごそという音がきこえてきたのは、もう真夜中ごろだった。やがて、スクジーテクたちが手紙を仕分け、小包を計り、お金を計算し、かたかたと電報を打ったりするのが見えました。そしてすべての仕事が終わると、床の上にすわって、手紙のトランプでマリアーシュをはじめた。そのときコルババさんは声をかけた。

「今晩は、スクジーテクのみなさん！」

「やあ、これはこれは、コルババさん」いちばん年上のスクジーテクが言いました。「さあ、こっちへいらっしゃい、いっしょにトランプをしましょう」

コルババさんはなにも言わずに、スクジーテクのなかにはいって床のうえに腰をおろした。

「ぼくのはこれだ」第一のスクジーテクが言って、自分のカードを床の上においた。

「ぼくのほうが強いな」第二のスクジーテクは言った。

「じゃあ、ダブル〈自分のカードに自信があるとき、賭けを二倍にする〉だ」

次は、コルババさんの番だった。そしてその宛て名のない手紙をほかの三枚の上においた。

「おーや、コルババさん、あなたの勝ちですよ」と第一のスクジーテクが言った。「それはね、あなたがいちばん強いカードを持っていらしたからですよ。もしかしたら、ハートのエースかな」

その言葉に勇気をえて、コルババさんは言った。「どうも、もうしわけありません。それにしても、これがそんなに強いカードだって、ほんとうにたしかなんですね？」

「そんなことわからないでどうします」スクジーテクは言った。「それはね、自分よりももっと強く愛している娘へ書いた若者の手紙です」

「わたしはそうは思いませんがね」コルババさんはわざと言った。

「いや、まったく、わたしが言ったように、ほんとうです」スクジーテクは答えた。「もし、それを信じないとおっしゃるのなら、わたしがその手紙を読んでさし上げてもいいんですよ」

そう言うと、手紙を手に取り、額にあてて目をつぶって読んだ。

『ぼくの、最愛のマジェンカちゃん、

さて、ぼくは運転手の職を得ることができたことを、いま、きみにお知らせします（「ああ、ここで綴《つづ》りをまちがえているな。ほんとうはiでなくちゃならないところでyとかいている。これじゃ『お知らせする』じゃなくて『自慢する』だ」とスクジーテクは誤字まで指摘した）だから、もしきみがいやでなかったら、ぼくたちいっしょになることができるよ。まだぼくのことを愛してくれているならすぐに返事の手紙をかいてください。きみの忠実なフランティーク』

「やあ、これは、どうもありがとうございました、スクジーテクさん」コルババさんは言いました。「これを知る必要があったのです。ほんとにほんとにありがとう」

「お礼には及びませんよ」小さなスクジーテクは言った。「でも、言っておきますが、この手紙のなかで、八つも綴りをまちがえていますよ。このフランティシェク〈フランティークの正式な呼び名〉くんは学校であまり勉強しなかったんだな」

「ただ、わたしとしてはそれがどこのマジェンカか、または、どこのフランティークかと言うことです」とコルババさんはぼそりと言った。

「コルババさん、そこまではわたしの手にはおえません」と小さな体のスクジーテクが言った。

「もともとそこに書いてないのですからね」――

翌日の朝、コルババさんは、宛て名のない手紙はどこかのフランティークという運転手がどこかのマジェンカという娘にあてたもので、このフランティークという青年ははマジェンカ嬢《じょう》をお嫁《よめ》にしたいと思っているのだ、ということを郵便局長さんに報告した。

「そりゃあ、大変だ」郵便局長さんは叫んだ。「そんな大切な手紙なら、なんとしてもそのお嬢さんに届けなければならんぞ！」

「それなら、わたくしがすぐにでも届けますよ」とコルババさんが言いました。「ただねえ、そのマジェンカちゃんの姓がなんと言うのか、どこの町の、どこの通りの、何番地に住んでいるのかがわかればねえ」

「コルババ君、それがわかっていれば、きみじゃなくたって、誰にでもできるよ」と郵便局長さんは言った。「それに、郵便配達じゃなくたっていいくらいだ。しかし、わたしだってそのお嬢さんがこの手紙を受け取れるように、なんとかしてあげたいよ」

「わかりました、局長さん」コルババさんは声をつよめて言った。「それじゃあ、わたくしが宛て名人であるそのお嬢さんをさがします。たとえ一年かかろうが、広い世界を歩きまわることになろうがやってみます」

そう言うとコルババさんは、その手紙とパンひと切れを入れた郵便屋さんのカバンをななめに肩ごしにかついで、外の世界に出かけて行ったんだ。

こうしてコルババさんは歩きに歩き、いたるところで、このあたりに、どこかのフランティーク

31

という名の運転手から手紙が来るのを待っているマジェンカという名前の娘さんがいないかどうかたずねました。このようにしてコルババさんはほとんど国じゅうを歩いた。リトムニェジツェ、ロウニ、ラコヴニツェ、プルゼニュ、ドマジュリツェ、ピーセク、チェスケー・ブジェイヨヴィツェ、プシェロウチュ、ターボル、チャースラフスコ、フラデッツ・クラーロヴェーの憲兵司令部、イーチン、スタラー・ボレスラフといった具合。さらにクトナー・ホラ、リトミシュル、トチェボニュ、ヴォドニャニ、スシツェ、プシーブラム、クラッドノ、ムラダー・ボレスラフ、ヴォティツェ、トルトノフ、ソボットカ、トゥルノフ、スラニー、ペルフジモフ、それどころか、ドブルシュカ、ウーピツェ、フロノフ、セドミ・ハルプ、クラーコルツェにも行き、それにザーレシー、そう、ようするにあらゆるところに行き、行った先々、いたるところでマジェンカ嬢のことをたずねまわった。

そりゃあチェコじゅうにいるマジェンカちゃんなんて、ものすごい数だ。全部で四万九千九百八十人もいた。でも、そのなかに運転手のフランティークからの手紙を待ちこがれているという娘は一人もいなかった。もちろん、どこかの運転手からの手紙を待っているというマジェンカちゃんは何人かはいたが、その運転手の名前はフランティークではなくて、トニークとかラディスラフとかヴァーツラフとか、ヨゼフまたはヤロミール、そうでなければロイジークだったりフロリアーンだったり、同じようにイールカやヨハン、さらにはヴァヴジネッツ、それどころかドミニクというのもいたし、エンデリーンやエラジムというのもいたが、フランティークだけはいなかった。そのほかのマジェンカちゃんはどこかのフランティークくんからの手紙を待っていたが、運転手ではなく、錠前職人《じょうまえしょくにん》だったり、下士官の曹長《そうちょう》さんだったり、大工さんだったり、車掌《しゃしょう》さんだったり、ときには、同じく、薬屋さん、カーテン屋さん、床屋さん、あるいは、仕立て屋さんだったりで、まさしく運転手という職業のものはいなかった。

こんなふうにしてコルババさんはもう、まる一年と一日、歩きどおしだった。でも、あの手紙を正しいマジェンカその人に手わたすことはできなかった。コルババさんはたくさんのものを見たし、村や町、野や森、日の出や日の入りも見た。ヒバリが戻ってきて、春を告げる声も聞いた。種まきや刈り入れ、森のなかの茸《きのこ》や熟《う》れたプラムの実も見たし、ジャテッツの畑ではホップ〈ビールの原料〉の実るのも見た。ムニェルニークではワイン・ヤード、トチェボニュでは鯉《こい》〈チェコではクリスマスに食べる〉、パルドビツェではショウガ入りパンを見た。

しかし、マジェンカ探しもむなしく一年と一日もつづいたとなると、コルババさんもすっかり気落ちして、道の端に腰をおろして、自分で自分に言いました。

「やっぱり、もう、だめかもしれないな。マジェンカちゃんを探し出すことはとてもできそうにない」

コルババさんは残念で残念でたまらず、いまにもべそをかきそうでした。自分のことよりもマジェンカちゃんを愛している若者からの手紙を受けとることができないマジェンカ嬢のことも、運転手くんの手紙をとどけられない自分の無力さのことも、自分からこんな仕事を引き受け、雨のなか、暑さのなかも労をおしまず、苦心惨憺《くしんさんたん》したあげくが、けっきょくむだだったことを残念に思った。

こんなふうに、道ばたに腰をおろして残念がっているとき、その道を一台の自動車が走ってくるのが見えた。その車は時速六キロくらいの速さでのろのろと走っていた。それで、コルババさんは

「ふん、あんなにのろのろ走るなんて、よっぽどのポンコツ車だな」と思った。しかし、自動車が近くまでやってきてみると、それは、なんとフランス製のすばらしい高級車、八気筒のエンジンをつんだ〝ブガッティ〟だった。運転席には黒い服を着た、悲しそうな顔をした運転手がすわり、車の座席には黒い服の悲しそうな紳士《しんし》が乗っていた。

その悲しそうな黒い服の紳士が道端で、しょげかえっているコルババさんを見ると、車を止めさせて、声をかけた。

「おいでなさい、郵便屋さん、ほんのちょっと、そこらあたりまで乗せて上げましょう」

コルババさんは、こんなにながいあいだ歩きまわって、もう、足が痛くなっていたので、よろこんでその申し出を受け入れた。コルババさんがその黒い服の紳士のとなりにすわると、車はゆっくりと悲しげに動きはじめた。

こうしておよそ三キロほども走ったころ、コルババさんが声をかけた。

「ちょっと、ぶしつけなことをおうかがいいたしますが、もしかして、あなたがたはお葬式《そうしき》にいらしているんじゃありませんか、そうでしょう？」

「いいえ、そうじゃありませんよ」その悲しそうな紳士は、うつろな声を響かせながら言った。「どうして、葬式に行っているところだと思われるのですか？」

「そうですね」とコルババさんは言った。「だって、あなたはすごく悲しそうじゃありませんか」

「わたしはすごく悲しいのです」その紳士は墓場《はかば》のなかから響くような声で話した。「どうしてかって言うと、わたしの車がこんなにのろのろと、悲しそうに走るからですよ」

880

「ほーう」コルババさんは言った。「でも、また、どうしてこんな立派なブガッティ社製の高級車がこんなにのろのろ、しかも悲しそうに走るのです？」

「それはねえ、悲しい運転手が運転しているからなんですよ」と黒い服の紳士はなげかわしげに言った。

「ははあ」コルババさんは言った。「おそれ入りますが、いったいなぜその運転手さんはそれほどまでに悲しんでいるのです？」

「なぜならです、一年と一日まえに手紙を書いて出したのに、その返事が来ないからです」と黒い服の紳士は答えた。「いいですか、わたしの運転手は最愛の娘に手紙を出したのです。しかし彼女は返事を書いてよこさなかった。そこで彼は、彼女がもう自分のことを忘れてしまい、愛していないと思ったのです」

その話を聞いたとたん、コルババさんは、大声で言った。

「失礼ながら、その運転手氏はフランティークという名ではありませんか？」

「フランティシェク・スヴォボダと言います」悲しそうな紳士が答えた。

「そして、娘さんはマジェンカと言うんでしょう、ね？」コルババさんはさらにたずねた。

そのとき、悲しい運転手が声を上げた。そして、なげきの吐息《といき》とともに言った。「マリエ・ノヴォトナーというのが、ぼくの愛を忘れてしまった、浮気女《うわきおんな》の名前です」

「ああ、そうだったのか」コルババさんは喜びのあまり大声で叫びました。「なーんだ、あんただったのか、手紙を出すのに宛て名も書かなければ切手もはらずにポストにほうりこんだ、あの、あわてもんの、うろたえもんの、あほんだらの、ゆめうつつの、のーたりんの、とんま・まぬけの・とうへんぼくの、あほう・のろまで・とんちんかんの、ださい・ぶざまな・ひょうろくだまの、うすのろ・うすばか・うっかりもんの、こんちき・とんちき・すっとことんの、うかれぼうずの・はやがってんの、つかれもんの、うかつもんの、そこつもんの、ぶこつもんの、やまだしの、のーてんきの、おもいちがいもはなはだしい、ひとりよがりの・がっかりもんの、おっちょこちょいの、はやっとちりの二枚目さんと言うのは！　いやはや、これはこれは、あなたさまとのご面識《めんしき》をえましたことは、わたしといたしましても光栄のいたりでございますよ！　それにしてもです、あなたの手紙を受け取ってもいないのに、どうしてマジェンカ嬢が返事を書けるというのです？」

「どこです、ぼくの手紙はどこにあるんです？」運転手のフランティークくんは叫んだ。

「さてと」コルババさんは言いました。「そのまえに、マジェンカ嬢がどこにお住まいか、お教えねがえませんか、そうしたら、いいですか、その手紙はまっすぐ彼女の所にと届くでしょう。ほんとに、ひとさわがせなお人だ。わたしはもう一年と一日、その手紙をカバンのなかに入れて、ほんもののマジェンカ嬢を探して国じゅうをたずね歩いていたんですよ！　さあ、しあわせ者の王子さん、いますぐ、大急ぎで、大至急、手間ひまとらせずに、さっさとマジェンカ嬢の住所を言いなさい。そしたら、わたしが行って、彼女に手紙をわたしますよ」

「いや、郵便屋くん、その必要はないよ」と紳士が言いました。「さようなことをいたさずとも、わたしがあんたをそこまで運んであげましょう。じゃ、フランティーク、こんどこそ、思いっきりアクセルを踏んで、マジェンカちゃんの所へ急ぐのだ」

紳士がそう言うやいなや、運転手のフランティシェクはアクセルを踏みつけた。車はぶるぶるっと身をふるわせるやいな、こんどはね、きみたち、すべるように走りだし、六十キロ、七十キロ、八十キロ、百、百十、百二十、百五十キロとだんだんスピードをましていった。そして最後には、あまりの喜びに車のエンジンが歌い出し、長い悲鳴のような声を上げ、ついにはごうごうとうなり声を出しはじめたほどだ。それで黒い服の紳士は帽子を飛ばされないように両手でしっかりおさえていなければならなかったし、コルババさんもふり落とされないように車の座席に両手でしっかりつかまっていなければならなかった〈そうすると、この車はオープンカーだったんだ〉。フランティークくんは叫んだ。

「社長、どうですこの走り具合は、え？　もう、百八十キロですよ！　こりゃあ、すごい、わたしたちはもう走っているんじゃなくて、空中を一直線に飛んでいるんだ。ほら、ごらんなさい、社長、ぼくらは道路をおきっぱなしにしていますよ！　社長、社長、ぼくたちは、ほんとうに、羽がはえたんだ！」

そして、時速百八十七キロのスピードでしばらくのあいだ飛んでいるうちに、とってもかわいらしい白い家の建ちならぶ村が見えてきた――ほんとうだ、あれはたしかにリブニャトフ村だ――それで運転手のフランティークくんは告げた。

「社長、ぼくたち目的地につきましたよ」

「じゃあ、止めたまえ」黒い服の紳士は言った。すると自動車は村のはずれの地面に着陸した。

「それにしても、このブガッティはよく走るじゃないか」と紳士は満足げでした。

「じゃあ、コルババさん、これで、もうその手紙をマジェンカ嬢に配達できますね」

「ひょっとしたら」コルババさんは自分の考えを言った。「フランティークくんが直接、その手紙のなかに書いてあることを、口頭で伝えたほうがいいんじゃないかと思いますがね。だってそのなかには八ヵ所も字のまちがいがあるんですよ」

「なんてこと、おっしゃるんです」フランティークはことわった。「ぼくは彼女のまえに出るのが恥ずかしいんです。だって、これまでずっと彼女はぼくからの手紙を受け取っていないんですからね。それに」悲しそうにつけくわえた。「もしかしたら、ぼくのことなんか、もう忘れているかもしれないし、まるっきり愛していないかもしれないんです。ほら、コルババさん、彼女はあそこの、泉の水のようにきれいな窓のある家に住んでいます」

「じゃあ、わたしが行ってきましょう」コルババさんはそう言うと、きれいな声で告げ知らせた。「来たよ、来ました、郵便屋さん、来たよ、来ました、お待ちかね！」

そういうとその家に向かって右足を踏み出した。すると、そのきれいな窓の向こうに青白い顔の娘がすわって、服を縫《ぬ》っていた。

「こんにちは、マジェンカさん」コルババさんが呼びかけた。「おや、ウエディング・ドレスを縫っていらっしゃるんですか？」

「あら、そんなんじゃありません」マジェンカ嬢は悲しそうに答えた。「お弔《とむら》いのための死装束《ししょうぞく》ですわ」

「あれ、あれ」コルババさんは同情して言った。「これはこれは、どうもこうも、なんともかんと

も、いったいぜんたい、またどうしてそんなことに、きっと、まだそんなにお悪くはないんでしょう？　いったいぜんたい、お嬢さん、あなたは、また、どうしてご病気になられたのです？」

「あたし、病気なんかじゃないわ」マジェンカ嬢はため息をつきました。「でも、あたしの心臓が悲しみではり裂けそうなの」そう言いながら、彼女は自分の手で胸をおさえた。「おやおや、それはそれは大変だ」コルババさんはおもわず大声で言った。「マジェンカちゃん、心臓を破裂させるのは、もうすこしお待ちなさい！　立ち入った質問をしてもいいでしょうか、どうしてまた、あなたの心臓がいたむのです？」

「だって、もう一年と一日なのよ」とマリエ〈マジェンカの正式な呼び名〉ちゃんは小さな声で言いました。「あたしは、もう一年と一日も、ちっとも来ない一通の手紙を待ちつづけているの」

「そんなこと、気になさることはありませんよ」コルババさんはなぐさめた。「そりゃあ、もう、わたしだって一年と一日のあいだ、このカバンのなかに一通の手紙を入れて歩きまわっているんですからね。それなのに、肝心《かんじん》のわたす相手の人が見つからないんです。さあ、これがなにかおわかりでしょう、マジェンカのお嬢さん、そのお手紙をおわたししますよ」そう言いながら手紙を彼女にわたした。するとマリエちゃんの顔はさらにいっそう青ざめた。

「郵便屋さん」彼女はひくい声で言った。「この手紙、たぶん、あたし宛てのではありませんわ。だって、宛て名が書いてないじゃありませんか！」

「まあ、いいからなかを開けてごらんなさいって！」コルババさんはつよくすすめた。

「そして、もし、その手紙があなた宛てのものでなかったら、わたしに返してくだされればいいんで

す、そういうこと！」

マリエちゃんはふるえる指で手紙を開けた。そして読みはじめるやいなや、たちまち顔にぽうっと血の気がさし、またたくまに顔色がピンク色にそまった。

「さあ、どうです」コルババさんはたずねた。「その手紙をわたしに返しますか、それとも、返さない？」

「返すはずないでしょう！」マリエ嬢は大きな息をつき、目は喜びの涙でうるんだ。

「郵便屋さん、わたくしが一年と一日のあいだ待っていたのは、まさしくこの手紙だったのよ！郵便屋さん、このお礼になにを差し上げればいいのでしょう、あたし、もう、まるで思いつくこともできませんわ！」

「それじゃあ、わたしが言いましょう」コルババさんが言った。「この手紙にはきめられた額の切手がはってありません。ですから、二コルンの罰金をはらってください、おわかりですね？　いや あ、それにしても、この手紙をもって一年と一日のあいだ駆けずりまわっていたのは、郵便局がこの二コルンの切手代を受け取るためだったんだなあ！　これはどうもありがとう」コルババさんはその二コルンを受け取って言った。「あなたのご返事をね、お嬢さん、あそこで誰かが待っていますよ」

そう言いながら、コルババさんは、もう家のそばまで来て待っている、運転手のフランティークくんを手でまねいた。

そして、フランティークくんがその手紙の返事をもらっているあいだ、コルババさんは黒い服の紳士のとなりの席にすわって、話していた。

「一年と一日、わたしはあの手紙をもって、あちこちと駆けまわっていました。でも、それだけの値打ちはありましたよ。そのおかげで、わたしはあらゆるものを見ました。プルゼニュもそう、ホジツェもそう、ターボルもそう、この国は、ほんとうにうつくしい、すばらしい国だということを、身にしみて感じました。——あっ、ほら、フランティークくんがもどってきますよ。このような重要な問題は口で伝えたほうが、宛て名のない手紙より早いのはあたりまえですよね」

フランティークくんはなにも言わなかった。でも、彼の目は生き生きとかがやいていた。「では、出発しますか?」彼はたずねた。

「出発だ」紳士は言いました。「いちばん先に、コルババさんを郵便局に配達しよう」運転手君は運転席にとびのり、エンジンのキーをまわし、そしてクラッチを踏んでギヤを入れ、アクセルを踏んだ。すると車はまるで夢のなかのように、振動もなくなめらかに走りはじめた。たちまちスピード・メーターの針は百二十キロをさしていた。

「それにしても、この車はよく走るなあ」黒い服の紳士はご満悦《まんえつ》でした。「幸福な運転手が運転をしているから、車までがこんなにおおよろこびで走るんだな」

これで、みんなが幸せに目的地に到着したわけだ。その点では、ぼくたちだって同じだよね。

第九話

とってもながーいお医者さんの童話

（序）魔法使いマギアーシュのこと

それはねすごーく遠いむかしのことだ。ヘイショヴィナの山の上で魔法使い（コウゼルニーク）のマギアーシュが魔法を使いながら生活していた。きみたちも知ってのとおり、魔法使いのなかにはいい魔法使いと悪い魔法使いがいる。いい魔法使いはチャロジェイ（不思議なことをする人）とかディヴォトゥヴォルツェ（驚きを作る人）とか呼ばれている。悪い魔法使いのほうはチェルノクニェジュニーク（黒司祭）と呼ばれている。

マギアーシュはどちらかと言うと、その中間どころだな。まったく魔法なんか使わずに、おとなしくしているときがあるかと思うと、ごろごろといったり、ぴかぴかっと閃光《せんこう》をはなったり、すごく強烈な魔法を使う。また、ふと、思いついたように、石の雨を降らせたかと思うと、べつなときには、すごくちっちゃなアマガエルをまきちらしたりする。

まあ、いずれにしても、こんな魔法使いとは、とても気軽につきあうというわけにはいかないよね。だからね、たとえ魔法使いなんかいるもんかと自信たっぷりに言う人だって、さすがに「さわらぬ神に祟《たた》りなし」と言うわけで、ヘイショヴィナの山だけは避《さ》けてとおるみたいだよ。そんなときは、きまって言うもんなんだ。

「いやあ、もう、けっこう、頂上まで行ったってたいしたことはないよ」とね――こんなこと言うのは、ほんとうは「マギアーシュがこわい！」と白状しているようなものなんだ。

そこで、ある日のこと、そのマギアーシュは自分のすみかの洞窟《どうくつ》のまえにどっかと腰をすえて、スモモをかじっていた。すごくおおきな青黒くて、美しいスモモで、表面にはびっしりと霜《しも》がこおりついていた。

いっぽう、洞窟のなかではマギアーシュの弟子のソバカスのビンツェク――ほんとうの名前はビンツェク・ニクリーチェク・ゼズリーチュカと言うんだ――が火にかけた魔法の薬の釜《かま》をかきまぜていた。

その材料というのが、これがまた、なんと大変なものなんだ。まずコールタールだろう、それから硫黄《いおう》にカノコソウ、マンダラゲ、イブキトラノオ、センブリ、ゴボウ、タバコの葉、グリースにカセイソーダ、トレンジジェメンジジェ〈?〉、王水〈アクウァ・レーギア、濃塩酸と濃硝酸の混合液で金や白金までとかす強力な液〉、ヤギのへそ、ハチの針、ネズミのひげ、蛾《が》の足、ザンジバル島〈現タンザニア領〉の種子などなど。ようするに、こんなあやしげな調味料や添加物、ニガヨモギその他の薬草の汁から魔法の薬を作ろうというんだな。

ところがマギアーシュはソバカスのビンツェクが釜の中味をまぜているのを、ちらりと見ただけで、またスモモにかじりついていた。でも、かわいそうなビンツェクがまぜるのを忘れたかどうかしたんだろうね。その煎《せん》じ薬が釜のなかで熱くなりすぎ、煮えすぎ、煮つまり、こげついて、なんとなく黒くなり、そのなかから、ものすごくいやなにおいが吹き出してきたんだ。

「このー、ぶきようもんの、とんまやろう」と魔法使いのマギアーシュさんは弟子にどなりつけようとしたんだろうね。でも、あんまり急いだもんだから、喉《のど》のなかの正しいほうの管《くだ》にスモモを飲み込むのをまちがえたんだろう〈喉のなかには食道と気管支がある〉、それとも、口のなかのスモモのほうが行き先をまちがえたかだ。はやい話が、スモモを種《たね》ごと飲み込んだもんだから、種がマギアーシュさんの喉に飛び込んで引っかかって、飲み込もうにも吐き出そうにも、どうにもこうにも、うごかなくなった。だからマギアーシュさんは、ただ「このー、ぶ」と言ったっきりで、あとの言葉はスモモの種に出口をふさがれ、喉の奥《おく》に閉じこめられてしまったんだ。

マギアーシュさんはやかんのお湯が沸騰《ふっとう》して湯気を吹き出すときのような、ヒーヒー、シューシューと言いながら、顔を真っ赤にして目を白黒させ、手をふりまわして、吐き出そうとして咳《せき》をしますが、種はぴくりとも動こうとしない。それほど固く、がっちりと喉の奥にひっかかってしまったんだね。

そのようすを見たビンツェクは、死ぬほどびっくりした。もしかしたらマギアーシュの大先生が息をつまらせて死んでしまうかもしれないと思ったからだ。そこで、ビンツェクは必死の思いでこう言った。

「大先生、どうかここで、待っていてください。ぼく、フロノフまで飛んで行ってお医者さんを呼んできます」

そう言うと、すぐにヘイショヴィナの山をすべりおりて行った——残念なことに、ビンツェクのスピードを測定《そくてい》するひとは誰もいなかった。きっと長距離の滑降競技《かっこうきょうぎ》では世界新記録だったかもしれないな。

それでも本来の目的をかなえるために、フロノフのお医者さんの所にたどりついたときは、もう息も絶え絶えだった。しかし、なんとか息をふきかえして、大急ぎで言葉をはき出した。

「先生、すぐに、……だけではなくて、大急ぎで魔法使いのマギアーシュさまの所に来て下さい。そうでないとマギアーシュの大先生が息をつまらせて死んでしまいます。おかげで、もう、ぼくはへとへとです！」

「ヘイショヴィナのマギアーシュの所へだと」フロノフのお医者は不機嫌そうに言った。「へっ、あいつの所に行くなんて、ふつうの三倍もいやだがね、しかしだな、なにがなんでも、わたしに来てほしいと言うんなら、しょうがない、行かざるをえまい」というわけで、おもい腰をもち上げて、往診《おうしん》に出かけることにした。

いいかい、お医者さんというのはね、もし、人が助けてほしいと言ってきたときには、相手が誰だろうと、たとえば、それが盗賊《とうぞく》のロットランドであろうが、悪魔の大王（悪魔のことなど口にして、どうか神さま、おゆるしを）であろうが、ことわることはできないんだ。お医者さんというのはね、もともとがそういう職業なんだ。

そんなわけで、フロノフのお医者さんも、メスや歯を抜くときのヤットコや、包帯、粉薬《こなぐすり》、ねり薬、骨折したところにあてる板切れ、その他、こういったたぐいのお医者さんの道具を入れたカバンをもって、ビンツェクのあとにつづいてヘイショヴィナの山をめざして登っていった。

「手おくれにならないといいんだがな」とソバカスのビンツェクは道々ずっと心配していた。こうして、オイッチ、ニッ、オイッチ、ニッと野こえ山こえ、オイッチ、ニッ、オイッチ、ニッと沼をわたり、オイッチ、ニッ、オイッチ、ニッと頂上であろうがなかろうが、ビンツェクが「先生、どうやら、ヤット、たどり着いたようですよ」と声をかけるまで歩いていった。

「はじめまして、マギアーシュさん」フロノフのお医者さんは言いました。「さて、お痛みなさるのはどこですかな?」

魔法使いのマギアーシュは答えるかわりに、「ひーひー、しーしー、ふーふー」と言いながら、種がつかえている喉をしめした。

「ははあ、喉が痛いと?」フロノフのお医者さんは言いました。「そう、じゃあ、その痛いところを見てみましょう。はい、あーんと口を開けて、マギアーシュさん、それから、アーーーーと言ってごらんなさい」

魔法使いのマギアーシュは黒いあごひげを両側にかきわけて、口を大きく開けた。しかし、アーーーと言うどころではなかった。だって、子供たち、喉の奥にスモモの種の栓《せん》がしてあるんだからね、声なんか出るはずないよね。

「それ、さあ、アーーーー」お医者さんはさいそくした。「どうして、言えないんです?」

マギアーシュはどうしてもだめだと言うふうに、首をふった。

「ヤーレ、ホレヤレ、これは一大事《いちだいじ》だぞ」とお医者さんは言った。このお医者さんと言うのがね、それはもう、たいへんなくわせものでね、ひとすじなわではいかないばかりか、したたかものの大かたり、大ペテン師、手のつけられない大ダヌキ、りこうな雄ギツネ、その上、大のいたずら好きときている。どうしてって、そりゃ、まあ、生まれつきなんだろうね。

「ははー、マギアーシュさん、あなた、アイウエオのアーとも言えないとは、よっぽどどっかがお悪いにちがいない。どうもおかしい、どうもわからん」フロノフのお医者さんはそう言って、魔法使いのマギアーシュさんを診察《しんさつ》しはじめた。そして体じゅうをトントンたたいてみたり、脈《みゃく》をとったり、口を開けさせて舌を見たり、まぶたをめくって見てみたり、反射鏡《はんしゃきょう》で光をあてての耳の穴や鼻の穴をのぞいてみたりしながら、ラテン語の医学用語をぶつぶつとなえたりしていた。

そして、すべての診察をおわると、ものすごく深刻《しんこく》な顔をして、診察の結果を宣告《せんこく》した。

「マギアーシュさん、これはきわめて重い症状が見られます。一刻《いっこく》の猶予《ゆうよ》もなく、大至急、この場で手術の必要があります。しかし、その手術をここで、わたし一人でとりおこなうことはできませんし、また、してはいけないことになっています。そのためには助手の立ち会いが必要です。もし、手術を受けるつもりがおありなら、ほかに手はありません、すぐさま、わたしの同僚の医師をウーピッェとコステレッツとホジチュキに呼びにやっていただきたい。そしてみんながそろったところで、医学的検討ないし意見の交換をおこない、じゅうぶん議論をつくしたうえで、医学的処置ないし手術をすることにしましょう。

いいですか、マギアーシュさん、よーく考えてくださいよ。もしわたしの提案をお受け入れになりますならば、わたしが畏敬《いけい》おくあたわざるところの、学識ゆたかなる同僚のもとに急ぎの使者をおつかわしください」

マギアーシュさんに選択の余地があるはずないよね。ソバカスのビンツェクに合図をすると、ビンツェクはよく走れるように三回足踏みをしてかまえると、たちまちヘイショヴィナの山を駆けおりて行った。まっさきにホジチュキに、それからウーピツェに、それからコステレッツへ。

さーて、ぼくたちは、しばらくのあいだ、ビンツェクを走るがままにさせておこう。

(一) ソリマーンのお姫さまのお話

ソバカスのビンツェクが韋駄天《いだてん》走りに走ってホジチュキとウーピツェとコステレッツへお医者さんたちを呼びに行っているあいだ、フロノフのお医者さんは魔法使いのマギアーシュさんのそばにすわって、マギアーシュさんが窒息《ちっそく》しないように注意をしながら見ていた。そして待つ時間の気をまぎらわすために、バージニア産のほそ巻きの葉巻に火をつけて、だまって吹かしていた。

そうやってながい時間がたったとき、咳ばらいをして、またもや強いタバコをふかしつづけていた。やがて、ながい時間を短くするために、三度あくびをし、目をパチパチさせた。それからまたしばらく時間がすぎてから声を発した。

「あーあ」

それから、たぶん半時間はたっていただろう、背のびをして、言った。

「そうだ。ねえ……」

それから、またなん時間かしてそのあとにくっつけた。

「もし、よかったら、トランプでもしましょうよ。マギアーシュさん、ここにトランプかなんかありませんか？」

魔法使いのマギアーシュはなにも言うことができない。だから、ただ「ない」と答えるために首をよこにふった。

「ないんですか？」フロノフのお医者さんはぶすりと言った。「それは残念。それにしても、おどろいたなあ、トランプも持っていない魔法使いなんて、あなたもずいぶんと品行方正の魔法使いさんなんだなあ！　わたしのところの近くの酒場でね、いつだったか、ある魔法使いが実演をしたことがありましたよ。まてよ、あれはなんという名だったかな、なんかナブラーティルとかドン・ボスコとか、それともマゴレッロだったかな、なんかそんな名前でしたがね。その魔法使いはね、あなただって目をパチクリさせるようなトランプの奇術《きじゅつ》をやってのけましたよ。もちろん、奇術だってそれなりの修業が必要なんでしょうねえ」

それからまたあたらしいバージニアの葉巻に火をつけた。

「あなたがここにトランプを持っておいでにならないのなら、ひまつぶしに、ソリマーンの王女さまの童話をお話ししてさしあげましょうか。もしかして、この話をご存知なら、そうおっしゃってください。すぐに止めますから。それでは、チリンチリン、はじまり、はじまりーっ！

ご存知のように、カフチー山脈とサルガッス海の向こうにダラマーン群島があり、その向こうには鬱蒼《うっそう》とした森におおわれたシャリバリの荒野があり、そのなかにジプシーの黄金の首都エルドラード〈伝説の理想郷〉があります。やがて一本の経線《けいせん》〈南北に走る線〉とそれと平行したもう一本の線が遠くはるかかなたまでつづいています〈ようするに、道のこと。経線の終点は北極点と南極点だから、どこまでものびた、とってもながーい道という意味〉。その二本の線にそって、せまい木橋をわたり、さらにその小道を進むと、やがて左手に柳の茂みとゴボウの植わった掘割が見えてきますが、その向こうに、大きくて強いサルタンのソリマーン王国の広大な領地がひろがっています。これで、ソリマーン王国がどういう所にあるか、だいたいの見当はつきましたね。

　このソリマーン王国は、その名前からもわかるように、サルタン〈イスラム圏の国の君主〉のソリマーン王がおさめていました。このサルタンにはズベイダという名のたった一人の娘がありました。ところが、このズベイダ王女がとつぜん体がよわり、病気になり、咳をし、死にそうになり、やせほそり、あおざめ、なげき、ためいきをつき、見るのもあわれなほどになられました。

　父親のサルタンさんがすぐに王女さまのもとに宮廷づきの魔術師や宮廷祈祷師《きとうし》、宮廷魔法使い、宮廷巫女《みこ》の老女、神官、占星術師、ガマの油売り*、ういろう売り*、温泉あんま師に、もぐり医者にいたるまで呼び集められたのは、当然といえば当然のことでした。でも、そのなかの誰も王女さまのご病気をおなおしすることはできませんでした。

〈*子供たちのための訳注・「ガマの油売り」や「ういろう売り」という言葉そのものがチェコ語にあるわけではないけど、やっていることは非常に似ているというものはあった。たとえば縁日とか街頭で口上をのべながら、あるいは歌をうたったりしながら客を集めて、先祖伝来と称するあやしげな膏薬《こうやく》とか飲み薬、そのほかのものを売っていた商人だ。こんなときうたう歌のことをチェコでは「クラマーシュスケー・ピースニチュキ」

（「縁日の小歌」とでも訳しておこうか）と言って、その歌集を売ったりもしていた。歌としては明治・大正時代の演歌みたいなもの（添田唖蝉坊《そえだあぜんぼう》が有名）、内容的には江戸時代の瓦版《かわらばん》のようなものと思えばいいかな。最近起こったなまなましい事件、悲しいできごとなどをとりあげて、すぐに歌にしたりしていた。歌の伴奏は、日本の昔の演歌はバイオリンだったけど、チェコでは主として手回しオルガンが使われた。〉

もし、これがわが国〈チェコ〉でのことだったら、わたしは、この娘は貧血症《ひんけつしょう》のうえに肋膜炎《ろくまくえん》と気管支炎《きかんしえん》を併発していると言ったでしょうね。でも、ソリマーン王国ではそんな病名をラテン語の名称で言えるほど学問も医学もすすんでいませんでした。ですから、その老サルタンがどんなに絶望されたか、マギアーシュさん、あなたにも想像できますよね。『おお、汝、わがモンテ・クリストよ*』サルタンは心のなかで言いました。『娘が私のあと、サルタン王国の繁栄をひきついでくれたら、どんなにか、よろこばしいことでしょうに。ところが、いまのところ、あのかわいそうな娘はこのようにわたしの目の前で、命の火を消し、死んでいこうとしています。このわたしが、自分の手で娘をすくうことができないとは！』――そんなわけで、ソリマーンの宮廷も、そして国全体もが深い悲しみにつつまれました。

〈*子供たちへの訳注・アレクサンドル・デュマ（父子同名の父〈ペール〉のほう）の小説のタイトルであり主人公の名『モンテ・クリスト伯』――日本では『巌窟王』としても知られている――からもってきたもの。これはスペイン語で言葉の意味は「モンテ」が〝山〟、「クリスト」は〝キリスト〟のことだから「キリスト山」

という意味。ただ「モンテ」がなんとなく異国的であり、フランス語の〝わたしの〟という意味の「モン」にも似ているところから、チャペックさんがまたいたずらをして、こんな言葉をもってきたものと思われる。だから、ここでは、たんに祈りの言葉「おお、わが救い主キリストよ」という意味。でも、このサルタンはイスラム教圏の王さまだから、いずれにしろ「キリスト」の名を口にするのはおかしい。ちなみに、ソリマーンというサルタンは歴史上「オスマン帝国」最盛期の皇帝として(一六世紀)実在していた。日本の西洋史の教科書にはスレイマン一世として出ているかもしれない。だからと言って、この童話のなかのサルタンと同一人物であるとはかぎらない。〉

ちょうどそのころ、ヤブロネッツ〈チェコの町の名〉からルスティクとかいう一人の行商人がやってきました。そして王女さまのご病気のことを聞くと、言いました。

『王女さまのために、サルタンさんはわが国から、つまりヨーロッパから医者を呼ぶべきです。なぜって、そりゃあ、わが国では医学はずっと進歩しておりますからな。この国じゃあ、せいぜい祈禱師だとか、煎じ薬売りや、魔法使いにたよっておいでなしょうが、わが国にはね、あんた、学識ゆたかな、れっきとしたお医者がおるんですよ』

そのことをサルタンのソリマーン王がお聞きになると、そのルスティク氏をお召しになり、ズベイダ王女のためにガラス玉の真珠のネックレスをお買い上げになってから、おたずねになりました。

『ルスティクとやら、おまえの国では学識ゆたかな、本物の医者というのをどうやって見わけるのだね?』

『それは、もう、きわめて簡単』ルスティク氏は言いました。『いい医者というのは名前のまえに〝Dr〟という記号をつけています。たとえば、Dr・マン、Dr・ペルナーシュと、まあ、こんな具合です。ですから〝Dr〟がついていなかったら、学問をつんだ医者とは言えません。おわかりですか?』

『うん、ようするに〝Dr〟、つまり〝ドル〟だな。その〝ドル〟が名前のまえについていさえすればいいのだな』とサルタンはつよく念をおされたうえで、ルスティク氏にたくさんの干しブドウを授けられました。いいですか、干しブドウとは言ってもね、それはものすごく上等のものなんですよ。

それから、サルタンは医者探しの使節団をご派遣《はけん》になりました。

『だが、いいか覚えておくのだぞ』使節団の出発にさいして命じられました。『学問をつんだ本物の医者というのは、名前のまえに〝**ドル**〟がついておる医者のことだ。いいか、〝**ドル**〟をわすれるんじゃないぞ。それ以外のやつを連れてこようものなら、ただではおかん。きさまたちの耳を頭ごと刈り取ってやるから、そう思え。さあ、行け!』

この使節団がヨーロッパへたどりつくまでの、とってもながーい旅のあいだに試み、また体験したことのすべてのことをお話しするとなると、それはね、マギアーシュさん、とってもながーい童話になってしまいます。それでも、まあ、いろんな苦心惨憺《くしんさんたん》のあげく一行はヨーロッパにたどりつき、ズベイダ王女のための医者をさがしはじめました。

〈*子供たちへの訳注・〃Dr〃は doktor（ドクトル）＝博士の略号。日本では通常名前のあとに「博士」とつけるが、チェコをふくむヨーロッパでは名前の前に〃Dr〃とつけてドクトル（英語ではドクター）と読む。ドクターという言葉は一般的にいろんな分野の学位として使用される一方、お医者さんと同義語（おなじ意味）として使われるのはヨーロッパも日本も同じです。〉

こうして、頭の上にはターバンを巻き、鼻の下には馬のしっぽみたいな濃くて、ながーい鼻髭《はなひげ》をはやしている異様な風体《ふうてい》のソリマーンの使節団の一行は鬱蒼《うっそう》とした森のなかの道にさしかかりました。そして、どんどん歩いて行くうちに、斧《おの》と鋸《のこ》を肩にかついだ、おやじさんに出会いました。

『やあ、こんにちは』そのおやじさんがあいさつをしました。

『こんにちは』使節団の人たちも言いました。『ところで、おやじさん、あなたはなにをなさる方でいらっしゃいますか？』

『いやあ、これはこれは』そのおやじさんは言いました。『おたずねいただきありがとうございます。わたしはただのしがないドルヴォシュチェプ drvoštěp（きこり）でございますよ』

ソリマーン国から来た異教徒たちは耳をそばだて、それから、言いました。

『おっほう、おやじさん、そうとおうけたまわれば、また話は別でございます。失礼ながら、あなたさまのお名前を、ドル・ボシュチェプさまとおうかがいいたしましたが、ドルとはすなわちドクトルの略号で〃Dr〃のこと、あなたさまはドクトル・ヴォシュチェプ先生、すなわち、ボシュチエプ博士でいらっしゃる……、のならば、そこで、わたくしどもは、あなたさまに、いますぐ、大至急、プレスト〈イタリア語・音楽用語→速く〉でわれわれといっしょにソリマーンの国にいらっしゃいますよう、お願いいたさなければなりません。当国のサルタン・ソリマーン王はあなたさまに「よろしく」とお伝えするようにとのこと。しかるうえ、丁重にあなたさまをわが宮廷におまねきするようにとのことでございました。しかし、もしあなたさまが、うじうじとためらうとか、または、ひょっとして拒否されるようなことがありますれば、力ずくででもあなたさまをソリマーン王国にお連れいたしますことを、いま、ここであなたさまにご通告申しあげるしだいであります。どうか、わたくしどもがそのようなことをいたさずともすむよう、ぜひ、ご協力をお願いいたします』

『あれ、あれ、こりゃあおどろいた』と、きこり（ドルボシュチェプ）のおやじさんは何がなんだかさっぱりわからずに、あっけにとられて言いました。『おたくのサルタンさんが、また、わたしに、なんのご用事なんです？』

『あなたにしていただきたい、ある仕事があるのです』使節たちは言いました。

『そんなら、喜んでまいりますよ』とドルボシュチェプ（きこり）さんは承諾《しょうだく》しました。『つまり、わたしはちょうど仕事をさがしていたところなんですよ。言っておきますがね、わたしは働くときは、龍（ドラク→**dr**ak）のような勢いで働きます』

使節たちはおたがいに目くばせをしてから言った。

『これはこれは、先生、それこそ、わたくしどものもっとも希望してやまないところでした』

『ちょっと、待った』きこりのおやじさんが言いました。『まっさきに聞いときたいのだが、わしの仕事の給金《きゅうきん》はどれほどもらえるんでしょうかね。わしはそんなに欲ばり（ドラホラート→**dr**ahorád）

じゃないがね、たぶんサルタンさんという方も、そう〝けちんぼう博士〟（ドルジュグレシュレ→**Dr Žglešle**）ではいらっしゃるまい』

ソリマーン王の使者たちはその点にかんしては、きわめてていねいに答えしました。

『いやはや、大先生、そのようなことを気になさることはありません。先生がドクトル・アホラート（Dr. Ahorát=**dra**horát→よくばり）さまでなくとも――ドクトル・ボシュチェプ先生でも、どっちにしろ〝Dr〟、つまり〝ドル〟がついてさえいれば大歓迎なのであります。しかし、わがサルタン・ソリマーン王にかんするかぎり、ぜったいにドクトル・ジュグレシュレ（**Dr Žglešle**→けちんぼう・同義語）ではありませんことを、ここに保証いたすものであります。ただ、ようするに、ごくありふれた支配者であり、暴君《ぼうくん》であるとは言えます』

『よし、いいでしょう』とボシュチェプ博士こと、きこり（ドルボシュチェプ）のおやじさんは言いました。『ただ、食い物にかんしてだけはうるさいですぞ。わたしは仕事のときには猛獣《もうじゅう》（ドラヴェッツ→**dr**avec）のようにたらふく食い、飲むとなるとヒトコブ・ラクダ（ドロメダール→**dr**omedár）のように底抜けに飲まずにはいられませんからな。よろしいかな？』

『はい、すべての手配をいたしましょう、だいじな大先生のおおせでございますから』ソリマーンの使節たちは約束した。『その点にかんするかぎり、完全にご満足いただけるでございましょう』

〈訳注・以上の部分、使節団ときこりのおやじさんとの会話は一種の言葉遊び、ないしは、だじゃれであり、原語（チェコ語）のスペルや単語の意味がわからないと、わけがわからないこともあって童話の処理としてはむずかしいところだが、この訳では、あえて、少しむずかしいとは承知しながら、チャペック流の言葉の遊びをそのまま紹介した。その結果、かえって「こんにゃく問答」（おたがいに意味の取り違えからくるおもしろさ）的な味も出てきているように思われる。〉

それからすぐに使節たちはおおいににぎやかに、うやうやしくDr・ボシュチェプ大先生を船にまで案内し、いっしょにソリマーン王国に向かって船出しました。みんなが到着すると、サルタン・ソリマーン王はすぐに玉座につき、Dr・ボシュチェプ大先生の謁見《えっけん》の手配を命じました。使節たちはソリマーン王のまえにひざまずき、そのなかのいちばん年寄りの、髭のいちばんながーい使節が報告をはじめました。

『われらがもっとも敬愛する高貴なる支配者、あなたさまを心服いたしますものすべての領主、サルタン・ソリマーン国王陛下にご報告申しあげます！　陛下のご命令により、ヨーロッパと称するところの島にわたり、最高に学をおさめ、最高の名声をはくし、かつ、最高に有名なる〝ドル〟ことDrつまり、ドクトルをズベイダ王女のためにお探し申し、ついに発見いたしました。かくして、その〝ドル〟ことDrつまりドクトルをば、めでたくここにお連れいたしてまいりましたでございます、サルタンさま。この方は高名なる、世界的にもその名を知られたる医師のDr・ヴォシュチェプ先生にあらせられます。ちなみに、いかなるドクトルであらせられるかと申しまするに、働くこと　Dr・アク〈龍〉のごとく、その報酬の額は　Dr・アホラート〈よくばり〉のごとく、食すること　Dr・アヴェッツ〈猛獣〉のごとく、飲むこともまた　Dr・オメダール〈ヒトコブ・ラクダ〉のごとしと、かくある次第。これは、すなわち、サルタンさま、いみじくも、なみいる学識ある有名なるドクトルのなかでも、まさしくもっとも適切なる〝ドル〟を引き当てたということは明らかであります。ウッフム、ウッフム、かく、しかじか、かくのごとしというような次第であります」

「これはこれは、よくおいでくだされた、Ｄｒ・ヴォシュチェプ先生！」とサルタンのソリマーン王は言葉をかけられました。「どうか、おねがいをしたい。わが娘、ズベイダ王女の具合を見てやってくれまいか」

「おお、もちろん、お見舞いたしますとも」と、きこりのドルボシュチェプは言いました。

そこでサルタンみずから、ズベイダ王女の病室へ案内されました。その部屋には最高に美しいじゅうたんが敷きつめられ、そのうえに大きなクッションがおかれていて、その上に、ローソクのように青白いズベイダ王女が頭のしたに枕をあてがって横になってやすんでおられましたが、なんといっても日当たりが悪く、すごくじめじめして、うす暗い感じがしました。王女さまは、うつらうつらと昼寝をなさっていました。

「いやはや、これは、これは」きこりは同情の声をもらしました。「サルタンさま、あなたのお嬢さまは、青白くてまるでウラナリでございますね」

「そのとおりなのだ」サルタンはため息をつかれました。

「こんな、おクタバリかけておられるお姫さまでは」きこりは言いました。「サルタンさんにも、すこしばかり、ヤッカイモノのようでございます、ね？」

「まさしく、そのとおりだ」サルタンは悲しそうに同意なさいました。「なにも食べようとしてくれんのだ」

「まるでうす板のように痩《や》せてしまって」きこりは言いました。「まるで干し藁《わら》みたいだ。それに肌も色あせて、色ってえもんがない、ねえ、サルタンさん。わたしなら、この娘さんはご病気だと言いますでしょうね」

「そうとも、病気だ」と、すっかりしょげ返って言われました。「あんたが、**ドル**・ボシュチェプ先生であるのなら、わたしの娘をなおしてくれるだろうと思ったから、あんたをここに呼んだんじゃないか、Ｄｒ・ボシュチェプ先生」

「わっしがですか?」ドルボシュチェプ（きこり）はびっくりしました。「こりゃあ、たまげた、あっしがどうやってお嬢さんをおなおしすればいいんです?」

「そんなことは、わしの知ったことじゃない、あんたの仕事だ」サルタン・ソリマーン王は無気味な声で言いました。「あんたがここへ来た以上、つべこべ言ってもはじまらん。だがな、このことだけは言っておこう。もし、あんたが娘を回復させられなかったら、あんたの首をちょん切らせる。それであんたとはおさらばだ、アーメン」

「だって、そんなのないよ」おどろいたドル・ボシュチェプ（博士）ことドルボシュチェプ（きこり）さんはなんとか言い返そうとしましたが、ソリマーン王は彼の言い逃《のが》れに一言も耳をかそうとはしませんでした。

「言い逃れは無用」とソリマーン王はきびしく言われました。「そんなものを聞いているひまはない。わたしは国をおさめに行かなければならん。さあ、とにかく仕事にかかっていただきたい。あんたの腕前を見せてもらおうじゃないか」

そう言い残すと、ソリマーン王は玉座にもどられ、政治のいろいろな裁きをお下しになりました。

「ひどいことになったぞ」きこりはひとりになると、ひとり、つぶやきました。「こいつは、ずいぶんとやっかいな役目を押しつけられてしまったもんだ！　おれが、なんで、また、どっかの王女さんの病気をなおすために連れて来られなきゃならんのだ？　おれに、なんで、そんなことができるんだ？　こいつはよわったな！　ええい、こんちきしょう、いったい、何をすればいいんだ？　その娘っこの病気をなおさなかったら、おれは首をちょん切られる。

これが、もし、童話のなかのことでなかったら、むやみやたらに、誰かの首がちょん切られるなんてことは絶対にあってはならん！と言っただろうね。

『おれが童話のなかに入りこんできたのがまちがいだった。おれがいままでどおりの生活をしていたら、こんなことにはならなかったんだ！　正直のところ、この苦境からどうやって逃げ出せるか、おれにもさっぱりわからん』

こんな思い、それどころか、もっとおそろしい思いにひたりながら、あわれなきこりはサルタンの館《やかた》の玄関先に腰をおろして、ため息をつきました。

『こんちきしょう』彼は自分に言いました。『おれにお医者のまねごとをさせようとは、どこの誰だか知らんが、よくもまあ、そんなことを思いついたもんだ。もしあの連中が、あの木でもこの木でも切りたおせというんなら、よろこんでおれの腕前を見せてやる！　いっちょう、こっぱが飛び散るまで、そいつをやってやるか！　それにしても、見るからに、この館のまわりに、こんな、まるでジャングルのように木がおいしげっていては、部屋のなかに光の一筋も入らないじゃないか。こんな家のなかには湿気がひどくて、茸《きのこ》やカビやハサミムシがはびこっているにちがいない！　そうだ、あいつらに、おれの仕事がどんなもんか見せてやろう！』

そうひとりごとを吐き出すやいなや、上着をかなぐりすて、手にツバを吐きかけて、斧《おの》と鋸《のこ》をつかむと、サルタンの館の周囲においしげる木を切りたおしはじめました。こいつはとんでもない木だ、ナシやリンゴの木とはわけがちがう。わが国のクルミの木ともちがう。まさしく松の木、キョウチクトウ、ココナツの木、ドラゴン・ツリー、ヤシの木、マホガニー、それに天までとどくような大木、そのほかの異国的な植物ばかりでした。

マギアーシュさん、あのきこりがこれらの樹木の伐採《ばっさい》にどんなふうにとりかかったかをごらんになれたらねえ！　正午を知らせる鐘が鳴ったときには、館の周囲には樹木が伐採されて、かなりひろびろとした空間ができていました。そこで、きこりはシャツの袖《そで》で汗をぬぐい、家からもってきた一塊《ひとかたまり》の黒パンとコッテージ・チーズをポケットから引っぱり出して、食事をはじめた。

そのときまでズベイダ王女はうす暗い自分の部屋でやすんでおられましたが、館の窓の下で、きこりが出す斧と鋸の騒音にもかかわらず、これまでになくぐっすりと眠られました。王女さまはきこりの出す木を切る音がやみ、切り倒された木の山の上にゆったりと腰をおろして、コッテージ・チーズとパンをかじっているときになって、はじめてその静かさのために目を覚まされました。

そのとき王女さまは目を開け、『この部屋のなんと明るいことかしら、いままでになかったことだわ！』とびっくりなさいました。生まれてはじめて、この部屋にこんなにいっぱい陽がさしこみ、

うす暗い部屋が天のかがやきでみたされたのです。このあふれんばかりの太陽の光が王女さまをまぶしくさせました。同時に、そこの窓をとおして、たったいま切り倒されたばかりの木の香りがあまりにも強く、すばらしかったので、王女さまは思いっきり大きく息を吸い込み、すっかりいい気持ちにおなりになりました。

でも、切り倒されたばかりの木の鼻にツンとくる新鮮な香りのほかにも、王女さまがこれまで嗅《か》いだこともない、なにかの匂《にお》いがまだありました。――なんだろう？　王女さまは立ちあがり、外を見るために窓のほうに行かれました。窓のそとには、しめった木陰のかわりに、木が切り倒されてできた広い空間が、燃えるような太陽の光のなかに照らし出されていました。そしてそこには、たくましい大きな体つきのおじさんが独りですわって、ものすごい食欲でなにか黒っぽいものと、白っぽいものを食べていました。

それこそ、王女さまがなにかいい匂いとお感じになった、まさにそのものでした。たしかにそうですよね、ほかの人のお弁当って、ほんとにおいしそうな匂いがしますよね。

王女さまはもう我慢していられなくなりました。その匂いに引っぱられるようにして王女さまは階段をおりると、館の前に出ました。そしてこのおいしそうなものはいったいなんだろうと見るために、お弁当をたべているおじさんのほうへすこしずつ、すこしずつ近づいていきました。

『おーや、王女さんじゃないか！』きこりは口にいっぱいほうばったまま言いました。

『どうかね、ちょっとばっかしパンとチーズをめし上がらんかね？』

王女さまは真っ赤になって、首を横にふられました。

『あたし、それがすごくたべたいの』と言うのがはずかしかったんですね。

『ほれ、ごえんりょなく』きこりはぼそりとした声で言い、切り出しナイフで大きなひと切れを切って、王女さまにさし出しました。『さあ、どうぞ』

王女さまは誰かに見られていないかどうか、あたりをすばやく見まわされました。

『ありがとう』とお礼の言葉をすばやく言って、王女さまはパンとチーズのひと切れをかじってから、言われました。『フム、これはおいしーい！』

あたりまえじゃありませんか、パンとチーズをこんなふうにして食べるなんて、こんな深窓《しんそう》におそだちの王女さまは生まれてこのかた、まったくご体験あそばされなかったことでしょうからね。

このときサルタンのソリマーン王ご自身が窓から外をごらんになっていました。王さまもこれまで自分の目で見たこともないものをごらんになっていました。しめった木陰のかわりに、真昼の太陽の光のなかに燃えるような伐採地《ばっさいち》〈木が切り倒されたあとの広っぱ〉があり、おりかさなって倒れた材木の上には王女さまが口をいっぱいにして、耳から耳まで、コッテージ・チーズの髭をはやしたみたいに口を横いっぱいにひろげてすわっておられます。王女さまがこんなにすごい食欲をしめして食べておられるようすを、さすがのソリマーン王もこれまで目にされたことはありませんでした。

『おお、神さま』サルタン・ソリマーン王は大きな息をされました。『そうすると、使節のやつらめ、たしかに、わしの娘のもとに、学をつんだほんもののドクトルをつれてきたのだな！』

それでね、マギアーシュさん、このときからというもの王女さまもほんとうに元気になられ、顔も血色がよくなり、まるで子供のメス狼《おおかみ》のような食欲で食事をされるようになりました。それはあなたにもおわかりのように、光と空気と太陽の効果でした。そしてわたしがこんなことをお話ししたのは、あなたもまた太陽の光もささない、風のとおりもよくない、こんな洞窟《どうくつ》に住んでおられるからですよ。こういうのはね、マギアーシュさん、けっして健康によいとは言えません。ですから、あなたにもね、ちょっと言いたかったことなんですよ」

フロノフのお医者さんが『ソリマーンのお王女さま』の童話を話し終えたとき、そばかすのビンツェクがかけもどり、ホジチュキとウーピツェとコステレッツの先生たちをつれてきました。

「みなさん、ぼくはもうくたくたですよ！」

「ようこそ、同僚のみなさん方」フロノフの先生が呼びかけました。「こちらにおいでになるのが、われわれの患者さんでいらっしゃる、魔法使いのマギアーシュさんです。一目ごらんになっただけでも、患者の状態がきわめて深刻であることがおわかりでしょう。患者はスモモまたはアンズ、またはその種を飲み込んだとされています。わたしがひかえめな意見をもうし上げるなら、急性スモモ中毒症であります」

「フム、フム」ホジチュキのドクトルは言いました。「わたしの見立てでは、アンズ性呼吸器系障害ではないかとアンズ（案ず）るところであります」

「尊敬する同僚の診断に異論をもうし上げるのは好まざるところなれど」コステレッツの医師が言いました。「しかし、わたくしはこの患者の症例の場合、果実種性咽喉閉塞症《いんこうへいそくしょう》ともうし上げたい」

「みなさん」とウーピツェの医師が口を開いた。「わたくしは、マギアーシュ氏の症状にかんして、急性スモモ性呼吸器系障害による果実種性咽喉中毒合併症という診断におちついたということで、みなさま方のご同意をえたいのでありますが、いかがなものでございましょう」

「それじゃあ、マギアーシュさんおめでとう」とホジチュキのドクトルが言った。「これはかなり深刻で、重い病気でありますぞ」

「それに、きわめて興味《きょうみ》ぶかい症例でありますな」ウーピツェの医師がつけくわえた。

それにたいしてコステレッツの医師が言った。

「ねえ、きみい。そんなすばらしい、興味ある医学的症例なら、わたしはもうとっくに経験したよ。きみは、クラーコルカのヘイカルを、どんなふうに治療したか聞いたことはないかね？　なければ、お話ししましょう」

(二) クラーコルカ山のいたずら者ヘイカルの病気

これもまた、クラーコルカ山の森のなかに、ヘイカルといういたずら者が居《い》すわっていたころは、それはそれなりに、古きよき時代だったと言えるかもしれませんね。ヘイカルと言うのは、これまでいたお化《ば》けのなかでも、もっともいやなやつであることは、いまさらわたしが言わなくても、みんなさん、ご存知でしょう。

夜、森のなかを一人で歩いているとすると、とつぜん、その人のうしろから「ヒッヒッヒッ」と言ったり「キーキーキー」と言ったり「ブルルルッ、ブルルルッ」と言ったり、悲しそうな声を上げたり、犬の遠ぼえみたいな声で鳴いたかと思うと、「エヘラエヘラ」と無気味な笑い声を上げたりするです。とうぜん、通りかかった人は腰をぬかさんばかりにおどろくし、そんなこわいものに出くわすと、そりゃあ、もう、誰だって肝《きも》をつぶして、死にもの狂いで逃げだすのです。

つまり、そんなことをヘイカルはしていたし、そんな悪さをクラーコルカの山のなかで、とってもながーい年月のあいだやっていたものですから、人は暗くなってそこを通るのを、もう以前からこわがっていたんです。

それがね、ある日のこと、わたしのところの外来の診察《しんさつ》に来たのですよ、そりゃあ、変な、小男でしてね、顔じゅう口ばっかりというか、口が右の耳から左の耳まで開いているというようなやつでね、首にはなにかぼろ布のようなものを巻いていて、しーしー言ったり、ごほんごほんと咳はする、声はがらがら声で、ぜーぜー言うし、なんとなく声にならない声で話すものだから、一言も聞き取れませんでしたよ。

「さーて、どうかしましたか?」わたしはたずねました。

「先生」その小男はかすれ声で言いました。「すみませんが、ぼく、声が、なんか、こんなふうにかれてしまったんです」

「そうかね、じゃあ、見てあげよう」とまあそんな具合でした。「それにしても、あんたはどなただね?」

患者はすこし身じろぎをしてから、はきだすように言いました。「わたしは、そのう、クラーコルカ山のヘイカルです」

「ああ、そう」とわたしは言いました。「じゃあ、きみが、森のなかで人間たちをこわがらせている、あのいたずらもんかね? まったく、しょうがないやつだ。じゃあ、きみの声が出なくなったというのは、こりゃ、まったくいいことじゃないか! それなのに、わしがきみの〝わるさ声帯炎〟または、きみの言う〝頭喉カタリ〟、わしなら〝喉頭《こうとう》カタル〟と言うところだがね、で、そいつを、わしがなおしてやって、また森のなかで罪もない人々が腰を抜かすほど、ヒーヒー、キャーキャーと大声を上げて〝わるさ〟ができるようにしてやるというのか。わしがそんなお人好しに見えるかね？　いや、いや、そうはいかんぞ。きみはそうやって、しわがれ声でシーシー言っていればいい。すくなくとも、みんなは、きみの〝わるさ〟からは解放されて、しずかになるというもんだ！」

するとね、みなさん、そのヘイカルのやつ、けんめいに頼みはじめたのです。

「どうか、先生、おねがいします。ぼくのこのかすれ声をどうかなおしてください。ぼくは、もう、こんごは、いいことばかりいたします。人をふるえ上がらせるような悪いことは、ぜったいいたしません……」

「それから、このことも、きみに忠告しておこう。きみはだね、人をおどかそうとして、あんまり大きな声を出しすぎたから、だから、声が出なくなったんだぞ、わかるかい？　なあ、兄弟、森のなかで人をおどろかすなんて、きみのすることじゃない。森のなかはひんやりとして、しめりけがあって、そして、きみだってそこにとってもデリケートな息をする道（気管）をもっているんだ。さーて、どうしたもんか。もし、きみの喉の炎症がよくなったとしても、大きな声で人をおどろかすことは、もう、ぜったいやめにして、森からどこか遠くはなれたところへ出ていくかな？　そうでなきゃあ、わしだってきみの治療《ちりょう》なんかしてやらんぞ」

ヘイカルはひどく悲しそうなようすを見せ、耳のうらをかきました。

「それはすごくむずかしい問題です。もし、人をおどろかすことをやめたら、ぼくは何をして食っていけばいいんです？　だって、ぼくには大声を上げるとか、わめくとかする以外のことはできないんですから。もちろん、声が出ればの話ですけど」

「やれやれ、きみい、なんてこと言うんだ」とわたしは彼に言いましたよ。「きみみたいなすごくりっぱな発声器官をもっているというのに……ぼくだったら、さしずめ、オペラ歌手か市場の競売人《きょうばいにん》か、それともサーカスの呼びこみ人になるだろうな。たしかに、きみの声みたいに、すばらしく、しかも大きな声は田舎にはもったいない、そう思わないかい？　ひょっとしたら都会でなら、もっとうまい使い道があるかもしれんぞ」

「ぼくも、以前、そんなこと思ったことがあります」ヘイカルは打ち明けました。「そうだ、ぼく、こんど声が出るようになったら、別のことを何かやってみますよ」

そこで、みなさん、わたしは彼の喉にルゴールをぬってやりました。それからうがい用に塩素酸カリと過マンガン酸カリウムを処方し、それにトローチも与え、首に湿布《しっぷ》をしてやりました。そのときからクラーコルカ山でヘイカルの声は聞かれなくなりました。ほんとうに、どこかに出ていって、人をおどろかすようないたずらはやめたんですね。

(三) ハヴロヴィツェの水男《かっぱ》の症例

「わたしも医学的に興味ぶかい患者を診察したことがあります」とウーピッツェの医師が名乗りを上げた。「わたしどものウーピッツェのハヴロヴィツェ橋の向こうには、柳とハンの木の根もとにヨウダルという名の、年よりのかっぱが住んでいましたがね、すごいネクラで、ぶっきらぼうで、不機嫌で、不平ばかりたれてるようなやつで、ときにはあたり一帯に洪水は起こすし、ときには、水浴びをしている子供をおぼれさすし、早い話が、村人たちはこの川のそのかっぱを見るのをすごくきらっていました。

ある年の秋のことでした、一人の老人がわたしの診察室にやってきたのです。彼の着ているフロック・コートは緑色で、首には赤いネッカチーフをまいて、うんうんうなるやら、咳をするやら、くしゃみをするやら、あらい息をするやら、大きな鼻息をするやら、鼻をぐすぐすすするやら、ぜいぜい言うやらしているんです。

『先生さま、あたしゃ、なんか風邪《かぜ》かインフルエンザにかかったようです。あたしのこのあたりが痛むし、ここんとこはきりきり差し込むようだし、腰も痛いんです。関節もぴりぴりっと電気が走るように痛みます。咳が出はじめるともう息ができなくなりそうですし、ひどい流感にかかったんですよ。なにかいい薬をいただけませんでしょうか』わたしは彼の診察をしまして、言いました。

『おじいさん、こりゃあリューマチだよ。この塗り薬をあげよう。だけど、念のために言っておくけど、これはやわらかい塗り薬だからね。だけどそれだけじゃないんだよ。あんたはかなり暖かい、かわいた所にいなきゃならない、わかったね？』

『わかりました』おじいさんはぼそりと言いました。『でもね、そのかわいた所と、暖かい所と言うのはね、若先生、あたしには、たぶん、むりでしょうよ』

『どうして、むりなのかね？』わたしはたずねました。

『そうだねえ』おじいさんは言いました。『なんたって、あたしはハヴロヴィツェの水男《かっぱ》なんでございますよ。ですからね、どうやって水のなかでかわいていたり、暖かくしていたりできるんです？　たしかに、わたしは鼻水は水面でふきますがね、水のなかで眠り、水蒲団《みずぶとん》をかけて寝るんです。いまみたいに年をとるまでは、やわらかく横になることができるように、わたしはベッドのなかに固い水のかわりに、やわらかい水を入れていました。でも、乾いた水とか暖かい水となると、ちょっと無理な相談というわけでして、そうでしょうが』

『じゃあ、しようがないな、おじいさん、あんたのリューマチは悪くなるだけだよ』わたしは言いました。『いいかな、年よりの冷《ひ》や水とも言うじゃないか、つめたい水のなかとは言え、年を取っ

た骨は暖かくしてやらんといかん。あんたはいったい何歳になるね、水男《かっぱ》さん？』

『そう、ええっと』かっぱはちょっと口ごもりました。『先生、わたしは、まだ、いまの宗教がここになかったころからいますからね……、たぶん、数千歳かもっとかもしれませんなあ。そう、そりゃあ、もう、とてつもない、ながーい年月でしたわい！』

『そうら、ごらんなさい』わたしはおじいさんに言いました。『そんな年になったらね、おじいさん、竈《かまど》のそばにいるのがいちばんだよ。まてよ、いい考えがあるぞ！　おじいさんはどこかで温泉の話を聞いたことはないかね？』

『聞きましたよ、聞いたことありますよ』かっぱのおじいさんは気がなさそうに言いました。『でも、ここにゃまったくありませんや』

『ここにはないがね』わたしは言いました。『テプリツェとかピーシュチャニ、それにどこか別の所にもあるかもしれないよ。ただねえ、地中ふかいところだからねえ。言っておくけど、こんな温泉というのはね、まさしく年をとったリューマチのかっぱのために作られているようなものなんだよ。ようするに、あんたはその温泉に、温泉かっぱとして住み込んで、働きながら、そのあいだにリュウマチの治療すればいいんだよ』

『フム、フム』おじいさんかっぱは、ちょっと困ったようにためらっていました。『それで、いったい、そんな温泉かっぱというのはどんな仕事をするんです？』

『たいした仕事じゃない』わたしは親しみをこめて言いました。『ただ、いつも地の底から暖かいお湯をひやさないように汲《く》み上げなければならない。そしてあまったお湯は地球の表面に流すんだ。

ました、先生』

『どういたしまして。それから、水を汲むには深い穴を掘らなくてはいけないところを、わたしの忠告を聞くだけの分別をもっていたよ。

たったそれだけだよ』

『それなら、やれるかもしれんな』ハヴロヴィツェのかっぱはつぶやきました。

『じゃあ、どこかのそんな温泉を探してみましょう。どうもありがとうございました、先生』

そして、診察室から出ていきました。ただ、彼のいたところの床に水溜《みずた》まりができていましたよ。

いいですか、みなさん、ハヴォロヴィツェの水男《かっぱ》はわたしの忠告を聞くだけの分別をもっていたんですね、わたしの言うことを聞いて、スロバキアの温泉に住みつきました。そして地底からたくさんの暖かいお湯を汲み上げていますから、その場所は、いまでもたえまなく温泉の水がわき出しています。その温泉には人間たちもお湯につかっていますし、人間たちのリューマチにも効果をあらわしています。ですから世界じゅうからそこに温泉治療に来るくらいなのです。

マギアーシュさん、この例からも、すこしは教訓《きょうくん》を学んでください。そしてわたしたち医者があなたに忠告することを、すべて忠実に守るようにしてください」

（四）ルサルカ（水の精）のけが

「わたしもやっぱりちょっと変わった患者をみたことがあります」

ホジチュキのドクトルが発言した。

「ある晩のこと、誰かが窓をこつこつとたたき、『先生！　先生！』と呼びかけたとき、わたしはぐっすり眠っていました。

わたしは窓を開けて、言いました。

『おや、どうかしたのですか？　誰かわたしを呼んでいるのかね？』

『そうです』闇のなかから心配そうな、やさしい声がしました。『来て！　来て！　助けてちょうだい！』

『そこにいるのは誰かね』わたしはたずねました。『わたしを呼んでいるのは誰だ？』

『わたくし、夜の声よ』暗闇のなかから語りかけてきました。『夜の月の声よ。来て！』

『いま、行きますよ』わたしは夢うつつに答えて、いそいで服を着ました。わたしが家のまえに出ると、そこには誰もいませんでした。

　そりゃあね、みなさん、わたしだってすごく心配になりましたよ。『おーい！』わたしは声をおさえて呼んでみました。『そこに、誰かいるのですか？　わたしはどこへ行けばいいんですか？』

『あたしのうしろから、ついておいでなさい』よわよわしい、見えない声がすすり泣くように言いました。わたしは、そこが道だろうがなかろうが、露でぬれた野っぱらや、まっくらな森のなかを、ただその声をたよりに歩いて行きました。

　月はかがやき、その光はさむい夜空のなかにこおりついていました。みなさん、わたしはこのあたりの地図なら自分の手のひらを見るようにすみずみまで知っています。でも、その月夜の晩だけは、夢でも見ているかのように、すべてがおぼろでした。わたしたちにいちばん身近な風景のなかに、べつの世界が出現したかのような、そんな感じでしたよ。

　わたしはその声に導かれて、もう、ずいぶんながいこと歩いていましたが、そのとき、わたしは、なんだ、ここはラティボジッェの谷ではないかと自分で自分に言いました。

『こっちよ、先生、こっちよ』声がわたしを呼んでいました――その音は川面《かわも》がきらきらとひかり、さざ波がさらさらと鳴るようなそんな感じでした。そしてわたしは月の光に照らし出された耕地《こうち》のはずれのウーパ川の岸に立っていたのです。畑のなかほどでなにかが光っていました。たぶんそれは人の体か、もしかしたらただの霧《きり》か霞《かすみ》かもしれません。もしかしたら静かなすすり泣きが聞こえてくるようでもあり、ただの川のせせらぎの音のようでもありました。

『これこれ』わたしはあやすように声をかけました。『そこにいるのは誰だね？　どこかが痛むのかね？』

『ああ、先生』地面の上の明るいものがふるえ声で言うのが聞こえてきました。『わたくしはただの妖精《ようせい》なの、水の妖精のルサルカなの。わたくしの姉妹たちが踊《おど》っていたの。あたくしもいっしょに踊っていたの。そしたら、そのうち、どうしたのかしら、もしかしたら、月光の条《すじ》につまずいたのね、きっとあたくし、露のしずくの上でふるえていた光の粒をふんで足をすべらせたのだわ。あたくしにも、なにがどうなったのかわからないの。あっと思ったとたん、あたくしはたおれていた。そして立ち上がることもできないの。そして足が痛いの、とっても、とっても、いたーいの、ああ、いたーい……』

『そうかい、お嬢さん』わたしは言いました。『たぶん、骨折《こっせつ》、つまり足の骨が折れたのだろうな。それならちゃんと治療することができるよ。それで、あんたはこの谷間でダンスをしているルサルカたちの一人なんだな？　ああ、そうだ！　ジェルノフだったかスラチナだったかの若者があんたたちの所にやってきたとき、あんたたちはその若者を死ぬまで踊らせたろう、違うか？　フム、フム。いいかい、お嬢さん、それはとっても悪いことだとわかっているかい？　こんどはそのダンスであんたがとうぜんのむくいを受けたというわけだ、そうだろう？　あんたたちのダンス・パーティでそんなけがをしたんだからな！』

『ああ、先生』畑の上の光るものがうめき声を上げました。『先生には、あたしの足がどんなに痛いかわかっていらっしゃらないんじゃない？』

『わからないことがあるもんか、骨折は痛いもんだからね』とわたしは言いました。そしてわたしは骨折の程度を見るためにルサルカのそばにひざをつきました。

みなさん、わたしはもう何百回、何千回と、骨折の治療をしてきましたがね、ルサルカの骨折の治療は、さすがに骨が折れましたよ。なんたって、体が光線で出来ているんですからね、骨はレーザー光線のようないわゆる硬い光線でできていました――それにしたって、手でつかむことはできません。まるでそよ風か、光か、霧みたいに手ごたえがないのです。それで、こんどはなんとなく『まっすぐにして、ひっぱって、包帯をまいて！』と。

言っておきますがね、そりゃあ、もう、まったくいまいましい気骨の折れる仕事でしたよ。わたしはくもの巣で包帯をしようとしていたのですが、ルサルカのやつ『アウ！　ロープでしめつけられるみたいだわ』って悲鳴《ひめい》を上げるんですよ。

わたしは折れた箇所をリンゴの花の花弁をあてて固定しようとしたのです。そしたら彼女のいいぐさときたら『まるで石を押しつけられているみたい！』って泣き出すしまつです。

さーて、どうしたもんか？　そこで、わたしは結局、トンボだかカゲロウだかの羽の上できらきらしている、金のような光をつまみ取って、二枚の板を作りました。月の光は露の玉のなかで虹の七色にわかれましたので、わたしはそのなかのいちばんほそい青い光線で、ルサルカの折れた小さな足にそわせてその板をしばりつけました。

そりゃあ、もう、汗びっしょりになるくらい、ひどい労働でしたよ――わたしにはその夜の満月が真夏の太陽のように、じりじりと照りつけていました。そして手当てがおわると、わたしはルサルカのとなりにすわって、話をしました。

『さあ、お嬢さん、足の折れたところがくっつくまで、いまは静かにして、足を動かしたりしてはいけませんよ。でも、いいかい、かわいいこちゃん、ぼくはね、君や、君のお姉さんや妹さんたちが、まだ、こんな所にくすぶっているのが不思議でしょうがないんだよ。だっていいかい、以前ここにいた妖精やルサルカたちが、みんな、もうとっくの昔に、もっといい職場をさがして出て行っているっていうのにね……』

『どこに？』ルサルカはため息まじりに言いました。

『そうだな』とわたしは言いました。『知ってるだろう？　映画に出演しているんだよ。映画のためにお芝居をして、踊りを踊るんだ。するとね、たくさんのお金をもらえるし、世界中がその映画を見る……。そうさ、そりゃあ、もう、すごく有名になれるよ、お嬢さん。ルサルカや妖精たちはほとんどみんな映画界に入ったし、男の妖精やお化けたちだってそうさ、次から次だ。もし、あんたがその連中のすごーい化粧品や宝石類を見たら、なんと言うだろうな……、とにかく、その連中ときたら、あんたがいま、まとっているような、なんのかざりもない、流行おくれの服なんかには目もくれやしないだろうよ！』

『おお、なんてこと』ルサルカちゃんは反対しました。『このドレスだって蛍《ほたる》の光で織ったものなのよ！』

『まあ、そうかもしれんがね』わたしは言いました。『そんなドレスはいまじゃ、誰も着てはいないよ。いまじゃもう、ドレスのデザインなんかまったく変わったからね』

『おひきずりなの？』ルサルカちゃんは興味しんしん、くい入るように、わたしにたずねました。『ぼくはきみにそのことは言えないな』だって、そうでしょう。『わたしはね、そんなことについては、あんまりくわしくないいんだよ。でも、もう、そろそろ行かないと、もうすぐ夜が明けるよ。わたしの知るかぎり、きみたちルサルカは闇のなかでだけしか現われないんだろう？　じゃあ、さようなら、お嬢さん。それからその映画のこと、もう少し考えてみるといい』

それ以後、わたしはそのルサルカを見たことはありません。たぶん彼女の足の骨はよくなったんでしょう。みなさんはどう思われます？　そのときからルサルカや妖精たちがラティボジツェの谷に現われなくなったのです。だからみんな谷から出ていって、映画に出るようになったんでしょうね。でもね、映画館に行って注意してよくごらんなさい。ちょっと見には、スクリーンの上で男や女たちが動きまわっているように見えますがね、その男や女たちには体がないんです。だから、体にさわることはできません。それはただ光線で作られたものなんです。そのことからも、それがルサルカたちだということがわかるでしょう。だから、映画館では電気を消して、暗くしなければならないんですよ。だって妖精にしろその他のお化けたちは光をこわがりますからね。闇のなかでだけ生き返るのです。

このことからもわかるように、お化けや、その他の童話的な登場人物にしても、童話以外のべつの、もっと理屈にあった職業を見つけないかぎり、今日の世界にはとうてい受け入れられませんよね。そのためのチャンスならいくらでもあるはずですがね」

（五）結末

おーっと、たいへん、子供たち、こんなお話を聞いているあいでに、ぼくたちもうちょっとで魔法使いのマギアーシュさんのことを忘れるところだったよ！　そうだ、たしかに、マギアーシュさんの喉にはずうっとスモモがひっかかったままになっていたんだから、マギアーシュさんがうんとも、すんとも言わなかったのはあたりまえだよね。こわくてただ冷や汗をながしながら、目をくりくりさせて、四人のお医者さんがはやく手当てをしてくれればいいのにと、思うしかなかったんだ！

『さて、マギアーシュさん』やっとのことで、コステレッツのお医者さんが言った。『それでは、いよいよ手術にとりかかりますかな。しかし、まず、さいしょに、わたしたちは手を洗わなくてはなりません。だって、外科の治療にとってだいじなことは清潔《せいけつ》さですからね』

そこで四人のお医者さんたちは手を洗った。さいしょはお湯で、つぎに薬用アルコールで、つぎにクレゾール液で、さらに石炭酸で洗い、そのあとで清潔な白衣を着た——さあ、いいかい、子供たち、いまから手術がはじまるぞ！　じっと見ていられない人は、目をつぶっていたほうがいいよ。『ビンチェク』ホジチュキのお医者さんが命じました。患者が動かないように、患者の腕をしっかりおさえておいてくれ！』

『マギアーシュさん、覚悟《かくご》はいいですね？』ウーピツェのお医者さんがおごそかにたずねました。

マギアーシュはただうなずいただけでした。でも、同時に、指の先からじわじわしのびこんできたこわさに心臓がちぢみ上がっていたのもたしかのようだ。

『さあ、いくぞ！』とフロノフのお医者さんが掛け声をかけた。

その瞬間、コステレッツのお医者さんがゲンコツをふり上げて、魔法使いのマギアーシュの背中にものすごい一撃をくらわせた――その一撃は雷が落ちたときのような大きな音をたてたので、ナーホダやスタルコチェ、それどころかスミジツェの人たちでさえ、雷雨がどこかで荒れ狂っているのかと思わず振り向いたほどだった。

――スヴァトノヴィツェでは廃坑《はいこう》になった炭坑の地下ギャラリー（水平坑）がつぶれたほど地面が振動した。またナーホダでは教会の塔《とう》の一本がゆれた。

――トルトノフからポリツェにいたる全域、おそらくさらに遠い地域のハトはみんなびっくりして飛び立ち、すべての犬はおどろいて犬小屋のなかにもぐりこみ、すべての猫は暖炉の上からすべり落ちた。

――さらに、そのスモモはマギアーシュさんの喉から猛烈な勢いで飛び出していったから、パルドビツェを飛び越えて、プシェロウチュの近くでやっと地面に落下した。そのとき、野っぱらにいた数頭の牛を殺し、地面ふかくめりこんだ。その深さはおよそ四間と一尺三寸三分（約七メートル五十センチ）もあった。〈チャペックさんはこの長さをチェコの古い長さの単位で記しているので、訳者もおなじ長さを日本の古い尺度の尺貫法に換算して示した。〉

だから、マギアーシュさんの喉から最初に飛び出したのはスモモだったけど、そのあとからすぐつづいて「──きようもんの、とんまやろう！」という言葉が飛び出してきました。つまり魔法使いのマギアーシュさんがソバカスのピンチェクに「この、無器用《ぶきよう》もんの、とんまやろう！」と言おうとしたとき、そのあとの言葉が喉にとじこめられていたんだね。だけどね、この言葉はもうそんなに遠くまでは飛んでいかなかった。ヨゼフォフのすぐ向こうの地面におっこちた。でもね、そのとき古いナシの木をまっぷたつに引き裂いてしまったんだよ。

それからマギアーシュさんは髭《ひげ》をととのえてから、言った。

『こころから、感謝いたします』

『どういたしまして』と四人のお医者さんたちはこたえた。『手術が成功してなによりでした』

『ただし』それにつづけてすぐにウーピツェのお医者さんが言いました『あなたがこの病気から完全に回復なさるためには、マギアーシュさん、あと数百年はリハビリをなさる必要がありますぞ。わたしとしてハヴロヴィツェのかっぱにしたのとおなじに、空気と気候を変えるようにとご忠告いたします』

『同僚の意見に、おおいに賛成です』フロノフのお医者さんも強調した。『あなたはご自分の健康のために、ソリマーンの王女さまと同じように、日光と新鮮な空気がたっぷり必要です。その理由から、わたくしはサハラ砂漠への転地療養を熱烈《ねつれつ》におすすめしますよ』『わたくしといたしましても』コステレッツのお医者さんがつけくわえた。『まったく、同感です。サハラ砂漠はあなたにとっても、マギアーシュさん、すこぶる健康にいいと思いますな。と、もうしますのも、あそこにはあなたの健康をおびやかすスモモの木が一本も生えていないということからして、すでにあなたの健康にもってこいの地と言えるのではないでしょうか』『わたくしも親愛なる同僚の意見に賛成いたします』ホジチュキのお医者さんがさいごのしめくくりをした。『そもそも、あなたは魔法使いでいらっしゃるのですから、どうしたらその砂漠に人間が住み、仕事ができるように、魔法によって水分と自然の実りをもたらすことができるか、調査し、検討することがおできになるはずじゃありませんか。そうなったら、それこそがもっとすばらしい童話になるでしょう』

きみたちなら、魔法使いのマギアーシュさんは、どうすればいいちばんいいと思う?

マギアーシュさんはね、四人のお医者さんにちゃんとお礼を言うと、自分の魔法の道具を荷造りしてね、ヘイショヴィナの山からサハラ砂漠へ引っ越していったんだ。そのときから、ぼくたちの国には、魔法使いだとか黒司祭だとか言われるものは一人もいなくなった。そして、それはそれでいいことだ。しかし魔法使いのマギアーシュさんはね、いまも生きていて、砂漠のなかに野原や森や町や村を魔法で作りだすにはどうすればいいか、いろいろと考えているんだよ――たぶん、子供たち、きみたちが大きくなったころには、きっと実現しているだろうよ。

第2部

チャペック童話の追加

魔法にかかったトラークさんの話

あるところにね、一人の宿なしのトラークさんがいたんだ。かたほうのポケットには穴しかなかったし、もういっぽうのポケットははじめっからついていなかった。その上、そのかわいそうなトラークさんは口がきけなかったんだよ。おまけに灰色のかみの毛のなかにはシラミがたかっていたから、どこにもとめてもらえなかった。

たまに、カビの生えたパンのきれっぱしをめぐんでくれる人もいたけど、そんなときでも、トラークさんはお礼を言うことさえできなかったんだ。だからね、ふしぎな、すんだ青い目でじっと見るだけで、また、とことこ歩いて旅をつづけたんだ。そして眠るときはね、そうだな、どこか干草のある所とか、わらのある所にねるんだ。もし、覆《おお》うものがなんにもないときには、しわのあるまぶたで目をおおうだけだった。だけど、それだって、まずしい旅人のトラークさんはじゅうぶん満足だったんだ。

そんなある日、口のきけないトラークさんは誰もいない森番の小屋にとまった。そしていろんな夢を見た。もしかしたら楽園にいる夢かもしれない。そんな夢なら、まずしい人だって見ることができる。だからそんな夢かなにかを見ながら眠っていると、たまたま小男のドロボウ君もこの小屋にとまろうとしてやってきた。なかにしのびこんで、まっくらななかで手さぐりですすんでいくうちに、トラークさんに手がふれた。

ははあ、こいつは、きっと、おれの仲間だなとドロ君は思った。じゃあ、どこかでぬすんできた金のくさりとかダイヤモンドの指輪とか、なにか少しはもっているだろうと思って、すぐにトラークさんのポケットに手を入れてみた。いっぽうのポケットには穴が見つかった。洋服のはんたいがわのポケットは、さいしょからついていなかった。これじゃあね、どんなにやせっぽっちのドロ君にだってぬすむものがなさすぎるよね。だからね、このドロ君はトラークさんのポケットをからっぽにしたまま、穴もポケットのなかに残したままにして、せめて寝るだけでも寝ようと思って小屋のはんたいがわに横になった。

ドロボウ君は横になってもすぐには眠れなかった。きっと、きれいな心をもっていなかったんだね。だから、横になったままでいたんだけど、そのうち小屋のなかでふしぎな、胸がじんとかなしくなるような、美しい光がさしてきて、そのふしぎな光のなかに三人のまっ白な髪《かみ》をしたおばあさんがあらわれた。

あまりのおどろきにドロ君の心臓はすごくどきどきした。それでおばあさんのなかの誰にも見つからないように、小屋のすみっこに、まるでひとつまみの灰のように、枯《か》れた一本のわらのように小さく小さくなってちぢこまっていた。すると三人のおばあさんは眠っているトラークさんのほうにかがみこんで、そのなかのさいしょのおばあさんが言った。

「妹たち、なんてこと、世界じゅうでいちばんまずしい人が、こんなにぐっすり眠っているよ！」

「このいちばんまずしい人は」第二のおばあさんが言った。「世界じゅうで最大の宝物がある場所を見つけるだろうよ」

「でも、死んだあとにね」と三番目のおばあさんがつけくわえた。

小さく小さくちぢこまった小さなドロ君は、きき耳をたてた。

「そうだね、埋葬《まいそう》されたらね」さいしょのおばあさんが言った。

「だって、そうでしょう、まさに、このトラークがほうむられた所に」第二のおばあさんが言った。

「世界で最大の宝物が埋《う》められるんだからね」

「よし、これできまりだよ」第三のおばあさんがさいごの言葉を言った。

「じゃあ、どこに埋められるんだ？」思わずドロ君の口からそんな言葉がもれました。しかしすぐにこうかいしました。それを言ってしまうやいなや、三人の運命の老女神のすがたは消えてしまった。そして、そのあとには、ふしぎな、魔法の、胸がしめつけられるようなもの悲しい光だけがのこり、その光のなかで、おしの旅人トラークさんがやすらかな寝息《ねいき》をたてていた。

ドロ君は体を起こしてすわったまま、考えにふけった――それじゃあ、このじいさんは世界で最大の宝ものが埋められている場所にいつかはほうむられることにきまったんだな。このじいさんはもう大分よぼよぼだし、先はそう長くはあるまい。こうなったら、おれはもうこのじいさんを放しはしないからな。このじいさんとどこまでもいっしょに行こう。そしてじいさんが死んでどこに埋められるか待つんだ。そしてほうむられたら、まさしくその場所を掘って宝物を見つければいい。

どうだい、諸君、おれは賢いだろう！　こんなに知恵《ちえ》があるのにぬすみをするなんて、おれにはそぐわない。おれみたいな知恵のある人間にふさわしい、もっといいことがあるはずだ。その宝物を見つけたら、自動車や毛皮や金の指輪を買おう。もし、そうなったおれのところにどこかの盗人がきたら、ようし、そいつにおもい知らせてやろう！　なんだと、この悪党、この人殺し、盗人の役立たずめ、おれの指輪をぬすもうってえのか？　絞首台に向かって、前へすすめ！　だ。

「そうとも」とドロ君はひとりごとを言いました。「このじいさんが死んで、埋葬された場所に宝物を見つけさえしたら、そんなことくらい、へいちゃらだ」

朝がきて、口のきけないトラークさんが青い目からねむけをぬぐいとると、すぐにドロ君が声をかけた。おお、ここに誰かいるようだな。これからどっちへ行くんだい、とかなんとか。口のきけないおじいさんはたずねられたことに、ひとことも答えなかった——あたりまえだよね——。ただ、美しい青い目でじっと見ているだけだった。

「口のきけないじいさん」ドロ君は言った。「言っておくがね、おれはこれからどこへでも、じいさんといっしょに行くからな。もし、じいさんがおれから逃げ出そうとでもしようものなら、おらあ、じいさんをぶったたくからな。いいか、かならず、ぶちのめすぞ、わかったな？　それじゃあ、これから旅へ出かけよう！」

そこでトラークさんは村から村へと歩きました。ドロ君はトラーク爺《じい》さんを見失わないように一歩あとからついていった。トラークさんは人々の家のドアロからドアロへと歩いた。どこかではパンのひと切れをもらい、どこかでは悪口をもらった。ドロ君は悪口には見むきもしなかったが、パンはトラークさんからとりあげて、ひとりで食べてしまった。ドロ君はどこかで鳥のひなとかウサギを盗んで、火にあぶって料理したが、トラーク爺さんには骨の一本もしゃぶらせようとしなかった。

「腹をすかせて死ねばいいんだ」とドロ君は思った。「そうしたら、すくなくとも宝物がはやく手に入る」

でも、口のきけないお爺さんは、なかなか死にません。村から村へと、いつまでも、いつまでも、歩きつづけたので、ドロ君も一歩あとから、いつまでも、いつまでも、ついて行ったんだ。こうして、とうとう世界じゅう、ほとんど行かない所はないくらい二人いっしょに歩きとおした。

あるとき、くらくて長い森のなかを歩いていた。もう、夜になってさむくなった。ま夜中ごろ森のなかにぽつんとたった酒場にたどりついた。トラーク爺さんはドアをたたいた。すると酒場の主人のイーラがドアを開けにきた。じつは、このイーラは盗賊《とうぞく》だったんだ。お爺さんは、どこか土間か馬小屋かに一晩とめてくれないかと、手まねでたずねた。でも、イーラはおそろしい顔をしてお爺さんをどなりつけ、年よりのトラークさんの鼻先でドアをばたんと大きな音をたてて閉めてしまった。お爺さんがあたりを見まわすと、ものすごく大きな犬が寝ている犬小屋が見えた。ところがその犬は血にうえた狼《おおかみ》のすがたにかえられた狼人間だった。しかしお爺さんはぜんぜんこわがりもせずに、犬小屋のほうによろよろと近づいていった。

するとそのおそろしい大狼はおとなしく起き上がってきて、すこししっぽをふり、お爺さんを自分のあたたかい小屋のなかに入れてくれた。そこでドロ君は「じゃあ、おれもあそこで寝るとするか」と心のなかで言い、犬小屋のほうへ近づいた。そしたら大狼は飛び出してきて、歯をむいて、胸がいまにもはちきれそうなくらい、おそろしいうなり声を上げた。それがほんとにはち切れたら――ねえ、きみたち、どうなると思う？――きっと、がぶりとやられてしまうだろうな。で、ドロ君はあわててドアの所まで飛びずさり、ドアをどんどんとたたいた。盗賊のイーラはドアを開けて、ふきげんな声で「いったい、なんの用だ」とたずねた。

「すみません、酒場のご主人《しゅじん》さん」ドロ君はふるえ声で言った。「どうか、なかへ入れてください。さもないと、あんたの犬に食いころされます」

「入るのはいいが、金をはらってもらうぞ」イーラは言った。

「はらいますよ」ドロ君は叫んだ。「あたしが、あの宝物を掘り出したらね」

それをきくと、イーラはすぐにドロ君の服のえりをつかみました。

「よし、じゃあ、こんどはどんな宝物か、どこにあるのか言ってもらおうじゃないか！」

こうなったらドロ君も、そのわけを話さなければならなくなりました。そこで、三人の女神を見たこと、そして、この口のきけないトラークさんが埋葬されるその場所に、世界で最大の宝物が見つかると予言したことを、うちあけてしまいました。

「そういうわけか」とイーラもものすごくきょうみを引かれた。五回もその話をぜんぶ聞きなおして、それからドロ君を小さな部屋に閉じこめ、腕まくりして手につばをはきかけて考えはじめた。

「おれもあのトラーク爺さんといっしょに行こう」盗賊は心のなかで思いました。「そして爺さんが死んだら、どこにほうむられるかを見て、それからその場所から宝物を掘り出そう。そしてその宝物で城を買って、ひとつの部屋には金貨をいっぱいつめこもう。盗賊どもが盗みにでもやってきてみろ、こんちきしょう、みなごろしにしてやる」

こんなことを朝までかかって考えていました。朝になるとベーコンを五キロばかり切りとって袋に入れて、あとについていくために、口のきけないトラークさんが起きて、歩きはじめるのを待っていました。お爺さんは目を覚ますと、大狼をなでてやり、目をこすって、道路にそって歩きはじめた。盗賊イーラがそのあとから。

いっぽう、ドロ君は小部屋に閉じこめられたままだった。朝になると、お爺さんがいなくなるんではないかという不安にとりつかれた。そこでドロ君は馬のたてがみのように細く、ほそーくなって鍵穴《かぎあな》をとおって外に出た。すると、そのときお爺さんがすでに出かけて、そのあとからイーラが行くのが見えた。ドロ君は二人のあとを追いかけた。しかしイーラは革のベルトのあいだから、おそろしい肉切り包丁を引き抜いて見せた。

「きさま、べつの道を行け。さもないと、きさまをざっくざっくと切りきざんでやるぞ」

ドロ君はちぢみ上がって、うしろのほうに立ちどまった。そして、どうすればイーラに仕返しができるか、どうしたらイーラからお爺さんを盗まれずにすむかを考えた。お爺さんは村から村へ歩いて行き、ひと切れのパンをめぐんでくれるようにたのんだ。盗賊イーラはいつもお爺さんの一歩あとからついていき、血にうえた目をお爺さんからはなさなかった。お昼になったがお爺さんはパンのちいさなひと切れさえめぐんでもらうことができなかった。それで道のわきに腰をおろして、枯葉のようにふるえていた。イーラはすわり、袋からベーコンをひっぱりだして、二十ポンドばかり切り取って、いっぺんに食べてしまった。でも、お爺さんにはベーコンの皮さえあげなかった。

やがて、お爺さんはまた歩きだし、夜まで歩きつづけた。そして、どこに行っても、誰からも「こんにちわ」も言ってもらえなければ、ひからびたジャガイモさえもらえなかった。そして夜になると、どこかの物置小屋のなかでよこになり、青い目をとじて眠った。

イーラはしきいの所にすわって、二十ポンドのベーコンをかじっていた。ところで、おれがあの爺さんに飛びかかって切りつけ、死んだらおれが爺さんを埋葬することにしたらどうだろう。おれが好きなところに埋めたとしても、その場所にその宝物があるというわけだ。盗賊は包丁《ほうちょう》を引き抜いて、つばをはきかけて、シュッシュッと音がきこえるくらい、くりかえし包丁をといだ。それからまた爪でたしかめ、またといだ。

いっぽう、ドロ君もいちばん近くの村まで来ていた。そしてイーラのじゃまをするために、みんなの人に魔法にかかった旅人をみつけたこと、その旅人が埋められた場所に、宝物がおさめられていること、盗賊イーラが宝物を掘り出して、ひとりじめにしようとして、そのお爺さんといっしょに旅をしていることを言いふらした。お百姓さんたちはその話をきくと、誰もが、わしも宝物掘りに行こうと思った。誰もが袋をもちだしてきて、そのなかに食パンか薫製《くんせい》の肉のかたまりを入れて、くわとか、すきをもって、お爺さんのあとにつづけとばかりに出てきた。

だから、それはイーラが、口のきけないトラーク爺さんののどをかき切って殺《ころ》してやろうと思って、ちょうど包丁をといでいるときだった。三回目に刃につばをはきかけて、刃から火花がとびちるほどとぎはじめたとき、ふと顔を上げた。

すると、周囲には、真っ赤に焼けた木炭の棒のようなものがとりかこんでいるのが目に入った。それは宝物を掘ろうとしてやってきた人たちの、欲にくらんだ炎のような目だった。

「そうか、なーるほど」イーラは心のなかで言いました。「おれがこの老いぼれを殺して埋めたら、やつらは、そのあと、おれをおいはらって、じぶんたちだけで宝物を掘り出すだろうな。おれはそんなにばかじゃないぞ」イーラはそう自分で言うと、包丁はまだとぎ終わっていないぞとでも言うように、ベーコンをひと切れ切りとった。

お爺さんはしずかに眠っていた。しかし、お爺さんの所にやってきた人たちは、もしかしたら、誰かほかの人がお爺さんを袋に入れてもっていくかもしれないとか、誰かがこっそり埋めてしまうかもしれないという心配で、誰ひとり眠らなかった。それでその掘っ立て小屋のまわりにすわって、おたがいに真っ赤な目で照らしあい、ひげをぴんと張っていた。

朝になってお爺さんが目をさました。でも、そこのおおぜいの人たちにもまったくおどろかなかった。そして朝つゆで目を洗うと、また、歩き出した。この群集たちはお爺さんのあとにつづき、誰もができるだけお爺さんの近くにいようとして押しあっていた。

お昼にはトラークさんはパンのちいさな切れっぱしさえもらえなかった。そこで石の上にこしをおろして、風のなかの麦の穂《ほ》のようにふるえていた。みんなはそのまわりにしゃがみこんで、袋のなかからたくわえの食べものをとり出してたべた。でも、誰ひとりお爺さんにはパンのくずさえあげなかった。それから夜になって、またお爺さんが寝にいくと、みんなはオオカミのようにおじいさんのまわりにすわりこみ、火のように真っ赤にもえる目で見つめていた。そしておたがいに見はり、まるでかみつきそうなくらい歯をぎしぎし鳴らしていた。お爺さんはしずかに、まるで、子供のようにひっそりと、人だかりのまんなかに眠っていた。

こうして、その次の日も、三日目も、四日目も、そのあとも、ずっとこんなことがつづいた。ただ、人の数はだんだん増してきて、みんなが宝物をもとめて歩き、口のきけないお爺さんが死ぬのを待っていた。すべての人はおたがいににくみあい、おたがい同士で殺しあいをはじめかねないありさまだった。こんなふうにしながら、みんなは、ただもえるような目を光らせて食べものをかじり、おたがいにしーしーとおどしあい、歯をかちかちと鳴らしていた。

この人たちのなかには金持ちになりたいまずしい乞食や、盗人や、盗賊たちがいたが、そのほかにも、もっと金持ちになりたいと思っているお金持ちもいた。そしてお金持ちたちは大きな宝物をすぐにでもはこべるように、わくつきの荷台をつけた馬車や荷車を引いておじいさんのあとにつづいた。

もっと金持ちになりたい人たちは自分もお爺さんのあとにつづいたが、それだけではたりなくて、見張りや探偵までやとっていた。そしてこれらのなかでももっとも有名な探偵たちは、おおぜいの人たちのあとから自動車に乗ってついてきた。そして誰もが、同時に、トラークさんが死んでほうむられるとき、その場にいたいと思っていた。それはもうなん千人というおおぜいの人々の行列になった。

先頭には、いつも、背をまるめてまがった杖をもった青い目の、口のきけないお爺さんが歩いていた。どこに行っても、このきみょうな行列を見ると、家のドアや門を閉めてしまった。そして、どこに行っても、もうトラークさんにひと切れのパンさえあたえようとはしなかった。

そんなわけでお爺さんは日に日にちいさくなり、しぼんでしまった。ただ、おじいさんの目だけはまるで、天から見ているようにだんだん青くなっていった。

お爺さんがどこかにすわると、みんなもそのまわりにすわり、そして食べた。だけどお爺さんにはなんにもあげなかった。もう、とっくに死んで埋葬されていいはずなのに、なんのためにこのお爺さんに栄養をつけてやる必要があるのだと、みんなが思っていたからだ。

でも、お爺さんのトラークさんはなかなか死ななかった。もしかしたら、もうほとんどすきとおって見えるようになっていたかもしれない。そして夜、お爺さんが眠っているときは、あたりじゅうに赤い色やみどりの色の火のようななん千という悪者の目が光っていた。

ある晩、広い畑のなかのわらの山の上で寝た。なん千人という人たちがそのまわりにすわって、見張っていた。馬車につながれた馬たちはひづめで土をかき、自動車はエンジンをぶるんぶるんとふるわせていた。人びとはうごこうともせずに、歯をぎしぎしと鳴らしている。

このとき宝物をもとめてやってきた人たちのなかでいちばん権力のある人たちが話しあって、今晩、このお爺さんを殺してしまおう、そして小さく切りきざんで、ひとりずつお爺さんの体の切れはしを持って、それぞれどこかに埋めればいい。それからその場所に、宝物を見つけることにしようときめた。そこで、みんなはナイフを持ってお爺さんのほうへ近づいていった。

そのとき星のかがやく天から火の天使がおりてきて、お爺さんに死のキスをした。わらの山は天までとどくほどの炎をあげて燃え上がり、おどろきと欲ばりな心で青ざめたなん千もの顔をおそろしく照らし出した。

みんながわれにかえったとき、わらの山はみんな焼けてしまい、焼けあとから大きな灰の柱が立ち上がった。そしてその灰が飛んできて、周囲のみんなの目に飛びこんだ。それは死んだお爺さんの灰だった。その灰がほんのひとつまみ入っただけで、目がすごく痛み、ながいあいだなんにも見えなくなった。でも、痛みはすこしずつおさまり、見えなかった目は涙が洗い流して、人びとの目のなかの赤やみどり色の火も消えた。

それで、みんなはびっくりして、おたがいに顔を見あわせた。みんなには自分を宝物さがしに追いたてた欲ばりや、自分勝手な気持ちが見えてきて、地面のなかにもぐって、かくれてしまいたくなるほど恥ずかしくなった。そして、ここで、みんなは、おたがいに恥ずかしい思いと、自分の人生のつぐないをしたいと願う目を見ることができた。

ある人は相手の心のなかに同情とおだやかな心とを見ぬくことができた。とつぜん、自分のなかに人をにくむ気持ちがなくなっていることに気づいた。自分のなかに人間らしさを発見した。これは彼らにとっては、きっといま、自分の目は口のきけないお爺さんの灰の魔法にかかったのだということがふいに理解できたほど、かつて気づかなかったあたらしいことだった。

みんなはきゅうにどんな黄金よりもかがやく天の美しい星たちを見ることができた。そして人びとの心のなかのよい面を見ることができた。悪いものを見たときは、みんなの心のなかには、ただあわれみを覚えるだけで、けっしてにくいという気持ちは感じなくなっていた。こうしてみんなは、トラークお爺さんがほうむられたところ——自分の目のなかに、自分の見るちからのなか——に、ほんとうに最大の宝物を見つけることができたのだよ。

そのときから、だんだん時がたつうちに、みんなも世界じゅうに散っていった。でも、世界じゅうのあらゆる美しいもの、よいものすべてを見つけ出すことのできる、やさしい魔法の目をいつまでも持ちつづけていた。

いつか、君たちも、こんな目を持った人に会ってごらん、そしたらその人はただ君たちをじっと見つめるだけで、ああ、この人はぼくになにかすごくすてきなことを言おうとしているんだなということが、きっとわかるからね。

しあわせなお百姓《ひゃくしょう》さんの話

これはほんとうの話なんだけどね、マルショバという小さな村に、イーラという名前のお百姓《ひゃくしょう》さんが住んでいた。このお百姓さんは農家を一軒持っていたけど、ちっとも幸せではなかった。「そうとも、しあわせなもんか、その正反対だ」とそのお百姓さんは思っていた。「おれは世界中でいちばん不幸で、年中、苦労ばかりしている人間だ」とね。

そう、たしかに、それはほんとうなんだ。そのお百姓のイーラさんはまずしかった。持っているものといえば、年をとったメス牛一頭に、すぐに角で突きかかってくるヤギ、歯の抜けた犬、畑を少し、それで全部だった。

いいかい、これだけじゃね、とても仕事をするのにも元気は出ないよね。それに心臓のなかにこんな不満をかかえていたから、いつも体中に不満の血液が流れていたんだね。だからイーラというお百姓さんはね、「ほかの人たちはなんでもたくさん持っているのに、おれだけがなんにも持っていない」と悔《く》やんだり、「おれは一生懸命働いて苦労もしているのに、ちっとも楽にならない。いっそのこと何もかもうっちゃらかして、夜逃げでもするか、死んでしまったほうがましだ」と不平をもらしたり、そのほかにも神さまのご機嫌をそこねるようなことを言っていたんだそうだ。それでね、年をとった妻のイーラさんがイーロヴァーさんに言いきかせた。

「そんな罰当たりなことを言うんじゃないよ、悪い人だねえ」と言って、イーロヴァーさんはイーラさんをしかった。「そんな罰当たりなことを言うよりは、そこの鍬《くわ》か、そこの鎌《かま》でも持って、ヤギのために草刈りでもしておいで。誰がそんなにいつまでも泣きごと言ったり、ぼやいたりするもんかね。あたしだって、いまとなっちゃあ、あんたの泣きごとなんか聞きたくはないね。あんたったら、まったくどうしようもない泣きべその、ぼやき屋の、八つ当たり屋の、ガミガミ屋のお百姓だもんね！」

だけど、おばあさんのイーロヴァーさんはね、いつもそんな口のききかたばかりしていたわけじゃないんだ。ときには噛《か》んで含めるように、言って聞かせることもあった。でも、なんの役にも立たなかった。イーラさんはいつまでも罰当たりなことを言いつづけ、嘆《なげ》いてばかりいた。おまけに、おれは、おれを苦しめてばかりいる、口うるさい悪妻をもってしまったと思い込んでいた。だから、またいっそう自分が不幸せに思えたんだ。

ある日のこと、ジャガイモを掘ろうとしているとき、またもや不平不満がはじまった。

「ほかの連中はのんきにやっていけるのに、おれはこんなにあくせくと働かなければならないなんて、世の中は不公平だよ」とかなんとか。

それでイーロヴァーさんがお百姓のイーラさんにこんこんと言い聞かせた（だって、イーロヴァーさんは、小学校の校長先生の代理ができそうなくらい、お説教はじょうずだったんだからね）。

すると、イーラさんはかんかんになって怒り出し、鍬を放り出して、「そんなら、おれは出ていく、もう二度と戻ってこない」って言って、ぷいと出ていってしまった。

イーラさんはウーピッツェの町につくと、まっすぐク・ファルツームという酒場に入っていった。店のなかにすわると、まるで人殺しのような陰険《いんけん》な目つきで見まわし、にらみつけ、怒りにまかせてお酒をのんだ。そして、お酒のせいで怒りがおさまると、心のなかに後悔《こうかい》の念が起こってきた。そこで今度は後悔の念をなだめるためにお酒を飲んだ。そして後悔の念がおさまると、こんどは良心がわいてきた。それで、こんどはその良心の喉がかわかないように、すこしばかり良心に湿り気を与えなければならなかった。

そんなわけで、気がついたときには、もうけっこうというほど飲んでいた。酒場の主人でさえイーラさんにもう寝に帰ったほうがいいと言ったくらいだ。そうは言っても、こんなに酔っ払っているし、それにもうすっかり夜もふけている。ねえ、子供たち、これはきっとなにか悪いことが起こるかもしれないね！

イーラさんは溝《みぞ》のなかを通ったほうがいいか、ふつうの道のほうがいいか、四つん這《ば》いになったほうがいいか、二本の足で歩いたほうがいいか、まっすぐ行ったほうがいいか、ななめに行ったほうがいいかどうかと、いろいろとためしてみた。そして、こんなふうにいろいろとためしているうちにウーピッツェの墓地の所まできてしまった。それで道ばたに腰をおろして、またもやなげきはじめた。

月が墓地の上のほうの空をただよいながら、このあたり一面にかなしげな、美しい月光をそそいでいた。そしてイーラさんは月を見上げながら、声を出してうらみの言葉をはきだした――もう、我慢《がまん》できません。わたしの持っているものといえば、しょうのないヤギと、口うるさい妻と、まったくひどい生活だけです。畑は作物をそだてようとはしませんし、牛もミルクを出しません。犬は吠《ほ》えます。ジャガイモは地下の倉のなかに自分でころがっていきます。わたしは貧しくて、みじめで、不幸です。わたしは喉がかわいています。でも、酒場の主人のファルタはわたしを家に追いかえしました。隣のトメシュはしあわせそのものですし、お百姓のマチェイカは豚《ぶた》に自分で餌をあたえています。ただ私、イーラだけが神さまに見はなされ、わたしには地上の地獄をお与えになったのです。

するると、そのとき明るい月あかりのなかから神さまの声が聞こえてきた。

「なげくではない、イーラ!」

でも、イーラはやめることができなかった。

「どうして、なぜ、なげいてはいけないのです?」イーラはいっそう大きな声で言った。「わたしはこんなに、馬車馬みたいに働いているんですよ。それなのにわたしはなんにも持っていないのです。おまけに、うちのスモモの木は枯れてしまいました。わたしのめんどりたちはトメシュのうちの卵をあたためています。金網が破れていたのです。妻はわたしに小言ばかり言います。あっちのリブニャトヴァでは学校の先生は、とってもりっぱな紳士です。で、ここのウーピツェには教区の神父さんです。そうですよ、みんなけっこうな、りっぱな人ばっかりだ。わたしだけがひどいめぐり合わせで、みじめで不幸なんです。それに貧乏で、喉がからからで、道までが意地悪をしてなかなか見つかりません。こんなものが公平と言えますか？」

「ながくな、イーラ」神さまの二度目の声がきこえた。

「ほんとうですよ」その声にたいしてイーラが言った。「わたしは世界中でいちばん悪いくじを引いたんだ。わたしが賭けをすると、きまって負けます。あのいまいましい〝結婚ゲーム〟〈マリアージュ〉とか〝どぼん〟〈ブラック・ジャック〉みたいなものだって、やっぱり負けてしまうんです。だいいち道を歩いていても金貨をひろったことなんか一度もありませんし、何か気のきいたものがおっこちてたことなんか金輪際《こんりんざい》ありゃしません。わたしは何をやってもろくなことはないし、うまくいったことも、満足したこともありません。神さま、どうか一度だけ、ほんとにほんとの一度だけ、満足のいくようにしてください。そしたら、いまみたいに、ぐちをこぼすこともいっさいやめ、もう口をつぐんで、なげいたりなんぞいたしませんよ。あえて言わせていただきますが、こんなのって、とっても不公平です」

「イーラよ、天につばするようなことを言うでない」三度目の天の声が聞こえました。

「いいか、わたしの寛容《かんよう》さがいかに無限であるかがわかるように、おまえの願いを三つだけ聞いてやろう。おまえはなにかを三度だけ願うことができる。そしてそれがどんな願いごとであろうと、かならずかなえられる」

「それじゃあ、わたしは……」イーラは大声で言おうとした。しかし天の声はすばやくおしとどめた。

「まてまて、イーラ、あわてるな。わたしの寛大な贈り物のなかから、よりによって、ばかげた、つまらないものを欲しいなどと言わないように、ようく考えるのだ。せめて、頭のなかがすっきりするまで、待て。さあ、とりあえず、家に帰るのだ！」

声はやんだ。それでイーラはマルショヴァへと家路をいそいだ。

「たしかに、声のいうとおりだ」と自分に言いました。願うだけの価値のあるものを願うには、ようく考えてからお願いしなけりゃならんぞ。えーっと、そうなると、あたらしい女房にするかな？それとも牛を二十頭というのはどうだろう？　それともハヴロヴィツェの森番が持っているようなすごくあたる猟銃にするかな？」——そのときイーラの頭のなかには、これまでの生涯で欲しいなと思ったものがみんな頭のなかにうかんできた。七つ道具をおさめた折りたたみナイフ、すごくよく切れるはさみ、ねじまわし。硅酸塩《けいさんえん》の焼物のパイプ。自動車、ラティボジツェの館、シフロフの工場、トランプをするときのツキ。蓄音器、毛皮、猟犬、それとも、ビリアードのテーブル。ワインの樽《たる》。百万コルンのお金、馬を二頭、シャモワの毛皮の飾り房のついた帽子、国会議員の資格、チェコ王国全部、またはマルショヴァの村長の地位。ビロード張りのソファー、音楽時計、十樽の金、彫りもののついたステッキ、小さな庭に噴水、電灯の球、ナーホトの領地を全部、毎日キャベツつきの豚肉料理とビール、またはすごいタイプライター。

「おお、神さま、この世にはすばらしく、いいものがなんとたくさんあるんでしょう。いま、すぐに、なにを願ったらいいのです？」イーラの頭のなかではこんな思いがうずまいていた。

「用心しろよ、イーラ」イーラはたえず自分に向かって言いつづけていました。「なんとしても、ばかげたものを願わないようにしろ！　うちの婆さんと相談しなくちゃいかん。あの婆さん、あれでけっこう気がきくからな。きっと、ちゃんとしたものを考え出すにちがいない。そうだ、わたしは三つの願いを持っているんだから、そのうちの一つは婆さんのために残しておこう。もしかしたら、絹の服が欲しいと言うかもしれん、それとも、ミシンかな。なんでも好きなものを願うがいいさ！」

こんなことを思いながら、イーラは家のてまえの山の頂上に向かって歩いていた。もう夜もふけて、イーラの足がなんとなくもつれ、頭の中にはいろんなことがうずまいていた。あたりを見まわすと、月明かりのなかにまわりの風景が、まるではじめて見るかのように未知のものに思えた。イーラは、ひょっとしたら道をまちがえて、見当ちがいのところに来てしまったのではないだろうかと思っておどろいた。イーラは心ぼそくなって、つい口に出して言ってしまった。「おお、神さま、早く、うちに帰らせてください！」

そう、言いおわるやいなや、彼はもうマルショヴァの自分の家に帰っていた。家の土間はまっくら闇《やみ》だったが、そこが自分の家であることは、においでわかった。その瞬間、イーラは最初の願いごとをむだにしてしまったことに気がついた。

「かまうもんか」一つ目の願いをむだにしてもイーラは上機嫌だった。「まだ二つのこっているからな。ちきしょう、こんどこそ、よけいなものを願わないように用心しなければならんぞ。それにはよく眠って、明日の朝、二つの願いごとをしよう。たとえば蓄音器とチェコの国全部だ。それとも球突き台と豚肉のローストがいいかな。しかし、こんなまっくら闇でどうやって服を脱げばいいんだ？　ベッドがどこにあるかさえわかりゃしない。まっさきに水を飲もう。ええい、神さま、わたしの婆さんはマッチをどこにやったか、教えてもらえませんかね！」

ちょっと、そう思っただけで、もうマッチの箱は手のなかにあった。

「なんてこった」イーラさんはびっくりした。「これがもう二番目の願いごとか。おれとしたことが、ばかなことをしたもんだ。おい、いまや、おれにはもうたった一つの願いごとしかのこっていないんだぞ！　こうなったら、もう、すぐにでも、それ相応の値打ちのある願いごとをしなければいかんな。チェコの王さまになるような願いごとはどうかな？　そうとも、こいつはちょっとやそっとのもんじゃないぞ。だが、かわいそうに、おれのかみさんは、目を覚ましたとき王妃さまになっていたら、きっと、びっくりぎょうてんするだろうな。それに大勢の男衆や道化や、召使や、大臣や、軍司令官の面倒をみなければならん。そりゃあ、ちょっとやそっとのもんじゃない。おおぜいの人間のために料理もせにゃならん。王妃さまになりたいかどうか、まえもってたしかめておかんといかんな。しかし、うちの婆さんときたら、まるで丸太ん棒のようにぐっすり眠っている！ああ神さま、せめて婆さんが目を覚ましてくれたらいいのになあ！」

そう言いおわるやいなや、婆さんはベッドの上に起きあがって、言った。

「なんで、あたしを起こすのさ、この能なしの、酔っぱらいの、おこりんぼうのお百姓！」

その瞬間、イーラは三番目の願いごとを言ってしまったこと、もうこれ以上は願うことができないことをさとった。最初は、思いっきりはげしい言葉で神さまに悪口を言ってやろうと思ったが、ふいに自分の妻がなんとみじめな姿をしているか、たえることのない苦労にすっかりやつれはてた姿をしているかが目に入った。すると、もう、この婆さんをチェコ王国の王妃さまにすることも、絹の服さえも手に入れてやれないことが、イーラにはすごく残念に思えてきた。それで、自分の妻のそばへよって白髪まじりの頭をなでながら、言いました。

「なんでもないんだよ、マジェンカ。いいかい、わたしはね、おまえをちょっと起こして、わたしのことを怒らないように、な、わたしももう怒らないし、なげきもしない。な、これからは口をつぐんで、かしこくふるまうからな。そして、おまえの望むことはなんでもするからと言いたかったんだよ」

「イーラ」年老いたイーラの妻が言った。「もし、あんたがその言葉を守ってくれるなら、自分のことや、あたしたち二人のことをあんまり悔やむのはやめなさい」

「わかった、そうするよ」イーラは神妙に言った。「そして、おれはもう二度と悪い百姓にはならないし、不満も言わない」


だからね、わかっただろう、子供たち。彼、つまりそのイーラさんはね、その約束をほんとうに守ったんだよ。だから、そのときからイーラさんは幸福なお百姓さんになったと言うわけさ。

だって、いいかい、イーラさんは自分の仕事を一生懸命にしたし、仕事はうまくいった。たとえマルショヴァ村の村長さんにもならなかったし、蓄音器や自動車も持てなかったけどね。でも七つ道具つきの折りたたみナイフだけは自分で買って、死ぬまでだいじに使って、ずーっと、しあわせだったんだ。

訳者あとがき

カレル・チャペックは童話を全部で十一編書いている。そしてその中の九編を選び、兄ヨゼフの童話を一編加えて、**『九編の童話とヨゼフ・チャペックのおまけのもう一編』（デヴァテロ・ポハーデク・イェシュチェ・イェドナ・オド・ヨゼファ・チャプカ）**というタイトルで、ヨゼフ・チャペックの挿し絵とともに一九三二年に出版した。そしてこれがチャペック童話として定着し、選にもれた二編『魔法にかかった宿なしトラークさんの話』『しあわせなお百姓さんの話』はなんとなく忘れられた童話になりかけていたが、一九六四年にカレル・チャペックの妻オルガ・シャインプフルゴヴァーの提案によって、この二編も『デヴァテロ・ポハーデク』（九編童話＝本書の略称）に『追加の二編』として再登場した。

オルガ版ではこの二編が冒頭に置かれたが、こんどの拙訳版ではカレル・チャペックの最初の意図を尊重して、第一部を『デヴァテロ・ポハーデク』のオリジナルな配列と枠で紹介し、『追加の二編』は「第二部」として巻末に置いた。

本書の「カレル・チャペックのまえがき」は本来、オルガ版の『魔法にかかった宿なしトラークさんの話』の冒頭の書き出しの部分にあったものだが、本編集ではその書き出しの部分を切り離して本童話全集全体の「まえがき」とした。

したがって、訳者が手を加えたのはその点だけで、第一部『デヴァテロ・ポハーデク』は、お話の配列も原典（一九三二年版）にもとづいて、これまで日本版で恣意に入れ替えられていた童話の順番を、チャペックの意図した最初の配列に戻した。

ところで、今回の拙訳は当然のことながらチェコ語からの直接訳であるが、これまでは英語からの重訳が幅を利かせていた。そして、チャペックの童話（部分的には故千野栄一氏のチェコ語からの訳で出版されたことがあるらしい）の全編の直接訳は今回がはじめてであるが、この名誉ある機会を与えてくださったのは、青土社編集部西館一郎氏である。

このたび、カレル・チャペックの童話の翻訳にあたり、やはりチャペック作品の翻訳は原典からの訳でないとだめだなということを痛感した。それは重訳ではどうしてもわかりにくい、もどかしさを感じるところを、直接訳だと、チャペックのジョークや語り口などが、じかに感じ取れるから、それにたいして、こちらも思いっきりの発想で訳語や文体を工夫できるからである。

とくに、チェコ語は悪口表現の非常に豊かな言語である。それにチャペック自身が類語、同義語を書き並べるのを好む傾向があり、彼の文章の特徴とさえ言われているくらいである。たとえば、『郵便屋さんの童話』では宛て名も書いてなければ切手も貼ってない手紙を投函したその張本人を探し当てたときに、郵便屋さんはあまりの感激にその相手に、三十三個の悪口を続けさまにあびせかけるのであるが、そうなると翻訳者としてもなんとかして三十三個の悪口にたいして日本語で対応しようと努力する。これもチャペックの原文からだからこそ受ける挑発である。

チャペックの作品は、意味だけがわかっても仕様がない。意味だけでよいというのなら、重訳であろうが、三重訳であろうがかまわないのかもしれない。しかし、文章は書いた人の個性というものがあり、その辺を伝えられないのでは困る。そうするとやはり余計な他言語のフィルターなしのほうがいい。

以上のようなわけで、このたび日本初のチャペック童話原典版全編を翻訳出版できるのは、チェコ文学の翻訳家として、心底からの喜びである。なお、チャペックの童話の理論については、同じく青土社刊『カレル・チャペックの童話の作り方』をご参照ください。

訳者

二〇〇五年四月

カレル・チャペック童話全集

2005年6月20日　第1刷発行
2019年5月31日　第4刷発行

著者――カレル・チャペック
訳者――田才益夫

発行者――清水一人
発行所――青土社
東京都千代田区神田神保町1-29　市瀬ビル　〒101-0051
電話 03-3291-9831（編集） 03-3294-7829（営業）
本文印刷――ディグ
表紙印刷――方英社
製本――小泉製本

装幀――松田行正

ISBN4-7917-6190-1　Printed in Japan